BERNHARD SCHLINK

Un hiver à Mannheim

TRADUIT DE L'ALLEMAND
PAR PATRICK KERMANN
ET REVU
PAR OLIVIER MANNONI

nrf

GALLIMARD

Le personnage du détective privé Selb, de ses amis et de son chat Turbo apparaissent, pour la première fois, dans le roman rédigé par Bernhard Schlink en collaboration avec Walter Popp, *Brouillard sur Mannheim* (Série Noire n° 2479)

Titre original :
SELBS BETRUG

PREMIÈRE PARTIE

1

Une photo d'identité

Elle me rappelait la fille que j'aurais parfois aimé avoir. Des yeux vifs, une bouche riante, des pommettes hautes et une abondante chevelure bouclée qui tombait sur les épaules. Était-elle petite ou grande, grosse ou mince, voûtée ou droite ? La photo ne le montrait pas. Ce n'était qu'une photo d'identité.

C'est son père qui m'avait appelé : Salger, sous-chef de cabinet à Bonn. La famille était sans nouvelles de Léonore depuis des mois. Ils avaient tout d'abord attendu, puis téléphoné à différents amis, et finalement prévenu la police. Sans résultat.

— Léo est une fille indépendante qui mène sa propre vie. Mais elle a toujours maintenu le contact, elle nous rendait visite, elle nous appelait. Nous espérions qu'elle reviendrait au début du semestre universitaire. Elle étudie le français et l'anglais à l'Institut de traduction et d'interprétariat de Heidelberg. Seulement les cours ont repris depuis deux semaines.

— Votre fille ne s'est pas réinscrite à l'université ?

Il m'a répondu d'un ton exaspéré :

— Monsieur Selb, je m'adresse à un enquêteur privé pour qu'il enquête à ma place. Je ne sais pas si Léo s'est réinscrite ou non.

Je lui ai patiemment expliqué que des milliers de personnes sont portées disparues tous les ans en République fédérale d'Allemagne et que la plupart disparaissent ou réapparaissent de leur propre gré. Elles veulent que les parents, époux ou amants inquiets qui vont justement signaler leur disparition les laissent quelque temps en paix. Tant que l'on n'a pas de nouvelles, il n'y a aucune raison de s'inquiéter. En cas d'accident ou de crime, on est prévenu.

Salger savait tout cela. La police le lui avait déjà dit.

— Je respecte entièrement l'indépendance de Léo. À vingt-cinq ans, ce n'est plus une enfant. Je comprends également qu'elle ait parfois envie de prendre ses distances. Ces dernières années, il y a eu des tensions entre nous. Mais il faut que je sache comment elle vit, ce qu'elle fait, comment elle se porte. Vous n'avez pas de fille ?

Je ne voyais pas en quoi cela le regardait. Je n'ai pas répondu.

— Il ne s'agit pas seulement de mon inquiétude, monsieur Selb. Si vous saviez ce que ma femme endure depuis des semaines… Donnez-nous rapidement des nouvelles. Mais je ne veux pas que vous adressiez la parole à Léo ni que vous la démasquiez en public. Elle ne doit rien remarquer de toutes vos recherches, et son entourage non plus. Je crains qu'elle ne le prenne mal, très mal.

Cela sonnait faux. On peut surveiller discrètement quelqu'un lorsqu'on sait où il se trouve, et le rechercher ouvertement lorsqu'on l'ignore. Mais le chercher en se débrouillant pour que son entourage ne s'aperçoive de rien, ça ne va pas.

Salger insistait :

— Vous êtes encore là ?

— Oui.

— Alors mettez-vous immédiatement au travail, et faites-moi un rapport aussi vite que possible. Mon numéro de téléphone est…

— Monsieur Salger, je ne m'occuperai pas de votre affaire. Au plaisir.

J'ai raccroché. Que mes clients aient de bonnes ou de mauvaises manières m'importe peu. Je suis détective privé depuis presque quarante ans, et je les ai tous vus, les bien élevés, les timides et les orgueilleux, les vantards et les lâches, les pauvres diables et les bourgeois. Et puis il y a tous ceux à qui j'ai eu affaire quand j'étais procureur, les clients qui auraient préféré ne pas l'être. Mais quelle que soit mon indifférence, je n'avais aucune envie de jouer du violon dans l'orchestre de Salger, ce chef de cabinet despotique.

Le lendemain, en arrivant à mon bureau, allée Augusta, j'ai trouvé une petite étiquette jaune de la Poste fixée sur le clapet de ma boîte aux lettres, en bas de ma porte d'entrée : « Veuillez vérifier immédiatement le contenu de votre boîte aux lettres. » Cela n'était pas nécessaire : le courrier tombe directement sur le sol de l'ancien débit de tabac où une table, un fauteuil, deux chaises, une armoire métallique et un palmier d'intérieur constituent mon mobilier. Je hais les palmiers d'intérieur.

La lettre express était volumineuse : un paquet de billets de cent marks glissé dans une feuille pliée en deux.

Cher monsieur Selb,

je vous prie de comprendre et d'excuser mon comportement au téléphone. Nous vivons dans une telle tension, ma femme et moi, depuis des semaines. Je ne veux pas croire que cette conversation ratée vous pousse à nous refuser votre aide. Permettez-moi de vous envoyer cinq mille marks en acompte. Veuillez rester en contact avec moi en utilisant le numéro de téléphone ci-dessus. Dans les semaines qui suivent, vous n'y trouverez que le répondeur. Ma femme ne peut supporter ici l'enfer de cette attente. Mais j'interroge régulièrement mon répondeur à distance et je vous rappellerai immédiatement si vous en exprimez le vœu.

SALGER

J'ai sorti d'un tiroir de mon bureau le *Sambuca*, la boîte de café et un verre, et je me suis versé à boire. Puis je suis resté assis dans mon fauteuil en croquant des grains de café et en laissant le liquide clair et gras rouler sur ma langue et dans ma gorge. Ça m'a mis le larynx en feu, et la fumée de la première cigarette m'a fait mal à la poitrine. J'ai jeté un coup d'œil par l'ancienne vitrine. La pluie tombait en grosses traînées grisâtres. Dans la rumeur de la circulation, le chuintement des pneus sur la route mouillée dominait le ronronnement des moteurs.

Après le deuxième verre, je me suis mis à compter les cinquante billets de cent. J'ai tourné et retourné l'enveloppe : ni là, ni sur la lettre, Salger n'indiquait son adresse. J'ai composé le numéro qu'il m'indiquait, à Bonn.

« Vous êtes bien au 41 17 88. Vous pouvez laisser un message sur ce répondeur, sans limite de temps. Nous vous rappellerons dans les vingt-quatre heures. C'est à vous de parler. »

J'ai aussi appelé les renseignements. Je n'ai pas été surpris d'apprendre qu'il n'y avait aucun Salger domicilié à Bonn. Il n'était sans doute pas non plus dans l'annuaire. Sur le principe, pas de problème, ce type protégeait sa vie privée. Mais pourquoi le faire contre le détective privé qu'il engageait ? Et pourquoi se montrait-il si peu coopératif en ne communiquant pas l'adresse de sa fille à Heidelberg ? Et puis cinq mille marks, c'était beaucoup trop.

Ensuite, j'ai senti qu'il y avait autre chose dans l'enveloppe. La photo de Léo. Je l'ai sortie et l'ai posée contre le petit lion en pierre que j'avais rapporté de Venise des années plus tôt — depuis, sur mon bureau, c'est lui qui veille sur le téléphone et le répondeur, les stylos, les crayons et les notes, les cigarettes et le briquet. C'était un photomaton surexposé, tiré sur du papier à bon marché. Il devait dater de quatre ou cinq ans. Léo me regardait comme si elle venait de se décider à quitter son statut de jeune fille pour celui de femme. Mais il y avait autre chose dans ses yeux : une question, une attente, un reproche, un défi ? Je ne pouvais le définir exactement, mais cela me touchait.

2

La jeunesse traduit

La police a ses procédures de routine lorsque des parents ou des proches déclarent la disparition d'une personne et demandent que l'appareil judiciaire se mette en action. Elle remplit un procès-verbal en plusieurs exemplaires, se fait remettre des photos qu'elle agrafe au procès-verbal et aux différents exemplaires, envoie le tout à la direction de la police régionale qui le classe, le range, et attend. Il arrive de plus en plus souvent que l'on ne classe plus le dossier dans une armoire, mais dans l'ordinateur. La police ne rend l'affaire publique que dans les cas de disparition de mineurs, ou lorsqu'elle soupçonne un délit ou crime. Un individu majeur qui n'a pas de problème avec la loi peut décamper quand et où il veut sans que cela intéresse la police. Il ne manquerait plus que cela.

Quand on me charge de retrouver un disparu, c'est pour que je me donne un peu plus de mal que la police. J'ai appelé le bureau de la scolarité à l'université de Heidelberg et j'ai appris que Léonore Salger ne figurait plus sur la liste des étudiants. Elle avait été inscrite pendant le semestre d'hiver, mais n'avait pas renouvelé son inscription pour le semestre d'été : « Mais ça ne veut rien dire. Parfois, les étudiants oublient de remplir les papiers et n'y repensent qu'au moment où ils travaillent à leur mémoire et passent les examens. Mais bien sûr que non, je ne peux pas vous donner l'adresse, je vous dit qu'elle n'est plus inscrite. »

Le mot « travaillent » m'a donné l'idée d'appeler la chancellerie de l'université, bureau du personnel, section stages professionnels, pour demander si Léonore Salger figurait dans leurs fiches.

— Puis-je vous demander qui souhaite obtenir ce renseignement ? D'après nos dispositions sur la protection des données individuelles informatisées concernant...

La secrétaire a prononcé ces mots d'un ton aussi sévère que le permettait sa petite voix piaillante.

Je n'ai pas laissé la moindre chance à la Commission informatique et liberté :

— Selb, des Œuvres de la Fonction Publique. Bonjour, collègue. J'ai devant moi le dossier Léonore Salger, et je constate que la cotisation patronale ne nous a toujours pas été versée. Je dois vous prier de réparer cet oubli. Franchement, je ne comprends pas pourquoi vous...

— Quel nom avez-vous dit ?

Mon accusation l'avait tellement émue que sa voix était devenue stridente. Plus question de protection des libertés individuelles : elle a vérifié son dossier, et m'a finalement appris, triomphale, que madame Salger ne travaillait plus à l'université depuis février.

— Et pourquoi ?

— Je ne peux pas vous le dire, dit-elle d'un ton tranchant. Le professeur Leider n'a pas demandé la prolongation de son contrat et, en mars, on a engagé quelqu'un d'autre.

Je suis monté dans ma Kadett et j'ai pris l'autoroute en direction de Heidelberg. Sur le campus, j'ai trouvé une place de parking, puis l'Institut de traduction et d'interprétariat, et au premier étage, le bureau du professeur K. Leider.

— Qui dois-je annoncer ?

— Selb, du ministère fédéral de l'Éducation et des Sciences. J'ai rendez-vous avec le professeur.

La secrétaire a jeté un coup d'œil sur son agenda, puis sur moi, et à nouveau sur son agenda.

— Un moment.

Elle a disparu dans la pièce voisine.

— Monsieur Selb ?

Même les professeurs sont de plus en plus jeunes. Celui-là était élégant, portait un costume en soie sombre, une chemise claire en lin et un sourire ironique sur son visage bronzé. Il m'a invité à passer dans la pièce voisine et à prendre place.

— Qu'est-ce qui vous amène chez nous ?

— Après le succès des opérations *La jeunesse fait de la recherche* et *La jeunesse joue de la musique*, le ministère fédéral de l'Éducation et des Sciences a lancé il y a quelques années d'autres programmes à l'attention des adolescents. L'année dernière, il a mis en place le concours *La jeunesse traduit.* Vous vous souvenez du courrier que nous vous avons adressé ?

Il a secoué la tête.

— Vous voyez, vous ne vous en souvenez plus. Je crains que *La jeunesse traduit* n'ait pas fait l'objet d'une campagne de promotion suffisante, ni dans les écoles ni dans les universités. J'assume à partir de cette année la responsabilité du programme, et j'attache une très grande importance au contact avec l'université. C'est une participante de l'année dernière qui m'a indiqué votre nom et celui d'une de vos collaboratrices, madame Salger. J'ai l'intention de...

Son visage affichait toujours le même sourire ironique :

— *La jeunesse traduit* ? De quoi s'agit-il ?

— C'est tout d'abord la suite naturelle de *La jeunesse fait de la recherche*, *La jeunesse joue de la musique*, *La jeunesse bâtit*, *La jeunesse soigne*, pour vous rappeler quelques-uns de nos programmes. Je suis aujourd'hui persuadé qu'en 1993, le concours *La jeunesse traduit* jouera un rôle essentiel. Pour *La jeunesse prie*, nous travaillons dans une grande harmonie avec les facultés théologiques, pour *La jeunesse juge*, avec les facultés de droit. Mais jusqu'à présent, nous avons omis d'établir des liens de coopération avec vos facultés ou instituts. Je pense à un comité scientifique, quelques professeurs, certains étudiants, quelqu'un du service linguistique des communautés européennes. Je pense à vous, monsieur le professeur Leider, et je pense à votre collaboratrice, madame Salger.

— Si vous saviez… Mais vous ne savez pas.

Il m'a fait une petite conférence pour se présenter : il était scientifique, linguiste, il méprisait l'interprétariat et la traduction :

— Un jour, nous comprendrons comment fonctionne le langage. Ce jour-là, nous n'aurons plus besoin de traducteurs ni d'interprètes. En tant que scientifique, mon rôle n'est pas de chercher comment on saucissonne une traduction. Mon travail, c'est de mettre fin au saucissonnage.

Être professeur de traduction et ne pas croire en la traduction : voilà une existence éminemment ironique ! Je le l'ai remercié de sa franchise, j'ai vanté la diversité critique et créative, et je l'ai prié de rester en contact avec nous.

— Et pour notre comité, que pensez-vous de madame Salger ?

— Je dois vous avouer qu'elle ne travaille plus pour moi. Elle m'a pour ainsi dire laissé tomber. Elle n'est plus venue après les vacances de Noël, sans donner aucune explication ni présenter la moindre excuse. Naturellement, j'ai écouté ce que disaient mes collègues et mes assistants. Madame Salger ne s'est plus présentée à aucun de ses cours. Je me suis longtemps demandé s'il fallait que j'appelle la police.

Il m'a lancé un regard inquiet ; pour la première fois, son sourire ironique a disparu. Puis il a réapparu.

— Elle en avait peut-être simplement assez des études, de l'université et de l'institut. Je le comprendrais. J'ai peut-être aussi été un peu vexé.

— Madame Salger serait la bonne personne pour *La jeunesse traduit* ?

— Bien qu'elle ait été ma collaboratrice, elle n'a jamais été contaminée par mes pensées. C'est une jeune fille efficace avec l'élocution tranquille dont on a besoin en interprétariat, et très appréciée comme tutrice chez les étudiants de premier semestre. Si vous la trouvez, prenez-la, n'hésitez pas. Et saluez-la de ma part.

Nous nous sommes levés et il m'a raccompagné à la porte. Dans l'antichambre, j'ai demandé à sa secrétaire l'adresse de madame Salger. Elle me l'a inscrite sur un morceau de papier : Häuserstrasse 5, 6900 Heidelberg.

3

La pensée catastrophale

En 1942, jeune procureur, j'ai débarqué à Heidelberg et, avec ma femme Clara, nous nous sommes installés dans un appartement de la Bahnhofstrasse. À l'époque, ce n'était pas une bonne adresse, mais j'aimais la vue sur la gare, les trains qui entraient et sortaient, les nuages de vapeur des locomotives, les sifflements et le bruit des wagons que l'on rangeait pour la nuit sur les voies de garage. Aujourd'hui, la Bahnhofstrasse ne longe plus la gare, mais les nouveaux bâtiments administratifs et le tribunal, des édifices d'une fonctionnalité grise et lisse. Si le droit ressemble à l'architecture où il s'exerce, la justice va mal à Heidelberg. Mais s'il a l'air des petits pains et des gâteaux que le personnel du tribunal peut acheter au coin de la rue, inutile de se faire du souci pour elle. La Häuserstrasse prend naissance dans la Bahnhofstrasse ; juste derrière le coin, le petit magasin où Clara et moi achetions notre pain dans le temps est devenu une boulangerie de luxe.

Devant la porte d'entrée du 5, Häuserstrasse, j'ai chaussé mes lunettes de lecture. Son nom figurait évidemment sur la plaque, tout en haut. J'ai sonné, la porte s'est ouverte, et j'ai gravi cet escalier lugubre qui sentait le vieux. Avec mes soixante-neuf ans, je ne suis plus aussi rapide que jadis. Au deuxième étage, j'ai dû m'arrêter pour reprendre mon souffle.

— Ho ho ? a crié d'en haut une voix impatiente : un homme à la voix aiguë, ou une femme à la voix grave.

— J'arrive.

Les dernières marches conduisaient dans les combles. Un jeune homme se tenait sur le seuil de la porte qui donnait sur un logement mansardé avec des chiens assis et des murs en pente. Il avait dans les trente ans, ses cheveux noirs étaient peignés en arrière, il portait un pantalon en velours noir avec un pull-over noir, et me dévisageait tranquillement.

— Je cherche madame Léonore Salger. Est-elle là ?

— Non.

— Quand est-ce qu'elle reviendra ?

— Je ne sais pas.

— C'est bien son appartement, non ?

— Oui.

Je n'arrive plus à comprendre les jeunes gens d'aujourd'hui ni toutes leurs idées. Nouvelle incommunicabilité ? Nouvelle intériorité ? Anorexie de la communication ? J'ai fait une nouvelle tentative :

— Mon nom est Selb. J'ai un petit bureau de traduction et d'interprétariat à Mannheim. On m'a recommandé madame Salger pour un travail urgent. J'ai besoin d'elle rapidement. Pourriez-vous m'aider à entrer en contact avec elle ? Je peux m'asseoir ? Je suis à bout de souffle, j'ai les jambes qui flageolent et je vais avoir un torticolis à force de vous regarder d'en bas.

Il n'y avait pas de palier, le jeune homme se tenait en haut de l'escalier, et moi cinq marches plus bas.

— Je vous en prie.

Il s'est effacé et m'a fait entrer dans une pièce meublée de rayonnages pleins de livres, d'une table sur deux tréteaux et d'une chaise. Je me suis assis. Il s'est adossé à la fenêtre. La table était couverte de bouquins et de feuilles de papier, j'ai vu des noms en français qui ne me disaient rien. J'ai attendu, mais il n'était pas disposé à parler.

— Vous êtes français ?

— Non.

— Quand nous étions enfants, nous jouions à ce jeu-là. L'un pense à quelque chose, et les autres doivent lui poser des questions pour le découvrir. Il n'a le droit de répondre que par oui ou non. Le gagnant est celui qui devine le premier. À plusieurs, cela peut être drôle. À deux, ce n'est pas amusant. Si vous pouviez faire des phrases complètes...

Il s'est ébroué comme s'il venait de se réveiller en sortant d'un rêve.

— Des phrases complètes ? Je travaille depuis deux ans sur mon mémoire, cela fait six mois que je rédige, je rédige des phrases complètes, et tout ce que j'écris est de plus en plus faux. Vous croyez peut-être que...

— Depuis quand habitez-vous ici ?

Il était visiblement déçu par ma question triviale. Mais j'ai appris qu'il occupait l'appartement de Léo, que la propriétaire (elle habitait en dessous) était sans nouvelles de Léo depuis la mi-janvier et donc sans loyer, qu'elle l'avait appelé en février parce qu'elle était inquiète, et qu'il logeait ici parce que dans sa communauté il ne pouvait plus écrire au calme.

— Et puis comme ça, a-t-il ajouté, elle retrouvera l'appartement quand elle reviendra.

— Où est-elle ?

— Je ne sais pas. Elle doit le savoir.

— Personne n'a demandé de ses nouvelles ?

Il a passé la main sur sa tête pour aplatir encore plus ses cheveux plats, et a hésité un instant.

— Vous voulez dire pour le travail, si quelqu'un comme vous... Non, personne.

— Vous pensez que madame Salger est capable de faire une petite réunion technique avec douze participants, allemand-anglais et anglais-allemand ? Elle a la forme ?

Mais il ne s'est pas laissé entraîner dans une conversation sur Léo.

— Vous voyez bien que les phrases complètes ne servent à rien. Je vous ai fait des phrases complètes pour vous dire qu'elle n'était pas là, et vous me demandez si elle est en forme pour votre petite réunion. Elle est partie... elle a mis les bouts... envolée... wouf, wouf...

Il s'est mis à battre l'air avec les bras.

— Compris ? Je lui dirai que vous êtes venu, si l'occasion se présente.

Je lui ai laissé ma carte de visite, pas celle du bureau, celle de l'appartement. J'ai appris qu'il écrivait une thèse de philosophie sur la pensée catastrophale. Et qu'il avait fait la connaissance de Léo dans un foyer d'étudiants. Léo lui avait donné des cours de français. J'étais déjà dans l'escalier lorsqu'il m'a lancé une dernière mise en garde contre les phrases complètes :

— Ne pensez pas que vous soyez trop vieux pour le comprendre.

4

Comme c'est charmant, son vieil oncle

De retour à mon bureau, j'ai appelé Salger. Sur le répondeur, j'ai demandé qu'il me rappelle. Je voulais savoir dans quel foyer d'étudiants avait habité Léo. Je comptais aller questionner ses amis et leur demander où elle avait vécu. Ça n'était pas le Pérou, mais je n'avais pas le choix.

Il m'a rappelé le soir, alors que je faisais un tour au bureau après avoir mangé à la *Petite Roseraie*. J'y étais allé trop tôt, le restaurant était à moitié vide et pas accueillant, Giovanni qui me sert d'habitude, était en vacances en Italie, et les spaghettis au gorgonzola étaient trop lourds. J'aurais mieux mangé chez mon amie Brigitte. Seulement voilà, le week-end dernier, elle s'était ouvertement réjouie à l'idée qu'avec elle, j'apprendrais peut-être tout de même à me faire gâter : « Tu veux devenir mon vieux matou préféré ? »

Je ne veux pas devenir un vieux matou.

Cette fois-ci, Salger était d'une politesse exquise. Il m'était reconnaissant de m'occuper de Léo. Sa femme aussi. Cela suffirait-il s'il m'envoyait un autre acompte la semaine prochaine ? Il me demandait de le prévenir immédiatement si je retrouvais Léo. Sa femme me priait elle aussi de…

— Monsieur Salger, quelle était l'adresse de Léo avant qu'elle n'habite Häuserstrasse ?

— Pardon ?

— Où a habité Léo avant d'emménager Häuserstrasse ?

— Je crains de ne pouvoir vous donner une réponse immédiate.

— Renseignez-vous s'il vous plaît, ou demandez à votre femme. J'ai besoin de son ancienne adresse. C'était un foyer d'étudiants.

— C'est juste, le foyer d'étudiants. Salger se tut. Liebigstrasse ? Eichendorffweg ? Dans le Schnepfengewann ? Ça ne me revient pas, monsieur Selb, les noms de rue se mélangent dans ma tête. Je vais parler à ma femme et vérifier dans mon ancien carnet d'adresses si nous l'avons encore. Je vous tiens au courant. Si demain matin vous n'avez pas de message sur votre répondeur, considérez que nous ne pouvons rien pour vous. Ce sera tout ? Je vous souhaite une bonne nuit.

Salger ne m'était pas plus sympathique. Léo était adossée au lion et me regardait tout droit, elle était belle, les yeux vifs, avec un regard décidé que je pensais comprendre, et une question ou un défi que je ne pouvais interpréter. Avoir une fille pareille et ne pas connaître son adresse, vous n'avez pas honte, monsieur Salger ?

Je ne sais pas pourquoi Clara et moi n'avons pas eu d'enfants. Elle ne m'a jamais dit qu'elle était allée consulter son gynécologue à ce propos, et ne m'a jamais demandé de consulter un spécialiste. Nous n'étions pas très heureux ensemble, mais il n'y a pas de liens évidents entre un mariage malheureux et l'absence d'enfants, entre le bonheur conjugal et la famille nombreuse. J'aurais aimé devenir veuf avec une fille, mais c'est un désir indécent, et je ne me l'avoue que depuis que je suis vieux et que je n'ai plus de secrets envers moi-même.

J'ai passé l'après-midi au téléphone pour trouver le foyer de Léo. Il était situé dans la Klausenpfad, non loin de la piscine découverte et du jardin zoologique. Elle avait habité la chambre 408, et en passant par des escaliers et des couloirs délabrés, je suis arrivé au quatrième étage dans la cuisine commune où j'ai vu deux étudiantes et un étudiant en train de boire le thé.

— Veuillez m'cxcuser, je cherche Léonore Salger.

— Il n'y a pas de Léonore ici, a répondu l'étudiant qui me tournait le dos et me parlait par-dessus son épaule.

— Je suis l'oncle de Léo, et je passais par Heidelberg, et comme j'ai son adresse ici. Vous pourriez...

— Ah, comme c'est charmant, le vieil oncle qui rend visite à sa jeune nièce. Regarde, Andrea !

Andrea s'est retournée, l'étudiant aussi, et ils m'ont dévisagé tous les trois avec curiosité. Mon ami Philippe, qui est chirurgien à l'hôpital municipal de Mannheim et côtoie des internes, me parle toujours des bonnes manières des étudiants des années quatre-vingt-dix. Le fils de ma vieille amie Babs fait ses études de droit, il est prévenant et poli. Son amie, une fille bien qui étudie la théologie, à qui je donne du « madame » comme me l'ont appris les mouvements féministes, m'a gentiment rétorqué qu'elle était « mademoiselle ». Les trois étudiants qui se trouvaient devant moi devaient être sociologues. Je me suis installé sur la quatrième chaise.

— Depuis quand Léo n'est-elle plus ici ?

— Je n'ai jamais entendu parler de...

Andrea l'a interrompu :

— C'était avant que tu ne sois ici. Léo est partie il y a un an, dans le quartier Ouest, je crois.

Elle s'est adressée à moi :

— Je n'ai pas la nouvelle adresse de Léo. Mais ils doivent l'avoir à l'administration. Je dois y faire un tour, vous voulez venir avec moi ?

Elle a descendu les escaliers devant moi. Sa queue de cheval noire se balançait et sa large robe s'agitait. C'était une fille forte, mais agréable à regarder. L'administration était fermée, il était presque quatre heures. Nous sommes restés un moment devant le porte, sans trop savoir quoi faire.

— Vous avez une photo récente de Léo ?

Je lui ai raconté que le père de Léo, mon beau-frère, allait fêter son anniversaire, que les réjouissances auraient lieu au Rocher du Dragon et que même les cousins et cousines de Dresde seraient de la fête.

— Je voulais rencontrer Léo parce que je prépare l'album de photos de la famille et des amis.

Elle m'a emmené à sa chambre. Nous nous sommes installés sur le divan. Elle a ouvert une boîte à chaussures remplie de photos et elle a passé en revue toute une vie d'étudiante : carnavals et fêtes de fin d'année, voyages d'été, excursions, manifestations, week-ends de séminaires de recherche, et des photos de son petit ami, qui aimait bien poser sur sa moto.

— Là, c'était à un mariage.

Elle m'a tendu une photo de Léo assise dans un fauteuil, robe bleu sombre et chemisier saumon, cigarette dans la main droite, la main gauche contre sa joue, pensive, le visage concentré comme si elle écoutait ou observait quelqu'un. Elle n'avait plus rien d'enfantin, c'était une jeune femme décidée, un peu tendue.

— Là, elle sort de la mairie, elle était témoin, et là on descend tous vers le Neckar, la noce avait lieu sur un bateau.

Je lui donnais à peu près 1 m 70, elle était mince sans être maigre, et se tenait droite.

— C'est où, là ?

Léo passait une porte, en jeans et pull-over sombre, un sac en bandoulière, le manteau sur le bras. Des cernes, clignant de l'œil droit, haussant le sourcil de l'œil gauche. Ses cheveux étaient en bataille et sa bouche dessinait un trait fin, méchant. Je connaissais la porte et l'immeuble. Mais comment ?

— C'était après la manif' en juin, les flics l'avaient arrêtée et interrogée.

Je ne me souvenais pas d'une manif' en juin. Mais j'ai reconnu le commissariat central de Heidelberg.

— Je peux avoir les deux ?

— Celle-là aussi ? dit Andrea en secouant la tête. Vous voulez faire plaisir à son père, et pas d'ennuis à Léo, non ? Alors laissons la mauvaise photo et prenez la belle. Celle où elle est assise dans le fauteuil, ça convient tout à fait.

Elle m'a tendu la photo de Léo dans le fauteuil et a rangé les autres photos dans son carton.

— Si vous avez le temps, vous pouvez jeter un coup d'œil au *Drugstore*. Léo y traînait tous les soirs, et je l'ai encore vue cet hiver.

Je me suis fait décrire le chemin pour aller au *Drugstore* et je l'ai remerciée. Lorsque j'ai trouvé le bistrot, dans la Kettengasse, je m'en suis souvenu. Une personne que j'avais filée y avait pris le café et joué aux échecs. Elle ne vit plus.

J'ai commandé un *aviateur*, mais ils n'avaient pas de jus de pamplemousse et de champagne, alors j'ai avalé un Campari sec. J'ai tout de même réussi à parler avec le type qui s'ennuyait derrière son bar, et je lui ai montré la photo de Léo dans le fauteuil.

— Quand l'avez-vous vue pour la dernière fois ?

— Tiens donc, mais c'est Léo ! Jolie photo. Et qu'est-ce que vous lui voulez ? Klaus, viens voir !

Il a fait signe à un petit gars trapu aux cheveux roux, aux lunettes sans monture et aux yeux intelligents. C'est ainsi que je m'imagine les intellectuels irlandais buveurs de whisky. Tous deux se sont mis à parler à mi-voix et se sont tus quand je les ai regardés d'un air intéressé. J'ai détourné la tête et dressé les oreilles. J'ai compris que je n'étais pas le premier à me renseigner sur Léo au Drugstore. Quelqu'un était déjà venu en février. Klaus m'a demandé à son tour :

— Qu'est-ce que vous lui voulez ?

Je lui ai raconté mon passage au foyer du Klausenpfad, je lui ai dit que c'était Andrea qui m'avait envoyé. Ils sont restés sur leurs gardes. Ils n'avaient pas vu Léo depuis janvier, je n'ai rien appris de plus. Et ils ne m'ont pas quitté des yeux quand j'ai bu mon deuxième Campari, quand j'ai payé, quitté le bistrot et, du trottoir, jeté un dernier coup d'œil à l'intérieur.

5

Turbo sur mes genoux

Ensuite, j'ai fait le tour des hôpitaux. C'est vrai, ils préviennent la famille des malades lorsqu'ils ne sont pas en état de parler. Ils informent aussi la police lorsque des patients à l'identité douteuse sont hospitalisés. Mais il est rare que le médecin fasse prévenir les proches contre le gré de ses malades. Lorsqu'une famille recherche l'un des siens, il est toujours possible qu'elle le trouve dans un lit d'hôpital quelques rues plus loin. Le malade se fiche peut-être bien que ses proches pleurent sa disparition. Ça lui convient peut-être même tout à fait.

Mais ça ne cadrait pas avec l'idée que je m'étais faite de Léo. Et même si ses relations avec ses parents étaient plus distendues que ne me le disait son père, pourquoi aurait-elle caché au professeur Leider et au philosophe de la pensée catastrophale qu'elle avait été admise dans un hôpital ?

Cela dit, la logique fait rarement bon ménage avec le réel. Je me suis donc mis à passer en revue les cliniques universitaires de Heidelberg, l'hôpital municipal de Mannheim, les hôpitaux régionaux et les hospices. Là, je ne risquais pas d'effrayer l'entourage de Léo. Je n'avais pas besoin de me glisser dans un rôle : je pouvais être

Selb, détective privé chargé de retrouver la fille perdue d'un père inquiet. Je ne me suis pas contenté de téléphoner. Bien sûr, un coup de fil suffit pour savoir si quelqu'un est hospitalisé. Mais pour s'assurer qu'il ne l'a pas été dans les semaines ou mois précédents, le mieux, c'est d'y aller. J'y ai passé deux heures. Aucune trace de Léo.

Après, il y a eu le week-end. La pluie qui avait arrosé tout le mois d'avril s'est arrêtée de tomber, et le soleil brillait sur ma promenade dominicale à travers le parc Louise. J'avais emporté un sac de pain rassis pour nourrir les canards. J'avais également pris la *Süddeutsche Zeitung* et j'avais l'intention de m'installer dans une chaise longue pour lire le journal. Mais le soleil d'avril ne chauffait pas pour de bon. Ou alors mes os mettaient plus de temps que d'habitude à atteindre la bonne température. De retour à la maison, j'ai apprécié que mon chat Turbo vienne se rouler en boule sur mes genoux. Il ronronnait en étirant ses petites pattes avec délice.

Je savais où Léo avait habité et étudié, les lieux qu'elle avait fréquentés. Je savais qu'elle n'était pas hospitalisée et ne l'avait pas été ; en tout cas pas à Heidelberg ni dans les environs. Elle avait disparu depuis janvier. Quelqu'un l'avait cherchée en février. En juillet de l'année précédente, la police l'avait arrêtée et interrogée. Le professeur avait une bonne opinion d'elle, de même que les amis que j'avais rencontrés. Elle n'avait guère de contacts avec ses parents. Elle fumait. Je savais aussi où trouver les amis et connaissances, les collègues et professeurs de Léo. Je pouvais faire des recherches à l'Institut de traduction et d'interprétariat, au *Drugstore* et dans les magasins du quartier. Mais je n'y arriverais pas sans déconcerter son entourage. Je devais donc mettre Salger devant un choix : ou bien mettre fin à l'enquête, ou bien courir le risque que Léo en entende parler. C'était le deuxième point. Je me le suis gardé pour le lundi.

Le premier, j'aurais déjà dû le régler la semaine précédente : il fallait aller rendre une visite à l'hôpital psychiatrique situé à la périphérie de Heidelberg. Je ne l'avais pas oublié. Je l'avais repoussé. Eberhard y a passé un an et demi, je lui ai souvent rendu visite, et ces visites m'ont toujours abattu. Eberhard est mon ami. Un homme calme qui vit de sa modeste fortune, un grand maître aux échecs qui était rentré complètement déboussolé d'un tournoi à Dubrovnik, en 1965. Philippe et moi lui avons d'abord trouvé des femmes de ménage, mais elles n'ont pas tenu le coup. Alors il est entré en maison de repos. Les patients étaient entassés dans de grandes salles, dormaient dans des lits superposés, n'avaient même pas d'armoires et de casiers personnels. D'ailleurs, ils n'en avaient pas besoin : ils devaient déposer tout ce qu'ils possédaient, même leur montre et leur alliance. Le pire, à mon goût, c'était l'odeur douceâtre, mélange de nourriture, de désinfectant, d'urine, de transpiration et de peur. Je ne comprends toujours pas comment Eberhard a pu guérir dans de telles conditions. Mais il y est arrivé. Il s'est même remis à jouer, contre l'avis de son médecin qui a lu *Le joueur d'échecs* de Stefan Zweig. Nous faisons une partie de temps en temps. Il gagne toujours. Par amitié, il me fait croire, parfois, qu'il a eu un sacré mal à me battre.

6

Qu'est-ce que vous croyez ?

L'hôpital psychiatrique régional est niché dans les contreforts montagneux. Je n'étais pas pressé, j'ai pris la petite route qui traversait les villages. Le beau temps se maintenait, le matin était clair, la verdure et les fleurs se mêlaient comme dans un feu d'artifice. J'ai fait coulisser le toit ouvrant et j'ai glissé une cassette de *La Flûte enchantée* dans l'appareil. La vie était belle.

Le bâtiment principal de l'hôpital est une vieille construction en forme de grand U. Il a été érigé vers la fin du siècle dernier pour servir de caserne au Régiment cycliste de la Bade. Pendant la Première Guerre mondiale, on s'en est servi comme hôpital militaire. Depuis les années vingt, c'est un asile psychiatrique. La Seconde Guerre mondiale a transformé le grand U en grand L. Les murs qui ceinturaient le rectangle ont disparu, la cour s'étend vers le terrain vallonné où ont été érigés de nombreux bâtiments annexes. Je me suis garé, j'ai refermé le toit et éteint la musique. L'entrée à colonnades et tout l'ancien bâtiment étaient pourvus de barreaux de fer. La brique rouge brillait autour des fenêtres. On venait apparemment de poser du double vitrage. Les peintres étaient en train de les repeindre en jaune tendre. L'un d'eux sifflotait l'air de la Reine de la Nuit tandis que je me dirigeais vers l'entrée, sur le sol de gravier.

Le concierge m'a indiqué le chemin de l'administration : premier étage à gauche. On y accédait par de larges marches en grès usé. À côté de la porte du bureau 107, un panonceau annonçait : Administration/Accueil. J'ai frappé, on m'a prié d'entrer.

Le nom de Léonore Salger ne disait rien à la secrétaire. Elle s'est replongée dans les dossiers des malades. Certaines portaient une photo d'identité, ça m'a donné l'idée de lui montrer la photo de Léo. Elle l'a prise, l'a observée attentivement, m'a demandé d'attendre un moment, elle a fermé son armoire et elle est sortie. Par la fenêtre, j'ai regardé le parc. Les magnolias et les buissons de forsythias étaient en fleur, on était en train de tondre le gazon. Des patients en tenue de ville se promenaient dans les allées, d'autres étaient assis sur des bancs peints en blanc. Comme tout cela avait changé ! Du temps où je rendais visite à Eberhard, on se contentait de damer la terre sous les arbres. Les patients avaient déjà le droit de sortir, mais revêtus du costume gris de l'asile, et leur promenade était organisée comme en prison : à heure fixe, vingt minutes, l'un derrière l'autre, en cercle.

La secrétaire n'est pas revenue seule.

— Docteur Wendt, se présenta-t-il. Qui êtes-vous, et quels sont vos liens avec elle ?

Il tenait la photo de Léo à la main et son regard n'avait rien de sympathique.

Je lui ai tendu ma carte et je lui ai parlé de mes recherches.

— Je regrette, monsieur Selb, mais nous ne donnons de renseignements sur nos patients qu'à des personnes habilitées.

— Elle est donc…

— Je ne veux rien dire de plus. Pour qui avez-vous dit que vous travailliez ?

J'avais emporté la lettre de Salger et je l'ai sortie. Wendt l'a lue, les sourcils froncés. Il n'a pas levé les yeux, alors qu'il devait avoir fini de la lire depuis un certain temps. Il s'est enfin décidé :

— Venez, suivez-moi.

Quelques portes plus loin, il m'a prié d'entrer dans une salle de consultation équipée de quelques chaises. Elle donnait également sur le parc. Ici, les ouvriers n'avaient pas encore terminé leur travail : la fenêtre dont ils avaient déjà retiré le chambranle était provisoirement obturée par un film plastique transparent. La table, les rayons et l'armoire métallique étaient recouverts d'une fine poussière blanche.

— Oui, madame Salger était notre patiente. Elle est venue il y a environ trois mois. Elle a été amenée par quelqu'un qui l'a prise en stop… Mais ce qui s'est exactement passé pendant et avant ce trajet en auto-stop, nous l'ignorons. L'homme a dit qu'il venait de la prendre.

Le médecin s'est interrompu. Il paraissait songeur. Il était encore jeune, portait sous sa blouse blanche ouverte un pantalon en velours avec une chemise à carreaux, et avait l'air sportif. Son visage resplendissait de santé, son abondante chevelure brune était coiffée avec un désordre artistique. Les yeux étaient trop rapprochés.

J'attendais.

— Docteur Wendt ?

— Pendant le trajet, elle s'est mise à pleurer et ne s'est plus arrêtée. Ça a duré plus d'une heure, l'homme ne savait plus quoi faire. Alors il nous l'a amenée. Et cela a continué chez nous jusqu'au moment où nous lui avons injecté du valium. Ensuite, elle s'est endormie.

— Et alors ?

— Eh bien j'ai commencé la thérapie, qu'est-ce que vous croyez ?

— Je veux dire, où se trouve maintenant Léonore Salger ? Pourquoi n'avez-vous prévenu personne ?

Une fois de plus, il a pris tout son temps :

— Nous avions... En fait, vous m'apprenez son véritable nom. Si notre dame à l'accueil — de sa main, il a montré la direction du bureau 107 — n'avait pas eu par hasard plusieurs fois à s'occuper d'elle... La plupart du temps, elle ne voit pas les patients. Et que vous soyez venu avec une photo d'identité...

Il a secoué la tête.

— Avez-vous informé la police ?

— La police...

Il a sorti un paquet fripé de *Roth-Händle* de la poche de son pantalon et m'en a offert une. Je préfère fumer les miennes, des *Sweet Afton.* Wendt a secoué la tête une fois de plus :

— Non, je ne tiens pas beaucoup à avoir la police dans notre hôpital, et en l'occurrence, lui faire subir un interrogatoire aurait été parfaitement irresponsable, d'un point de vue thérapeutique. Au moins dans un premier temps. Et puis elle s'est vite remise. Elle est restée de son propre gré, elle aurait pu partir, et elle était majeure...

— Où est-elle maintenant ?

Il s'y est repris à plusieurs fois :

— Je peux vous... je dois vous... madame Salger est morte. (Il évitait mon regard.) Je ne sais pas ce qui s'est passé exactement. Un tragique accident. Veuillez transmettre à son père mes sincères condoléances.

— Docteur Wendt, je ne peux tout de même pas appeler son père pour lui dire que sa fille est décédée dans un tragique accident.

— Évidemment. Vous voyez, dit-il en montrant la fenêtre, qu'on est en train de poser de nouvelles vitres. Mardi dernier, elle s'est… Au troisième étage, nous avons de grandes fenêtres dans le couloir, elles vont presque du sol au plafond, elle est passée à travers le plastique et elle est tombée dans la cour. Elle est morte sur le coup.

— Et si je n'étais pas venu, vous l'auriez enterrée sans que les parents soient au courant ? Vous me racontez une drôle d'histoire, docteur Wendt !

— Mais voyons, bien sûr que nous avons informé les parents. Je ne sais pas dans le détail ce que le bureau d'accueil a entrepris comme démarches, mais on a certainement prévenu les parents.

— Comment avez-vous pu faire, puisque je viens de vous donner son vrai nom ?

Il s'est contenté de hausser les épaules.

— Et l'enterrement ?

Il a contemplé ses mains comme si elles pouvaient lui dire où Léo devait être enterrée.

— On attend probablement la décision des parents.

Il s'est levé.

— Je dois me rendre dans mon service. Vous ne pouvez pas imaginer ce qui se passe chez nous. La chute, la sirène de l'ambulance… Nos pensionnaires sont très agités depuis. Permettez-moi de vous raccompagner.

J'ai voulu revenir sur mes pas pour prendre congé devant le bureau 107. Il ne m'a pas laissé faire.

— Non, c'est fermé maintenant.

Et il m'a tiré vers la sortie.

— Je voulais ajouter que je me réjouis de votre venue. S'il vous plaît, prévenez vite son père. Votre réflexion tout à l'heure était très juste : l'accueil n'a peut-être pas réussi à informer les parents.

Nous étions sous le porche d'entrée.

— Au revoir, monsieur Selb.

7

Dans chaque Souabe se cache un petit Hegel

Je ne suis pas allé bien loin. À la gravière, juste avant Sankt Ilgen, j'ai garé la voiture, je suis descendu et me suis approché du bord pour essayer de faire des ricochets sur l'eau. Quand j'étais jeune, au Wannsee[1], je n'y arrivais pas. Maintenant, il est trop tard pour apprendre.

Mais je n'étais pas disposé pour autant à me laisser raconter des bobards par un jeune type en blouse blanche. L'histoire de Wendt était pourrie. Qu'avait fait la police ? Une jeune femme se trouve depuis trois mois à l'hôpital psychiatrique régional, tombe par une fenêtre mal obturée du troisième étage, et personne ne pense à un homicide par imprudence ? Ou pire encore ? Et personne ne prévient la police ? D'accord, Wendt n'avait pas dit que la police n'était pas venue faire un rapport. Mais il n'avait évoqué qu'une ambulance, pas une voiture de police. Si la police était arrivée le mardi, le jeudi au plus tard, Salger aurait été au courant, faux nom ou pas. Les inspecteurs de l'identité judiciaire n'ont pas besoin de huit jours pour savoir que madame Une-Telle

1. Lac de Berlin (Toutes les notes sont du traducteur).

n'existe pas, pour retrouver le dossier de Léonore Salger, portée disparue, et pour faire le lien entre les deux. Si Salger avait été informé jeudi, il m'aurait averti entre-temps.

J'ai déjeuné à Sanhausen. Pas dans un quatre-étoiles. Lorsque je suis remonté dans ma Kadett que j'avais garée en plein soleil sur la place du marché, il y faisait chaud. L'été approchait.

À deux heures et demie, j'étais revenu à l'hôpital. On me chassait par la porte de derrière, je revenais par celle de devant. La secrétaire du bureau 107, un autre visage que le matin, a fait appeler le docteur Wendt, mais elle ne l'a pas trouvé. Elle a fini par m'indiquer la direction de son service, il m'a fallu parcourir de larges et hauts couloirs où les pas résonnaient. Le docteur Wendt n'était pas disponible, l'infirmière était désolée. Elle m'a demandé d'aller attendre à l'administration : le règlement m'interdisait de rester dans le service. Une fois entré dans les bureaux, j'ai réussi à atteindre l'antichambre du directeur, le professeur H. Eberlein, et j'ai expliqué à la secrétaire que monsieur le directeur préférerait me recevoir plutôt que d'avoir la visite de la police. J'étais salement remonté. La secrétaire m'a regardé sans rien comprendre. Elle m'a dit de m'adresser au bureau 107.

Lorsque je me suis retrouvé dans le couloir, la porte voisine s'est ouverte.

— Monsieur Selb ? Eberlein. Vous posez des problèmes, si j'ai bien entendu.

C'était un petit homme rondouillard qui approchait la soixantaine, boitait de la jambe gauche et s'appuyait sur une canne au pommeau argenté. Il m'a dévisagé de ses yeux profonds ; il avait des cheveux bruns clairsemés et d'épais sourcils noirs. Il avait les yeux cernés et les joues tombantes. Dans un souabe nasillard, il m'a ordonné de le suivre. En marchant, sa canne marquait un rythme syncopé.

— Chaque institution est un organisme. Qui a sa propre circulation sanguine, respire, avale et rejette, a des infections et des infarctus, développe des moyens de défense et de guérison.

Il a ri.

— Quelle genre d'infection êtes-vous ?

Nous avons descendu l'escalier et nous sommes sortis dans le parc. La journée avait été chaude, elle virait à présent au moite. Je ne parlais pas. Lui aussi respirait difficilement en descendant lentement les marches.

— Dites quelque chose, monsieur Selb, dites quelque chose. Vous préférez écouter ? *Audiatur et altera pars*, vous tenez à la justice ? Vous êtes en quelque sorte l'incarnation de la justice, n'est-ce pas ?

Il a ri de nouveau, d'un rire affable.

Nous avons quitté les dalles en pierre, le gravier s'est mis à crisser sous nos pas. Le vent bruissait dans les arbres du parc. Il y avait des bancs au bord de l'allée, des chaises sur la pelouse, et de nombreux patients étaient assis dehors, seuls ou en petits groupes, avec ou sans personnel en blouse blanche. Le tableau aurait été idyllique s'il n'y avait pas eu la démarche tremblotante et sautillante ou le regard vide et la bouche ouverte de certains malades. C'était bruyant ; les cris et les rires résonnaient contre le vieux bâtiment comme le brouhaha incompréhensible et confus que l'on perçoit dans une piscine. Parfois Eberlein saluait l'un ou l'autre de la tête.

J'ai essayé :

— Y a-t-il ici deux faces dans ce décor, monsieur Eberlein ? Une face accidentelle et une autre ? Et quelle est l'autre ? Homicide par imprudence ? Ou bien quelqu'un a-t-il tué votre patiente ? S'est-elle suicidée ? Cherche-t-on à cacher quelque chose ici ? J'aimerais qu'on m'en dise plus, mais mes questions ne semblent intéresser personne. Et maintenant vous arrivez pour me parler d'infections et d'infarctus. Quel est le message ?

— Je vois, je vois. Meurtre, assassinat, suicide. Vous aimez les effets dramatiques ? Vous adorez imaginer des choses ? Nous en avons beaucoup ici qui s'imaginent des choses...

Il a décrit un grand arc de cercle avec sa canne.

Il ne manquait pas de culot. Je n'ai pas réussi à dominer entièrement ma colère.

— Parmi vos patients, ou bien chez les médecins ? Mais vous avez raison : quand les histoires qu'on me raconte ont des trous, j'ai tendance à demander à ma jugeote personnelle de les remplir. Or celle que m'a racontée votre jeune collègue est un vrai gruyère. Que pense le directeur de la chute d'une jeune patiente ?

— Je ne suis plus un jeune homme, je ne le serais pas non plus si ma jambe gauche fonctionnait. Et vous — il m'a toisé, l'air amical —, vous ne l'êtes pas plus que moi. Vous avez été marié ? Oui ? Le mariage, encore un organisme où croissent et prolifèrent des bactéries et des virus. Les bactéries et les virus sont des travailleurs infatigables, comme on le dit des Souabes.

À nouveau le rire affable.

J'ai pensé à mon mariage. Ma petite Clara est morte il y a treize ans mais je n'avais pas attendu ça pour faire le deuil de mon couple. L'image d'Eberlein me laissait froid.

— Et qu'est-ce qui affaiblit l'organisme de l'hôpital psychiatrique régional ?

Eberlein s'est arrêté.

— J'ai été ravi de faire votre connaissance. Revenez me voir si vous avez des questions à poser. Je me suis mis à philosopher un peu, dans chaque Souabe se cache un petit Hegel. Vous êtes un homme d'action, avec le regard clair et l'esprit lucide, mais avec ce temps, vous devriez faire attention aux problèmes circulatoires.

Il est parti sans me saluer. Je l'ai suivi du regard. Sa démarche, ses épaules redressées, la petite secousse qu'il imprimait à son corps pour lancer la jambe gauche en avant, sa façon de poser avec fermeté sur le sol sa canne au pommeau d'argent, il n'y avait dans tout cela rien de mou ni d'apathique. Cet homme était un paquet de nerfs. S'il avait voulu me plonger dans la confusion, il avait réussi.

8

Davaï, davaï !

Les premières gouttes se sont mises à tomber, le parc s'est vidé. Les patients ont couru vers les bâtiments. L'air bruissait de piaillements d'oiseaux énervés. Je me suis réfugié sous un vieil abri pour vélos à demi ouvert, entre des tiges métalliques rouillées qui n'avaient plus soutenu la moindre bicyclette depuis longtemps. Il y a eu des éclairs et du tonnerre, et une forte averse s'est mise à tambouriner sur le toit de tôle ondulée. J'ai entendu un merle chanter, j'ai sorti la tête pour essayer de l'apercevoir. Quand je l'ai rentrée, elle était déjà mouillée. L'oiseau était perché en haut, à l'angle du vieux bâtiment, sous le blason du régiment. Le premier merle de l'été. Alors, à travers le rideau de pluie, j'ai vu deux silhouettes se diriger lentement vers moi. L'infirmier en blouse blanche parlait patiemment au malade vêtu d'un costume gris beaucoup trop grand qu'il poussait doucement devant lui. Il lui tenait le bras dans le dos, comme un policier qui emmène un suspect au poste, mais sans lui faire mal. Lorsqu'ils ont été tout près de moi, j'ai compris les paroles de l'infirmier : des banalités rassurantes constamment entrecoupées de « *davaï, davaï !* » perçants. Les vêtements leur collaient à la peau.

Quand ils m'ont rejoint sous le toit de tôle ondulée, l'infirmier n'a pas lâché le bras du patient. Il m'a fait un signe de la tête pour me saluer.

— Nouveau ? À l'administration ?

Il n'attendait pas de réponse.

— Eux là-haut, ils se la coulent douce, et nous on fait le boulot de merde. J'ai rien contre vous personnellement, je vous connais pas.

Il était large et lourd, et plus grand que moi. Son nez était un tubercule dur. Le patient tremblait et fixait la pluie. Sa bouche formait des mots que je ne comprenais pas.

— Votre patient est dangereux ?

— Parce que je le tiens ? Ne craignez rien. Qu'est-ce que vous faites là-haut ?

Il y a eu un éclair. La pluie ne cessait de tomber, frappant la tôle, rebondissant sur le gravier et éclaboussant les jambes. Des rigoles se formaient sur le sol en ciment de l'abri à vélos, et dégageaient une odeur de poussière humide.

— Je suis de l'extérieur. J'enquête sur l'accident de la patiente mardi dernier.

— Police ?

Le tonnerre a grondé, un craquement sec a roulé au-dessus de nos têtes. J'ai tressailli, l'infirmier l'a interprété comme un acquiescement et m'a pris pour un policier.

— Quel accident ?

— De l'autre côté, dans le vieux bâtiment, la chute mortelle du troisième étage.

L'infirmier m'a regardé d'un air dubitatif.

— De quoi vous parlez ? Je n'ai jamais entendu parler d'une chute qui aurait eu lieu mardi dernier. Et si je sais rien, c'est qu'il y a rien eu. Et qui serait tombé ?

Je lui ai tendu une photo de Léo.

— La petite… Et qui vous a raconté ces bobards ?

— Le docteur Wendt.

Il m'a rendu la photo.

— J'ai rien dit. Si le docteur Wendt… le chouchou du directeur… Il haussa les épaules. Dans ce cas, il y a bien eu un accident. Une chute mortelle du troisième étage du vieux bâtiment.

J'ai repoussé à plus tard l'examen de ce que l'infirmier n'avait pas voulu dire.

— Et votre patient ?

— C'est un de nos Russes. Ça le prend parfois. Mais il faut bien qu'il sorte aussi, et je le tiens bien, hein Ivan ?

Le patient s'énervait :

— Anatole, Anatole, Anatole…

Il s'est mis à crier le nom. L'infirmier a renforcé sa prise et les cris ont cessé.

— C'est fini, Ivan, ils te feront rien, le tonnerre et l'éclair, qu'est-ce qu'il va penser, monsieur le policier.

Il parlait sur le ton qu'on emploie pour calmer les enfants.

J'ai sorti de ma poche mon paquet de *Sweet Afton.* L'infirmier a pris une cigarette. J'en ai offert une à son patient :

— Anatole ?

Il a tressailli, m'a regardé fixement, a claqué des talons, s'est incliné et a cherché une cigarette à tâtons dans le paquet, en détournant la tête.

— Il s'appelle Anatole ?

— Qu'est-ce que j'en sais, moi ? Il y a rien à en tirer, de ceux-là.

— C'est qui, « ceux-là » ?

— Oh, on en a de toutes les sortes. C'est ceux qui restent de la guerre. Des STO, ou des volontaires, ou ceux qui combattaient avec un général russe. Et puis ceux des camps, ceux qui étaient prisonniers ou gardiens. Quand ils sont fous, ils se ressemblent tous.

La pluie s'est apaisée. Un jeune gardien est passé en courant à grandes enjambées, le manteau flottant dans l'air, sautant par-dessus les flaques :

— Hé, dépêche-toi, cria-t-il, on a bientôt fini.

— Bon, faut que j'y aille.

L'infirmier à mes côtés a laissé tomber la cigarette, qui s'est éteinte sur le sol humide.

— Allez, Ivan, à la bouffe !

Le patient avait lui aussi laissé tomber sa cigarette, l'avait écrasée puis soigneusement enterrée dans le gravier. Il a de nouveau claqué des talons. Ensuite, il s'est incliné. J'ai suivi du regard les deux hommes qui s'éloignaient lentement vers le nouveau bâtiment, à l'autre bout du parc. Le tonnerre grondait au loin, et la pluie bruissait avec une douce régularité. Des silhouettes passaient par les portes, un médecin ou un infirmier traversaient parfois le parc, un parapluie à la main. Le merle chantait encore.

Je me suis souvenu de la note du procureur général qui, en 1943 ou 1944, était passée par mon bureau au parquet de Heidelberg et qui stipulait que les travailleurs russes et polonais effectuant mal leur tâche seraient envoyés aux travaux forcés en camp de concentration. Combien en avais-je envoyé ? J'ai regardé fixement la pluie. J'ai frissonné, l'air était clair et frais, lavé par l'orage. Au bout d'un certain temps, j'ai entendu les gouttes tomber des feuilles des arbres. La pluie s'était arrêtée. Le ciel s'éclaircissait à l'Ouest et les perles d'eau scintillaient dans le soleil.

Je suis retourné vers le bâtiment principal, j'ai franchi la cage d'escalier, la porte et le porche. Il était cinq heures. Changement d'équipe : le personnel sortait en masse. J'ai attendu, guettant Wendt, mais je ne l'ai pas vu. L'infirmer auquel j'avais parlé a été l'un des derniers à sortir. Je lui ai demandé si je pouvais le déposer quelque part. En roulant en direction de Kirchheim, il m'a de nouveau assuré qu'il n'avait rien dit.

9

Après coup

J'ai ressenti après coup, et successivement, la frayeur que m'avait causée la nouvelle de la mort de Léo, puis le soulagement à l'idée qu'il s'agissait d'une fausse nouvelle. Si l'infirmier n'en savait rien, c'est qu'il n'y avait rien à savoir. Je le croyais. Eberlein, lui aussi, aurait réagi autrement si la chute mortelle avait effectivement eu lieu. Avait-il prêché le faux pour savoir le vrai ? En tout cas, notre conversation lui en avait plus appris sur moi qu'à moi sur lui. Je ne m'en suis aperçu qu'après coup, et ça ne m'a pas aidé à me calmer.

Revenu chez moi, j'ai appelé Philippe. Le monde est parfois petit : Philippe, chirurgien à l'hôpital municipal, aurait peut-être des informations sur l'hôpital psychiatrique et ses médecins. Il était en consultation et a promis de rappeler. Mais au bout d'une heure, on a sonné à la porte, il était là.

— Je me suis dit qu'il valait mieux passer. Nous nous voyons si peu.

Nous nous sommes installés sur les canapés en cuir de mon salon-bureau, la fenêtre du balcon ouverte. J'ai débouché une bouteille de vin en lui parlant de mes recherches à l'hôpital psychiatrique régional :

— Je n'arrive pas à comprendre. Wendt et ses mensonges idiots, Eberlein qui fait des mystères et les allusions de l'infirmier sur le chouchou du directeur. Tu y vois clair, toi ?

Philippe a vidé le verre d'un trait — c'était un bon riesling alsacien — et me l'a tendu.

— Vendredi, c'est la fête du printemps de notre yacht-club. Je t'emmène, tu pourras parler tranquillement avec Eberlein.

— Eberlein a un yacht ?

— La *Psyche*. Un Halberg-Rassy 352, le fin du fin. (Il avait vidé son deuxième verre.) Tu dis qu'Eberlein fait des mystères, moi je sais seulement qu'il a une réputation de patron énergique et volontaire. L'H.P. allait à vau-l'eau et il l'a remis sur les rails. Dans son domaine, il est considéré comme un traditionaliste, mais je ne crois pas qu'un réformateur aurait fait mieux. Qu'il protège Wendt, ça ne cadre pas avec le tableau. Il ne doit pas avoir la même considération pour tous les médecins. Peut-être apprécie-t-il Wendt plus que d'autres. Mais si ce Wendt, que je ne connais pas, a foutu la merde que tu dis, je n'aimerais pas être à sa place.

— Et à la tienne ?

Philippe venait d'avaler son troisième verre et tournait le pied de son verre entre ses doigts d'un air abattu.

— Füruzan s'est installée chez moi.

— Comme ça, tout simplement ?

Il a répondu avec un rire amer :

— Comme dans le spot publicitaire pour la Caisse d'épargne. On sonne, j'ouvre, elle est devant chez moi avec armes et bagages, et un type, un déménageur, qui dépose ses affaires dans mon appartement.

J'étais impressionné. Depuis que je connais Philippe, il drague les femmes, couche avec elles, et s'arrête là.

Avec les infirmières, c'est comme avec les hôpitaux, aime-t-il à dire : ou bien tu sors vite fait, ou bien tu es un cas désespéré. Alors il se montre très prudent avec cette catégorie professionnelle. Füruzan, une infirmière turque, fière et exubérante, est arrivée à balayer tous ses beaux principes.

— C'était quand ?

— Il y a deux semaines. J'aurais dû claquer la porte tout de suite. La claquer et fermer à double tour. Mais je n'y suis pas arrivé.

Turbo, de retour d'une promenade sur les toits, revenait dans la pièce par la porte du balcon. Philippe l'a appelé, « minou, minou », en tendant la main. Le chat est passé à côté de lui d'un air dédaigneux.

— Tu vois où j'en suis. Il flaire l'homme castré et s'en détourne.

Moi, je flairais autre chose. Philippe n'était pas passé chez moi seulement parce qu'on se voyait peu. Lorsque je suis revenu avec la troisième bouteille de la cuisine, il s'est enfin jeté à l'eau :

— Merci, juste une petite gorgée encore pour moi. Il faut que j'y aille, et si Füruzan appelle ici et me demande… je ne sais pas si elle va le faire, mais si… tu pourrais lui… Je veux dire, en tant que détective privé, tu sais comment faire dans une telle situation. Tu pourrais par exemple lui dire que j'avais des ennuis avec la voiture et que j'ai dû aller chez un garagiste que tu connais et qui pouvait juste ce soir… que j'attends là-bas et qu'il n'a pas de téléphone. Tu comprends ?

— C'est qui ?

Il a haussé les épaules et levé les mains en signe de regret :

— Tu ne la connais pas. Elle est élève infirmière, elle vient de Frankenthal, mais elle a un corps… des seins, tu ne peux pas savoir, des seins comme des mangues mûres, et une paire de fesses comme… comme…

Je proposai des citrouilles.

— Oui, exactement, des citrouilles. Ou peut-être des melons, les jaunes, ou mieux, des pastèques. Ou alors…

Il était à court d'idées.

— Si tu veux, dis à Füruzan que nous sommes sortis ensemble, tous les deux. Je ne réponds plus au téléphone de la soirée.

Il est parti, je suis resté assis à regarder le crépuscule en réfléchissant à mon affaire et à mon ami Philippe. Füruzan n'a pas appelé. Brigitte est arrivée à dix heures. Les descriptions de Philippe avaient éveillé ma curiosité. Avant qu'elle ne mette sa chemise de nuit, j'ai jeté un coup d'œil rapide et précis. Des citrouilles ? Non, pas plus que des melons ou des pastèques. Des tomates belges.

10

Scott au pôle Sud

Le commissaire principal Nägelsbach est toujours d'une politesse égale et discrète. Il l'était déjà lorsque nous avons fait connaissance pendant la guerre, au parquet de Heidelberg, et il l'est resté à mon égard lorsque nous sommes devenus amis. L'âge où l'on entretient l'amitié avec des confidences intimes est passé depuis longtemps pour nous deux.

Lorsque je lui ai rendu visite, le lendemain, au siège de la police de Heidelberg, quelque chose n'allait pas. Il est resté assis derrière son bureau et n'a pris ma main tendue qu'au moment où j'ai voulu la retirer.

— Prenez place.

Il m'a indiqué la chaise à côté de l'armoire. Lorsque j'ai installé la chaise près du bureau, il a froncé les sourcils comme si je m'approchais trop près de lui.

J'ai été bref :

— Une affaire m'a conduit à l'hôpital psychiatrique régional. J'y ai relevé quelques bizarreries. La police a-t-elle mis les pieds là-bas, ces derniers temps ?

— Je ne suis pas habilité à vous donner des renseignements sur notre travail. C'est contraire au règlement.

Jamais encore nous ne nous étions préoccupés du règlement : jusque-là, chacun se contentait de faciliter le travail et l'existence de l'autre. Il sait que je ne fais pas n'importe quoi avec les renseignements qu'il me donne, et réciproquement. Je ne comprenais pas :

— Qu'est-ce qui vous prend ?

— Absolument rien.

Il m'a lancé un regard hostile à travers ses petites lunettes rondes. J'avais une réponse tout prête. Puis j'ai compris. Son regard n'était pas hostile, mais malheureux. Maintenant, il baissait les yeux et regardait le journal étalé devant lui. Je me suis levé et je me suis installé à côté de lui.

Les monuments d'Italie en maquettes de liège. L'article du journal évoquait une exposition à Cassel où l'on pouvait admirer des monuments de l'Antiquité, du Panthéon au Colisée, des maquettes taillées dans le bouchon par Antonio Chichi entre 1777 et 1782.

— Lisez la fin.

Je me suis dépêché. L'article se terminait sur l'histoire d'un marchand d'art de Leipzig qui, en 1786, n'avait rien trouvé de mieux que de faire de magnifiques maquettes en liège pour donner une idée exacte des originaux. Effectivement, avec un arrière-plan adéquat, j'aurais pu prendre la photo de la maquette pour une reproduction de l'original.

— Je me sens comme Scott qui arrive au pôle Sud et trouve la tente d'Amundsen. Helga pense que nous devrions aller ce week-end à Cassel pour constater que ça n'a rien à voir avec mon propre travail. Mais je ne sais pas.

Moi non plus je ne savais pas. À quinze ans, Nägelsbach avait commencé à reproduire des grands monuments en allumettes. Il lui est arrivé de faire d'autres tentatives (*Les mains qui prient* de Dürer et le casque de *L'homme au casque d'or* de Rembrandt), mais l'ambition de sa vie et le projet qu'il avait pour la retraite, c'était la maquette du Vatican. Je connais et apprécie les travaux de Nägelsbach, mais ils n'arrivent effectivement pas à donner la même illusion de réalité que les maquettes en liège. Que pouvais-je lui dire ? Que l'art ne consistait pas à copier, mais à créer ? Que ce n'est pas le but qui compte dans la vie, mais le chemin ? Que la littérature ne s'est pas intéressée à Amundsen mais à Scott ?

— À quoi travaillez-vous en ce moment ?

— Au Panthéon justement. Depuis quatre semaines. Pourquoi ne me suis-je pas décidé pour le pont de Brooklyn ?

Il était toujours abattu.

J'ai attendu un moment :

— Je peux revenir demain ?

— L'hôpital psychiatrique régional, vous avez dit ? Je vous appelle si je sais quelque chose.

Je suis rentré à Mannheim avec un profond sentiment de la vanité des choses. Ma Kadett ronronnait sur le goudron. Parfois les pneus crissaient sur les marques jaunes installées près des chantiers pour indiquer les changements de voies. Même vieux, il est difficile d'encaisser des échecs. D'autant plus qu'à notre âge, non seulement ce n'est pas le premier, mais ça risque toujours d'être le dernier.

Dans le bureau, le répondeur m'a fait entendre la voix pressante de Salger. Il demandait que je le rappelle d'urgence. Je devais laisser un message sur son répondeur pour indiquer où en était l'enquête. Il m'avait envoyé un autre acompte. Sa femme, elle aussi, souhaitait avoir des nouvelles au plus vite. Il ne voulait pas me bousculer. C'est pourtant bien ce qu'il faisait sur la bande magnétique, jusqu'à ce que mon répondeur lui coupe la parole au bout de deux minutes.

11

Tableaux d'une exposition

Nägelsbach ne m'a pas fait attendre longtemps. Il s'était renseigné un peu, et il n'avait pas récolté grand-chose :

— Je peux vous résumer ça tout de suite, par téléphone.

J'ai préféré le rencontrer

— Ce soir ? Non, ça ne va pas. Mais demain matin, je suis à mon bureau.

Ce trajet-là, je ne suis pas près de l'oublier. Tout a failli s'arrêter là. Au chantier de Friedrichsfeld, là où il n'y a ni marquage au sol ni barrière centrale pour délimiter les voies de l'autoroute, un camion de déménagement s'est mis à faire des embardées sur l'autre voie, m'a coupé la route et a tapé contre le talus avant de se renverser. J'étais comme paralysé. Le camion glissait sur la chaussée, ma voiture s'est dirigée sur lui comme si elle voulait l'éperonner, j'ai vu le camion grandir, il était à deux doigts de moi. Je n'ai pas freiné, et je n'ai pas braqué mon volant vers la gauche. Je ne pouvais plus faire un geste.

Ça n'a duré que quelques fractions de secondes. Le camion s'est renversé dans un fracas terrible, les freins ont crissé, recouverts par le bruit du klaxon, une voiture sortie de sa file en a balafré une autre, qui s'est arrêtée à son tour. Je me suis arrêté sur la bande d'arrêt d'urgence de l'autoroute, je suis descendu, mais j'étais incapable de mettre un pied devant l'autre. Ensuite, je me suis mis à trembler, j'ai dû tendre mes muscles et serrer les dents. J'ai vu la file des voitures qui s'allongeait, le conducteur du camion qui sortait de sa cabine en grimpant, les curieux qui s'agglutinaient à la porte ouverte du camion, la voiture de police et l'ambulance qui sont aussitôt reparties. De temps en temps, je me mettais à claquer des dents.

Un homme est descendu de la voiture qui s'était immobilisée derrière moi et s'est dirigé vers moi.

— Voulez-vous que j'appelle un médecin ?

J'ai secoué la tête. Il m'a pris les deux bras, m'a secoué, m'a forcé à m'asseoir sur le talus. Ensuite, il a allumé une cigarette.

— Vous en voulez une ?

Je ne pensais qu'à une chose : les mois en « r », il ne fallait pas s'asseoir à même le sol, et nous étions en avril. J'ai voulu me relever, j'avais peur pour ma vessie et ma prostate, mais l'homme m'a forcé à rester par terre.

Après la cigarette, ça s'est amélioré peu à peu. Ce type n'arrêtait pas de me parler. Au bout de quelques phrases, je ne savais déjà plus ce qu'il avait raconté. Lorsqu'il est parti, je ne savais pas non plus à quoi il ressemblait. Mais quand les policiers sont venus prendre ma déposition, je l'ai faite sans trembler.

Les voitures passaient au compte-gouttes autour du camion renversé. Par la porte ouverte du camion, des caisses étaient tombées sur l'autoroute : les tableaux d'une exposition, qui devaient être acheminés à la Kunsthalle de Mannheim sous la surveillance d'un gardien. Je suis rentré à Mannheim sur une autoroute quasi déserte.

Ce que Nägelsbach savait, il l'avait pris dans un dossier établi par un collègue qui était en cure.

— Le dossier est à peu près vide. Ça faisait sans doute un certain temps qu'il se sentait mal. Enfin, il y a une chose de sûre : ces dernières années, il y a eu des problèmes à l'hôpital psychiatrique régional.

— Des problèmes ? Qu'est-ce que ça veut dire ? On appelle ça un problème, quand un patient tombe de la fenêtre et se brise le cou ?

— Oh mon Dieu, non. Je parle de petites pannes, de petits incidents. Peut-être que le mot problème n'est même pas le bon. L'alimentation en eau chaude qui saute, la nourriture qui se gâte, les fenêtres qui doivent être montées et qui restent dans la cour, un patient libéré avec quelques jours de retard, un infirmier qui tombe d'une échelle, est-ce que ça a une importance quelconque ? Aucune plainte n'a jamais été déposée par la direction, ce sont toujours les patients qui l'ont fait, des membres de la famille, ou des anonymes. S'il ne fallait pas faire aussi attention, par les temps qui courent, dans les foyers et instituts...

— Ça va au-delà de ce qu'on constate dans n'importe quelle organisation d'une certaine taille ?

Nägelsbach s'est levé :

— Venez.

Nous sommes sortis, nous avons tourné au coin du couloir et nous avons regardé par la fenêtre, dans la cour du siège de la police.

— Que voyez-vous, monsieur Selb ?

Trois voitures de police stationnaient à gauche ; à droite, le sol était défoncé pour poser des canalisations, les fenêtres qui donnaient sur la cour étaient en partie ouvertes. Nägelsbach a levé les yeux vers le ciel bleu, le vent frais poussait de petits nuages blancs.

— Un instant encore, a-t-il dit.

Au moment où un nuage est passé en cachant le soleil, les stores de toutes les fenêtres se sont mis à descendre. Le nuage s'est éloigné, mais les stores sont restés fermés.

— Des trois voitures, il y en a deux qui sont presque toujours ici parce qu'elles sont en panne. Les conduites d'eau ont déjà été déterrées et réenterrées une fois cette année, et tous les étés, les stores trouvent une nouvelle blague à nous faire. Est-ce ce qui se passe dans n'importe quelle organisation d'une certaine taille ? Ou est-ce la faute des terroristes, des autonomes, des anarchistes, des skinheads ?

Nägelsbach me dévisageait, le regard vide.

Nous sommes à son bureau.

— Vous avez quelque chose sur le docteur Wendt ?

— Un moment. L'ordinateur est dans un autre bureau.

Il est revenu, la mine toujours aussi inexpressive.

— Nous n'avons rien dans l'ordinateur. Mais ce nom me dit quelque chose. À tort ou à raison, je ne sais pas. Je dois fouiller les dossiers que la loi sur les données informatiques nous oblige à détruire et que nous n'avons pas le droit d'entrer dans l'ordinateur. Je vais me dépêcher, mais ça ne va pas être pour tout de suite. Pour quand le voulez-vous ?

J'ai dit « hier », et c'est ce que je pensais. Mais je n'avais pas besoin du dossier Wendt pour faire ce que j'avais à faire. Wendt était ma piste, peu importait qu'elle soit chaude, tiède ou froide. Je devais trouver quel genre de type il était, qui il fréquentait, s'il était en contact avec Léo. Léo et son entourage ne devaient rien remarquer de mes recherches. Mais avec Wendt, je n'avais pas à prendre de gants.

12

En vain

Lorsque Wendt est sorti de l'hôpital psychiatrique le soir vers sept heures, s'est assis dans sa voiture et a pris la direction de Heidelberg, je l'ai suivi. J'avais attendu presque deux heures et jeté les mégots de cigarettes par la fenêtre parce que le cendrier était plein. Les *Sweet Afton* sont des sans-filtre qui se consument entièrement, sans polluer.

La B 3 roule bien, et avec sa petite Renault, Wendt allait à vive allure. Je le perdais parfois de vue, mais le rattrapais toujours aux feux rouges. Je l'ai suivi dans la Rohrbacher Strasse, j'ai tourné avec lui dans le tunnel du Gaisberg, j'ai fait le tour de la Karlstor et j'ai pris la rue centrale. La Kadett cahotait sur la rue pavée. Nous nous sommes garés sous la Karlstor. La place de Wendt était réservée aux handicapés, la mienne aux femmes. Wendt est sorti précipitamment de sa voiture, il a grimpé les escaliers, a traversé la place en courant, puis la Hauptstrasse, il est passé devant le Marché aux Grains et l'église du Saint-Esprit. Je n'arrivais pas à courir derrière lui. Sa silhouette, en imperméable beige clair, devenait de plus en plus petite. Je me suis arrêté au coin de la Mairie, je me suis pressé la main sur le flanc et j'ai essayé de calmer mon cœur qui battait la chamade.

Derrière la Florin-Gasse, sous une enseigne décorée d'un soleil doré, il s'est engouffré dans une entrée d'immeuble. J'ai attendu pour reprendre mon souffle. La place du marché et la rue centrale étaient calmes, il était trop tard pour faire les courses, trop tôt pour flâner. La fièvre de rénovation et de réhabilitation des monuments classés, favorisée par des déductions fiscales, avait laissé des traces sur les maisons de la place du marché. J'ai remarqué que dans la niche, au coin de la mairie, la statue en pierre du prisonnier de guerre qui attendait ici depuis des décennies dans son long manteau, le visage abattu, les mains exsangues, n'était plus à son poste. Qui l'avait déplacée, et pour la mettre où ?

L'enseigne au soleil doré annonçait le restaurant *Sole d'Oro*. J'y ai jeté un coup d'œil : Wendt et une jeune femme étudiaient la carte. En face, au café *Villa*, je me suis assis à une table libre près de la fenêtre avec vue sur la porte d'entrée. Longtemps après la cassate, au deuxième expresso et au deuxième *Sambuca*, Wendt et la femme sont sortis dans la rue. Ils se sont promenés jusqu'au cinéma *Gloria*. J'ai vu le film trois rangées derrière eux. Je me souviens du désespoir d'une femme qui devient schizophrène, et des images d'anciennes façades de maisons de maître, d'une table de fête dressée sur une terrasse surplombant la mer et le soleil grand et rouge accroché au ciel crépusculaire brumeux. Lorsque je suis sorti du cinéma, j'étais épuisé par les images et mon attention avait décliné. Ils avaient disparu tous les deux. Une foule compacte d'étudiants arpentait la grand-rue, certains avec des casquettes et des rubans de toutes les couleurs, des Américains, des Hollandais et des Japonais, des jeunes gens de la région.

J'ai longtemps attendu au parking. Lorsque Wendt est arrivé, il était seul. Il roulait tranquillement ; il a traversé le parc Friedrich Ebert, les jardins du Prince-électeur, puis a longé le Neckar jusqu'à Wieblingen. Il s'est garé au bout de la Schustergasse. Je n'ai pas pu distinguer le numéro de la maison, mais l'ai vu ouvrir, puis refermer la porte du jardin, faire le tour de la maison et descendre un escalier. Ensuite, les fenêtres de l'appartement en sous-sol se sont éclairées.

Je suis rentré à la maison en passant par les villages. La pleine lune projetait sa lumière blanche sur les champs et les toits. Arrivé chez moi, elle m'a empêché de dormir pendant un bon bout de temps. Ensuite, elle s'est mélangée à mes rêves : elle brillait sur une terrasse où l'on avait dressé une table de fête, et moi j'attendais en vain les gens que je n'avais pas invités.

13

Oui et non

L'avantage de l'âge, c'est qu'on croit tout ce que vous racontez. Seulement nous sommes tout simplement trop fatigués pour profiter des occasions et nous faire escrocs ou imposteurs. D'ailleurs, que ferions-nous de l'argent ?

Lorsque je me suis présenté comme le père de Wendt, la propriétaire n'a pas hésité un seul instant.

— Ah, vous êtes monsieur le père de monsieur le docteur.

Madame Kleinschmidt m'a observé, curieuse. Son tablier à fleurs contenait une centaine de kilos qui s'échappaient en petits bourrelets entre les boutons. Les boutons du bas s'étaient ouverts lorsqu'elle s'était baissée, laissant dépasser le jupon rose pâle. Madame Kleinschmidt s'occupait justement des fraisiers lorsque j'étais descendu à l'appartement en sous-sol de Wendt et que j'avais sonné et frappé en vain. Quand j'étais remonté, elle m'avait appelé.

J'ai regardé ma montre en secouant la tête :

— Mon fils devait être à la maison à cinq heures, mais il est déjà le quart et il n'est pas encore là.

— Normalement, il n'arrive jamais avant huit heures moins le quart.

J'espérais que ce ne serait pas le cas non plus aujourd'hui. Vingt minutes plus tôt, sa voiture était encore devant l'hôpital psychiatrique. J'avais pris mon poste d'observation à quatre heures et demie, mais j'avais soudain perdu l'envie d'attendre et je m'étais rappelé que mon âge m'apportait une certaine crédibilité.

— Je sais, normalement il travaille jusqu'à six heures, parfois plus, mais il m'a dit qu'il pouvait se libérer plus tôt aujourd'hui. J'avais à faire à Heidelberg et je dois repartir ce soir. Je peux m'asseoir sur le banc ?

— Je peux vous faire entrer dans l'appartement de monsieur votre fils, attendez, je vais chercher la clé.

Avec la clé, elle a apporté une assiette avec une tranche de gâteau marbré.

— De toute façon, je le lui aurais posé devant la porte. Elle m'a collé l'assiette dans la main et elle a ouvert. Vous voulez peut-être goûter ? Je n'ai pas compris ce que vous faites à Heidelberg.

— Je travaille à la Banque des fonctionnaires badois.

Après tout, c'est là que se trouve mon compte en banque. Et le costume gris que je portais allait très bien avec l'image d'un fonctionnaire badois égaré dans le secteur bancaire. Madame Kleinschmidt m'a trouvé suffisamment respectable et a hoché plusieurs fois la tête avec respect. Son menton doublait, triplait, quadruplait.

Il faisait frais dans l'appartement de Wendt. Depuis le couloir, quatre portes donnaient, à gauche, dans la salle de bain, à droite dans un salon et dans la chambre à coucher qui servait aussi de bureau, et tout droit dans le débarras. La cuisine était située derrière le salon. Je voulais être reparti pour six heures. Je me suis dépêché.

J'ai cherché en vain le téléphone, Wendt n'en avait pas. Il n'y avait donc pas non plus de carnet avec noms, adresses et numéros posé à côté. Dans les tiroirs de la commode, je n'ai vu que des chemises et du linge, dans l'armoire des pantalons, des vestes et des pull-overs. Dans les caisses en bois que Wendt utilisait comme tréteaux pour soutenir la planche qui lui servait de bureau, on trouvait des classeurs, des livres spécialisés, un dictionnaire que l'on n'avait pas sorti de son emballage en plastique, des lettres, en paquets ou non, des factures, des avis, des P.V. et de grosses rames de papier blanc. Comme s'il avait fait des provisions avant de se mettre à écrire un gros livre. Sur le tableau de liège, au-dessus du bureau, étaient épinglés le programme du cinéma *Gloria*, une publicité pour des bains de bouche, une carte postale d'Istanbul et une d'Amorbach, une clé, un ticket de caisse et un dessin représentant deux hommes. « Avez-vous du mal à prendre des décisions ? » demandait l'un à l'autre. « Oui et non. »

J'ai décroché les cartes postales. Un ancien patient et sa femme lui adressaient leurs salutations d'Istanbul et exprimaient leur reconnaissance. Gabi, Klaus, Catherine, Henner et Léa lui avaient écrit d'Amorbach : l'endroit, disaient-il, était magnifique au printemps, les enfants et Léa s'entendaient à merveille, la rénovation du moulin était presque terminée, il ne devait pas oublier l'invitation. Gabi avait écrit, Klaus signé avec des fioritures, Catherine et Henner griffonné d'une écriture d'enfant, et Léa ajouté : « Hey, Léa. » J'ai vérifié attentivement, mais il n'y avait rien à faire : c'était bien Léa et pas Léo.

Les classeurs contenaient la documentation et les brouillons de la thèse de Wendt. Les lettres en liasses avaient plus de dix ans ; dans les autres, sa sœur parlait de sa vie à Lübeck, sa mère racontait ses vacances et un ami lui parlait de questions médicales. J'ai fouillé le bureau. Entre les tas de livres, les journaux, les rapports médicaux et les papiers, j'ai trouvé un livret d'épargne, un carnet de chèques et un passeport, des publicités pour un voyage au Canada, le projet d'une lettre de candidature à un hôpital de Toronto, le bulletin paroissial de l'église de Wiebligen, un morceau de papier avec trois numéros de téléphone et le début d'un poème :

Qu'à l'infini
les parallèles
se croisent,
qui peut le savoir ?

Que toi et moi…

Pour « toi et moi », j'aurais aimé une suite optimiste. Que les parallèles se croisent à l'infini, mon père qui était fonctionnaire aux chemins de fer du Reich, l'avait déjà réfuté : il suffisait d'observer les rails.

J'ai recopié les trois numéros de téléphone. Dans la bibliothèque, j'ai trouvé un album de photos datant de l'enfance et l'adolescence de Wendt. Dans la salle de bain, il avait coincé la photo d'une fille nue sous le miroir. Sous la glace, j'ai vu un petit sachet de préservatifs.

J'ai capitulé. Même si Wendt cachait quelque chose, son appartement ne me dirait pas quoi. Je suis resté encore quelques minutes en compagnie de madame Kleinschmidt, entre les fraisiers. Je lui ai montré la photo de Léo, je lui ai confié que ma femme et moi étions très heureux que notre fils ait rencontré cette gentille jeune femme. Elle ne connaissait pas Léo.

14

Vingt schtroumpfs

Au bureau, j'ai trouvé l'enveloppe contenant le deuxième paiement de Salger. Il y avait cinquante billets de cent marks. J'ai appelé son répondeur, j'ai accusé réception et lui ai raconté que Léo avait été à l'hôpital psychiatrique régional, qu'elle en était sortie et que je n'en savais pas plus.

Puis j'ai appelé les numéros que Wendt avait notés : le premier était à Munich, l'autre à Mannheim ; les renseignements m'ont indiqué que le troisième correspondait à une adresse à Amorbach. À Munich, personne n'a décroché. À Mannheim, je suis tombé sur l'Institut central de santé psychique, et à Amorbach, c'est une voix de femme à l'accent américain prononcé qui m'a répondu :

— Cabinet du docteur Hopfen.

Des enfants faisaient du bruit en arrière-plan.

J'ai essayé de faire simple :

— Est-ce que le docteur Hopfen est là ? Nous avons fait l'isolation dans le moulin, et je dois encore vérifier.

— Je vous entends mal, qui êtes-vous ?

Les enfants étaient plus proches et plus bruyants.

— Selb, service d'isolation. La cave du moulin était humide et nous avons...

— Un moment, s'il vous plaît.

Elle a posé la main sur l'écouteur, mais j'entendais tout de même ce que les enfants criaient et ce qu'elle leur répondait. Henner avait donné à Catherine vingt-trois schtroumpfs, non, vingt et un, et elle ne lui avait rendu que dix-huit, non dix-neuf. « Dix-huit ! » « Dix-neuf ! » « Dix-sept ! » Léa comptait. « Un, deux, trois... vingt. Vous avez vingt schtroumpfs, c'est plus que ce tu as compté, et c'est plus qu'il ne t'en faut. » Vingt : ce chiffre a d'abord troublé les enfants et les a fait taire.

— Vous désirez parler au docteur Hopfen parce que vous voulez aller au moulin ? Les peintres y sont, vous pouvez descendre à la cave sans problème. Enfin, à cette heure, ils ont fini, mais ils reprennent demain.

— Merci beaucoup. Vous êtes anglaise ?

— Américaine, je suis la jeune fille au pair du famille Hopfen.

Nous avons attendu tous deux un instant, au cas où l'autre aurait encore quelque chose à dire. Ensuite elle a raccroché sans dire un mot. J'ai arrosé le palmier d'intérieur. Quelque chose m'est passé par la tête, mais je ne savais pas quoi.

Philippe m'a appelé :

— Gerd, je voulais te rappeler que la fête de printemps de notre yacht-club est demain soir. Ça commence à sept heures, mais le gros des troupes arrive entre huit et neuf. Huit heures, c'est le bon moment si tu ne veux pas chercher Eberlein dans la foule. Amène Brigitte !

J'ai passé toute la journée suivante à la bibliothèque municipale, plongé dans des livres de psychiatrie. J'espérais que, si je connaissais le sujet, Eberlein m'en dirait plus sur l'hôpital psychiatrique régional, sur ce qu'y avait fait Wendt pour, contre ou avec Léo et ce qu'il cachait. J'ai découvert l'histoire de la dissolution de l'institut psychiatrique de Trieste et de la réforme de l'hôpital psychiatrique régional de Wunstorf. J'ai constaté que les changements que j'avais remarqués dans l'hôpital local s'inscrivaient dans une évolution générale qui allait de la psychiatrie conservatoire à la psychiatrie curative. J'ai trouvé une définition selon laquelle la santé psychique était la faculté de mener le jeu social selon les règles. Le malade psychique est celui que nous ne prenons plus au sérieux parce qu'il joue mal ou ne veut plus jouer. J'en ai eu froid dans le dos.

15

De la porcelaine cassée

Yacht-clubs, clubs d'aviron, clubs d'équitation, clubs de tennis, leur club-houses ont l'air d'avoir été construits par la même famille d'architectes dépourvue d'imagination, avec plus ou moins de luxe selon les cas. En bas, les salles pour les bateaux, les appareils, les douches et les vestiaires, en haut, le hall avec le bar pour les événements mondains, une ou deux autres pièces et une terrasse. Celle-ci donnait sur le Rhin et sur l'île de Friesenheim.

J'ai perdu Brigitte en traversant le hall. Nous nous étions encore disputés dans la voiture parce qu'elle voulait se marier, et moi non. En tout cas pas encore. À chaque fois, elle me dit que mes soixante-neuf ans ne me rajeunissent pas, je lui réponds qu'on ne rajeunit jamais, et elle m'accuse de dire des conneries. Quand elle a raison, elle a raison. En conséquence, je n'ouvre plus la bouche. Puis nous nous sommes garés entre les nombreuses Mercedes, les BMW, même deux Jaguar et une Roll-Royce. Lorsque j'ai fait le tour de la voiture pour lui ouvrir la porte, elle est descendue, belle et glaciale.

Ils se tenaient près de la rambarde de la terrasse, Philippe avec Füruzan et Eberlein à qui une jeune femme semblait accrochée.

— Gerd !

Füruzan m'a embrassé sur les deux joues, Philippe m'a serré le bras.

Eberlein m'a présenté à sa femme et a pris rapidement le cahier dans la main.

— Laissez-nous seuls un instant, mes enfants, nous avons à parler entre vieux messieurs.

Il m'a conduit à une table.

— Vous venez pour me parler, et c'est moi qui vous mets à la torture. À l'hôpital, vous étiez à la recherche d'une jeune dame et vous n'avez rien appris, sauf qu'elle était notre patiente. Wendt vous a fait avaler une histoire quelconque pour vous faire partir, et moi, je me suis mis à philosopher. Alors vous voulez me questionner un peu en terrain neutre. C'est bien normal, c'est bien normal.

Il avait à nouveau son sourire bonhomme et inoffensif. Il a accepté une cigarette, mais a refusé que je la lui allume et s'est mis à la tourner entre l'extrémité du pouce et du majeur tandis que je fumais. Ses gros doigts exécutaient le mouvement avec une grande douceur.

— Questionner... si ça ne tient qu'à moi, on peut appeler ça comme ça. Un jeune médecin de votre institut me raconte que la patiente que je recherche à la demande de son père est tombée par la fenêtre, et qu'elle en est morte. Personne d'autre n'est au courant de cet accident. Lorsque je lui rapporte ce que j'ai entendu, un collaborateur de votre institut me dit qu'on me mène en bateau. Lorsque je lui confie de qui je le tiens, il retire ce qu'il a dit. Puis j'entends parler de pannes et d'incidents à l'hôpital psychiatrique régional, et vous me parlez d'infections et d'infarctus, de virus et bactéries. Alors oui, toute explication sera la bienvenue.

— Que savez-vous de la psychiatrie ?

— J'ai lu quelques ouvrages. Il y a des années, un de mes amis était interné dans votre hôpital. J'ai vu comment ça se passait à l'époque, et j'ai constaté que pas mal de choses ont changé depuis.

— Et que savez-vous de la responsabilité et de la charge du travail psychiatrique ? Des soucis qu'on ne range pas avec sa blouse blanche dans l'armoire le soir, qu'on emmène à la maison, qui vous poursuivent pendant le sommeil et vous attendent le lendemain au réveil ? Qu'en savez-vous, vous avec vos plaisanteries sur les virus, les bactéries, les infections et les infarctus…

— Mais c'est vous qui…

J'avais du mal à comprendre. Il y a bien des pompiers pyromanes, des policiers criminels. Il y a peut-être des psychiatres fous ? Je l'ai regardé, un peu hagard.

Il a ri et a frappé plusieurs fois le sol avec sa canne.

— Peut-on être détective privé avec un visage dans lequel on peut lire si facilement ? Ne craignez rien, je sème juste un peu de confusion en vous pour que vous compreniez mieux les troubles sur lesquels vous m'interrogez.

Il s'est calé sur son fauteuil. Il prenait tout son temps.

— Ne soyez pas trop sévère avec le jeune Wendt, ne le brusquez pas. Il ne se facilite pas la tâche. Mais il sera un bon médecin un jour.

C'est moi, à présent, qui ai eu besoin d'un instant pour répondre.

— Le brusquer ? Je voulais d'abord lui donner une chance.

Je ne savais pas vraiment de quoi je parlais. J'avais bien entendu songé à évoquer le comportement de Wendt devant Nägelsbach, un membre de l'Ordre des médecins ou un responsable de la sécurité sociale. Mais je ne voyais pas ce que cela pouvait m'apporter. Wendt aurait des ennuis. Par contre, je pouvais essayer de faire pression sur lui en brandissant cette menace. Mais il y avait un autre problème : Léo ne devait pas s'apercevoir qu'on la recherchait. Comment y arriver si je mettais ma menace à exécution ?

— Évidemment c'était stupide de la part de Wendt d'inventer une histoire d'accident mortel. Mais imaginez-vous la situation : vous êtes un thérapeute passionné, vous considérez que le nœud du problème est le lien entre votre cliente et son père, vous y travaillez, vous avez des succès, des revers, et pour finir vous réussissez, vous amenez votre cliente sur le bon chemin. C'est à ce moment-là que vous arrivez. Wendt reconnaît en vous l'image du père menaçant. Alors il raconte le premier mensonge venu pour se débarrasser de vous et protéger sa cliente.

— Et où est-elle ?

— Je ne le sais pas, monsieur Selb. Je ne sais pas non plus si l'histoire s'est déroulée comme je vous l'ai décrite. Je vous l'ai racontée pour que vous compreniez ce qui peut amener un médecin comme Wendt à inventer des histoires stupides.

— Ça a donc pu se dérouler d'une tout autre manière ?

Il n'a pas répondu à ma question.

— J'ai apprécié cette fille. Sous ses allures dépressives, elle avait un fond joyeux. Et puis elle était de bonne famille. J'espère qu'elle arrivera à s'en tirer.

Il a réfléchi.

— Quoi qu'il en soit, cela fait trop longtemps que je néglige ma femme. Venez.

Il s'est levé, je l'ai suivi. Le groupe s'était mis à jouer, des couples dansaient. Inutile de pousser ou de jouer des coudes : les personnes debout ou les danseurs s'écartaient sans un mot pour nous laisser le passage. Nous avons retrouvé les autres. Eberlein a donné un coup de canne sur sa jambe de bois et m'a lancé un regard impérieux pour que je danse avec sa femme. Ensuite, j'ai dansé avec Füruzan, puis avec une dame qui me dépassait d'une tête et m'a invité pour le quart d'heure américain. À onze heures et demie, j'avais vu assez de monde, la salle était devenue trop petite pour moi, la musique trop forte.

J'ai trouvé Brigitte sur la terrasse. Elle flirtait avec un type insignifiant, costume turquoise et cheveux gras.

— Je m'en vais. Tu viens ?

Elle est restée. Je suis rentré à la maison. Vers six heures et demie, on a sonné à la porte. C'était Brigitte avec des petits pains tout chauds. Je n'ai pas voulu savoir d'où elle venait. Pendant le petit déjeuner, je m'apprêtais à lui demander sa main, mais lorsqu'elle s'est levée pour prendre les œufs sur la cuisinière, elle a marché sur la queue de Turbo.

16

Plus large, plus droite, plus rapide

C'est après le déjeuner que j'ai compris. J'étais allé à la piscine de Herschel pour faire quelques longueurs à cause de mon dos. En rentrant du marché, j'ai aperçu Giovanni à la porte de la *Petite Roseraie.*

Je l'ai salué.

— Alors, collègue rentré ? Finito, mamma mia et sole mio ?

Mais aujourd'hui, il n'avait pas envie de jouer à notre jeu de l'Allemand qui parle à l'immigré. Il avait des choses à raconter sur Radda, son village, et il se débrouillait mieux dans son allemand que dans notre charabia balbutiant. Ensuite, il m'a servi le repas, qui était à la hauteur, une fois de plus. Il avait fait les courses en personne, le matin, au marché de gros et aux abattoirs ; l'escalope de veau était juteuse, la sauce préparée avec des tomates fraîche et assaisonnée à la sauge. On m'a apporté l'expresso et le *Sambuca* sans que j'aie rien demandé.

Giovanni se tenait à côté de moi avec son carnet et son crayon. Il faisait l'addition.

— Vous comptez en italien ?

— Vous voulez dire que je compte en italien alors que je parle bien l'allemand ? Je crois qu'on compte toujours dans sa langue maternelle. Alors qu'en fait, ça n'est pas très difficile, de compter.

J'ai pensé à la jeune fille au pair de la famille Hopfen. Elle avait compté : « Un, deux trois… vingt schtroumpfs. » En allemand, malgré son accent. Et alors qu'elle ne connaissait pas le genre du mot « famille ». Le fils de Brigitte, Manu, qui a longtemps vécu chez son père au Brésil, mais qui parle depuis le véritable dialecte de Mannheim, s'obstine à compter en portugais quand je l'aide à faire ses devoirs. Alors pourquoi Léa avait-elle compté en allemand pour départager les enfants qui se disputaient ?

J'avais l'intention d'aller lui rendre visite. Mais je ne savais plus où j'avais garé ma voiture. Près de la piscine ? Sur la place du marché ? À la maison ? Il est bien triste de devoir utiliser son flair de détective pour compenser les pertes de mémoire d'un vieux monsieur. L'étiquette sur le shampooing m'a aidé. Il venait d'une droguerie située dans le quartier du Neckar. Je me suis rappelé qu'après le petit déjeuner j'avais raccompagné Brigitte à son appartement dans la Max-Joseph-Strasse, que j'y avais acheté le shampooing et que j'avais traversé le pont de Kurpfalz pour aller à la piscine de Herschel.

Je suis allé récupérer ma voiture, j'ai pris l'autoroute en direction de Heidelberg et j'ai longé le Neckar jusqu'à Ebersbach. Je ne savais pas que la B 37 était en travaux partout, que la nationale était plus large, plus droite et plus rapide, et qu'à Hirschhorn elle passe même sous la montagne. Sera-t-elle un jour transformée en autoroute ? À la place des élégants viaducs de grès que le Grand Duc a fait construire pour faire passer le train au-dessus des gorges de la forêt d'Odenwald, un train magnétique percera-t-il un jour la forêt, la montagne et la vallée ? Dans la vallée de l'Ernst, le club Méditerranée reprendra-t-il ce maudit complexe composé d'une ancienne auberge, d'une maison de chasse et d'une fabrique abandonnée ? C'est là, près de la route de Kailbach à Ottorfszell, que les arbres sont le plus vert et le grès le plus rose ; la bière sur les terrasses ombragées a le goût de l'ambroisie. Pourquoi faudrait-il que les après-midi soient réservés au café et aux gâteaux ? J'ai mangé une escalope viennoise avec ma bière et une salade avec une sauce maison. Les rayons de soleil qui scintillaient à travers le toit de branches me faisaient cligner des yeux.

Sur la place du Marché à Amorbach, j'ai trouvé le cabinet du docteur Hopfen et un patient qui m'a indiqué le chemin de son domicile privé :

— Passez la gare, traversez les voies de chemin de fer et montez à l'hôtel Frankenberg. Suivez toujours le panneau « Sommerberg ». La maison du docteur est la dernière à gauche avant l'entrée de l'hôtel.

Lorsque j'ai eu gravi l'étroite ruelle en pente raide et fait demi-tour devant l'hôtel, une petite fille était en train d'ouvrir le portail de la maison des Hopfen. Elle a laissé sortir une Rover, refermé le portail et sauté dans la voiture. Deux autres enfants s'amusaient sur les sièges arrière, une femme était assise au volant. Le moteur a calé plusieurs fois. J'ai regardé les alentours : des arbres fruitiers sur le versant, un entrepôt de matériaux de construction dans la vallée et derrière la voie de chemin de fer, l'église d'Amorbach avec ses deux clochers à bulbe. Puis nous sommes partis en direction du bourg. Devant la sacristie, il restait tout juste la place de garer la Rover et ma Kadett entre les nombreuses voitures des touristes.

J'ai suivi la femme et les trois enfants à pied jusqu'à la place du Marché. Je n'étais pas encore sûr de moi. Mais ensuite, lorsqu'ils sont ressortis du cabinet médical, je l'ai vue distinctement, de face, et il n'y avait plus aucun doute. La jeune femme était bien Léo. Léo avec des lunettes de soleil roses, une chevelure bouclée blonde oxygénée et une chemise d'homme à carreaux par-dessus son jean. Elle avait fait tout ce qu'il fallait pour ressembler à une jeune fille au pair originaire du *Middle West* américain.

J'ai suivi Léo et les enfants. Ils ont fait des courses à la boucherie et à la fromagerie, et pendant que les enfants étaient chez le coiffeur, Léo a fait les bacs de la librairie d'en face. Avant de monter dans la voiture et de rentrer à la maison, ils ont jeté un coup d'œil dans l'église avec ses clochers à bulbe. J'y suis entré moi aussi, séduit par cet espace vaste et clair, et par le son de l'orgue sur lequel répétait justement le musicien attitré. Dans la nef, saint Sébastien était criblé de flèches et protégé par Irène. Léo et les enfants se sont agenouillés dans la dernière rangée. La petite fille promenait son regard dans l'église, et les deux garçons faisaient claquer leurs bulles de chewing-gum. Léo s'est accoudée sur le dossier, a pris sa tête entre les mains et a regardé fixement le vide.

17

Procédure administrative

À quatre heures et demie, j'étais à nouveau à Mannheim. Le trajet ne m'avait pas suffi pour déterminer ce qu'il fallait penser de tout cela. Je voulais parler à Salger. Mais pas au téléphone, et encore moins par répondeur interposé. Il en savait certainement plus qu'il ne m'en avait dit.

Je suis allé tout droit vers la Max-Josef-Strasse. Brigitte m'a salué comme si nous ne nous étions jamais disputés. Nous nous sommes serrés dans les bras, son contact était agréable, elle était chaude et douce, et nous n'avons relâché notre étreinte qu'au moment où Manu, jaloux, nous a tirés par les vêtements.

— Allez donc faire une promenade avec Nonni, tous les deux, proposa-t-elle, et revenez à sept heures et demie. Je finis ma déclaration d'impôts. Ensuite, je prépare le repas. Le rôti sera cuit à sept heures et demie.

Nonni est le chien de Manu, une toute petite bête. Manu l'a pris par la laisse et nous avons fait le grand tour : les rives du Neckar, le Luisenpark, le quartier est et le Wasserturm. Nous avancions lentement. D'habitude, l'idée de l'évolution et du progrès me laisse sceptique. Mais le fait que chez nous humains, l'excitation érotique ne passe plus par le reniflage des troncs d'arbres et des coins d'immeubles constitue sans aucun doute un progrès dans l'histoire de l'espèce.

J'ai appelé Salger de chez Brigitte. Le répondeur n'était pas branché. Salger était donc revenu à Bonn ? Le téléphone a sonné longtemps dans le vide. J'ai essayé encore une fois à neuf heures, puis à dix. Mais personne n'a décroché.

Le dimanche également et même le lundi matin à huit heures, mes tentatives furent vaines. À neuf heures, j'ai conduit Manu à l'école et Brigitte à son institut de massage au Centre Collini. Et j'ai poursuivi ma route jusqu'à la poste principale. Si Salger était rentré à Bonn, il avait sûrement repris le travail. Dans l'annuaire n° 53, j'ai trouvé les numéros de téléphone de la ville de Bonn, et sous la rubrique « Gouvernement fédéral », le chancelier et dix-sept ministres fédéraux. J'ai commencé par le début, avec la chancellerie et le secrétariat à la Presse et à l'Information. Ils n'avaient pas de sous-chef de cabinet du nom de Salger. Il était inconnu au ministère fédéral du Travail et des Affaires sociales ; on ne le trouvait pas non plus dans la suite de la liste, ni dans le dernier, le ministère fédéral de la Coopération économique. Au ministère de la Justice, personne n'a décroché avant dix heures et quart. La dame que j'ai eue après cette heure-là était bien reposée et particulièrement aimable, mais elle n'a rien pu faire pour moi. J'ai ouvert l'annuaire n° 39 et j'ai appelé le siège du gouvernement régional à Düsseldorf. Après tout, Salger pouvait parfaitement habiter à Bonn et travailler à Düsseldorf. Mais aucun ministère régional de la Rhénanie-Westphalie n'avait de sous-chef de cabinet répondant au nom de Salger.

J'ai repris la voiture pour aller à l'hôpital municipal. Je voulais enfin savoir. Connaître l'identité de mon commanditaire, ce mystérieux sous-chef de cabinet, détenteur d'une ligne téléphonique qui ne figurait pas dans l'annuaire, et qui expédiait 5 000 marks sous enveloppe sans indiquer son adresse. J'avais son numéro de téléphone. Mais pour que la Poste donne le nom et l'adresse correspondant à un numéro, il faut une urgence, ou une procédure officielle. Un médecin qui trouve un simple numéro de téléphone sur un patient dans le coma et qui a besoin du nom et de l'adresse correspondants peut faire une demande à la Poste, qui le rappelle ensuite. L'aide de Philippe allait être nécessaire.

L'infirmière-chef m'a laissé entrer dans son bureau, Philippe était encore au bloc opératoire. Je m'apprêtais à le prier d'appeler le service des renseignements à Bonn, mais j'ai décidé de lui épargner cela et d'inventer mon mensonge tout seul.

— Docteur Selb, hôpital municipal de Mannheim. Nous avons un patient accidenté qui n'a pas de papiers, juste un numéro de téléphone à Bonn, le 41 17 88. Pourriez-vous s'il vous plaît me communiquer le nom et l'adresse ?

On m'a passé deux services successifs. Ensuite, on m'a promis de vérifier et de me rappeler. J'ai donné le numéro de Philippe. Au bout de cinq minutes, le téléphone a sonné.

— Allô ?

— Docteur Selb ?

— Oui.

— Le numéro que vous avez demandé est au nom de Helmut Lehmann...

— Lehmann ?

— Lucie, Émile, Henri, Marie, Anatole, Noémie, Noémie, 46a, Niebuhrstrasse, Bonn 1.

J'ai vérifié : j'ai appelé le service des renseignements nationaux pour demander le numéro de téléphone de Helmut Lehmann, 46a, Niebuhrstrasse, Bonn 1. On m'a donné le 41 17 88.

Il était midi vingt. Je me suis plongé dans mon guide des horaires de train : un train express régional partait pour Bonn à douze heures quarante-cinq. Je n'ai pas attendu Philippe.

À douze heures quarante, je me suis placé au bout de la longue queue devant le seul guichet ouvert. À douze heures quarante-quatre, l'employé avait servi quatre clients, et j'ai calculé que je n'aurais pas mon billet avant douze heures quarante-huit. J'ai couru sur le quai. À douze heures quarante-cinq, le train n'était pas là. À quarante-six, quarante-sept, quarante-huit et quarante-neuf non plus. À douze heures cinquante, un haut-parleur annonça que le train express régional 714 « Le Patricien » avait cinq minutes de retard. Il est entré en gare à douze heures cinquante-quatre. Ce genre de choses m'énerve, même si je sais que les retards se multiplient ces temps-ci sur les lignes de la Deutsche Bahn et que je dois éviter de m'énerver. J'ai connu les lignes de la Reichsbahn, avant-guerre. Celles-là étaient ponctuelles. Elles avaient pour leurs voyageurs un respect tout à fait prussien.

Mieux vaut ne pas évoquer le déjeuner au wagon-restaurant. Le trajet le long du Rhin est toujours beau ; j'aime le pont ferroviaire de Mayence à Wiesbaden, le monument du Niederwald, le Palatinat près de Kaub, la Lorelei et le château d'Ehrenbreitstein. À quatorze heures cinquante-cinq, j'étais à Bonn.

Mieux vaut ne pas parler de Bonn non plus. Un taxi m'a conduit au 46a, Niebuhrstrasse. L'étroit immeuble avec ses colonnes, ses chapiteaux et ses frises, datait des années de Fondation[1], tout comme la plupart de ceux de la rue. Au rez-de-chaussée, à côté de l'entrée, il y avait un tout petit magasin vide et fermé. Les lettres noires qui avaient pâli sur le verre dépoli au-dessus de l'entrée annonçaient une mercerie. J'ai passé en revue les noms sur le tableau des sonnettes : pas de Lehmann.

Je n'ai pas trouvé non plus de Lehmann au 46 et 48 de la Niebuhrstrasse. Je suis retourné au 46a, mais je n'étais pas plus avancé. J'étais sur le point de partir. Mais j'hésitais, peut-être parce que mes yeux avait déjà enregistré un détail et l'avaient transmis à mon inconscient : ce petit écriteau isolé, à la porte du magasin : « Helmut Lehmann ». La porte était fermée, le magasin avait un comptoir, deux chaises et un présentoir vide pour les chaussettes.

Et sur le comptoir, un téléphone et un répondeur.

1. Avec la fondation du Deuxième Reich (1871), l'Allemagne connaît un véritable essor industriel dû à la prospérité de la bourgeoisie. L'architecture de cette période s'apparente au style haussmannien pratiqué à Paris.

18

Un demi-dieu vêtu de gris

J'ai frappé à la porte. Mais je n'ai vu personne surgir de la cave par une trappe cachée ou sortir d'une porte dissimulée derrière une tenture. Le magasin est resté vide.

Ensuite, j'ai sonné au premier étage et j'ai rencontré le propriétaire de l'immeuble. La vieille veuve qui tenait la mercerie était morte depuis une bonne année ; depuis, c'était son neveu qui payait le loyer.

— Quand puis-je rencontrer monsieur Lehmann ?

Le propriétaire m'a dévisagé de ses yeux de cochon et m'a répondu avec un accent rhénan entrecoupé de trémolos geignards :

— Je ne sais pas. Ils veulent ouvrir une galerie dans le magasin, c'est ce qu'il m'a dit, lui et ses amis, et tantôt c'est l'un, tantôt c'est l'autre qui est là, et puis je vois plus personne pendant des jours et des jours.

Lorsque j'ai essayé prudemment de connaître l'identité du neveu Lehmann, il a cessé de geindre et s'est mis en colère :

— Mais qui êtes-vous donc ? Que voulez-vous ?

Ça sentait la mauvaise conscience. Le montant du loyer avait effacé ses doutes.

Je suis retourné à la gare. Le train ne partait qu'à dix-sept heures onze. Je me suis installé au café d'en face. En buvant mon chocolat, j'ai passé en revue ce que je savais et ne savais pas.

Je savais que Léa était Léo. Je pouvais également deviner pourquoi Léo avait transformé son nom justement en Léa : quand je prends un pseudonyme, je le choisis toujours proche de mon vrai nom. Lors d'une de mes affaires antérieures, je m'étais infiltré sous le nom de Hendrik Willamowitz dans une bande qui faisait la contrebande de cigarettes américaines et le trafic d'antiquités allemandes volées. Quelque chose m'avait plu dans ce nom. Mais à deux reprises, je n'avais pas réagi assez vite lorsqu'on m'avait appelé Willamowitz, et je m'étais grillé auprès du chef. Depuis, lorsque j'ai besoin d'une fausse identité, je suis Gerhard Sell, Selk, Selt ou Selln. C'est aussi le nom qui figure sur mes fausses cartes de visite.

Mais pourquoi Léo avait-elle besoin d'un pseudonyme ? À l'hôpital, déjà, elle s'était présentée et avait été enregistrée sous un faux nom ; la secrétaire n'avait jamais entendu parler de Léonore Salger, et Wendt lui-même avait affirmé ne pas connaître son vrai nom avant que je ne le lui donne. Patiente à l'hôpital psychiatrique régional, puis jeune fille américaine au pair dans la forêt d'Odenwald : ce sont deux bonnes couvertures, lorsqu'on veut ou doit disparaître un certain temps de la circulation. Mais pourquoi Léo devait-elle ou voulait-elle disparaître ? De toute évidence, Léo n'était pas allée chercher un rempart thérapeutique face à un père menaçant : elle avait voulu échapper au faux Salger, au faux ou au vrai Lehmann. Wendt en savait-il plus sur la question ? En tout cas, tout laissait penser que c'était lui qui lui avait procuré cette place de jeune fille au pair à Amorbach. Même Eberlein admettait que Wendt était lié à la disparition de Léo. C'est peut-être déjà lui qui l'avait laissée entrer à l'hôpital psychiatrique ?

J'ai commandé un chocolat supplémentaire et une assiette de profiteroles. Qui se dissimulait derrière Salger ? Au téléphone, c'était un sous-chef de cabinet crédible. Il savait que Léo avait étudié le français et l'anglais à l'Institut de traduction et d'interprétariat. Il possédait une photo que Léo s'était fait faire. Est-ce elle qui la lui avait donnée ?

En mangeant mes profiteroles, je m'imaginais une histoire d'amour. Léo sèche l'école : elle est assise au bord du Rhin et porte un chemisier jaune fripé. Passe un jeune attaché des Affaires étrangères : « Permettez, belle jeune fille… » Aux premières promenades en succèdent d'autres, et le banc au bord du Rhin n'est pas le seul sur lequel ils se bécotent. Mais l'attaché doit partir pour Abu Dhabi. Elle reste en Allemagne. Lui regarde la mer, et tous ces voiliers qui lui font penser à Léo. Mais elle fréquente plus d'un joli garçon. Retour, jalousie, il insiste, fait le siège de son appartement, elle déménage de Bonn à Heidelberg, il la suit, la menace. Une histoire idiote. Ce qui me paraissait convaincant là-dedans, c'était la géographie. Salger-Lehmann devait avoir une raison de jouer son rôle de père à partir de Bonn, et la raison la plus évidente, c'était que Léo en venait.

J'ai fini mon chocolat, j'ai demandé à la serveuse le chemin de la poste centrale, j'ai payé et je suis sorti. Je n'avais que quelques pas à faire. Je savais déjà que le nom de Salger ne figurait pas dans l'annuaire n° 53, celui de la ville de Bonn. Mais la veuve du haut fonctionnaire (c'est ainsi que je m'imaginais la mère de Léo) devait habiter dans une commune des environs. Je m'imaginais aussi la propriété achetée avec un crédit pour fonctionnaire fédéral, une petite maison blanche dans un petit jardin fleuri clos de grillage, avec un studio indépendant déductible des impôts. Je n'ai pas trouvé le nom de Salger à Bad Honnef, Bornheim, Eitendorf, Hennef, Königswinter, pas plus qu'à Lehmar. Mais à Meckenheim, il existait tout de même un jardinier paysagiste répondant au nom de Salger, Günter, et un conseiller d'entreprise à celui de Salger, Philip. Encouragé, j'ai cherché à Much, Neunkirchen-Seelscheid, Niederkassel, Rheinbach, Ruppichteroth et Sankt Augustin. Je n'y ai trouvé qu'un Salger, E. Siegburg, Swisttal, Troisdorf et Windeck n'avaient à offrir qu'un spécialiste de rénovation de bâtiments à colombages, Sallert, M., et une infirmière, Salga, Anna. J'ai noté le numéro de téléphone et l'adresse de Salger, E. Ensuite, je suis entré dans la première cabine de téléphone libre.

— Oui ?

C'était la voix tremblotante d'une femme qui a été victime d'une embolie cérébrale ou d'un infarctus. Ou celle d'une alcoolique.

— Bonjour madame Salger. Mon nom est Selb. Votre fille Léonore vous a certainement parlé de notre fils. Nous nous réjouissons beaucoup, ma femme et moi, de les voir vivre ensemble. Mais cela nous embêtait de ne vous avoir encore jamais rencontrée. Alors comme je suis de passage à Bonn aujourd'hui, j'ai pensé que…

— Ma fille n'est pas là. Qui est à l'appareil ?

— Selb. Je suis le père de l'amie de…

— Ah, vous êtes le réparateur télé. Vous deviez déjà venir hier.

Je pouvais exclure l'embolie. Il ne restait que l'infarctus et l'alcoolisme.

— Vous serez à la maison à dix-huit heures ?

— Hier, je n'ai pas pu voir le téléfilm. Et maintenant il n'y a plus moyen de regarder les cassettes.

La voix tremblota encore un peu et se cassa.

— Vous venez quand ?

— Je suis chez vous dans une demi-heure.

Je suis passé chez *Hertie,* j'ai acheté un petit poste en noir et blanc à 129 marks, un jeu de tournevis à 9,99 marks et une blouse de réparateur grise en promotion à 29,90 marks. J'étais armé pour faire mon apparition au chevet de madame Salger, comme un demi-dieu vêtu de gris.

19

Pourquoi ne partez-vous pas ?

Le chauffeur de taxi stationné devant la gare était content. Le parcours qui mène à la Drachenfelsstrasse, à Hangela, est l'un des plus longs et des plus rentables. Mais quand il a vu passer ma blouse grise dans le rétroviseur, il a froncé les sourcils. Il m'a regardé, méfiant, porter mon téléviseur et ouvrir le portail du jardin pour me diriger vers la porte d'entrée. Il a attendu, moteur allumé. J'ai sonné deux fois, personne n'a répondu, mais je ne suis pas retourné à la voiture. Il a fini par partir. Lorsque je n'ai plus entendu le taxi, le silence était complet. Un oiseau gazouillait de temps en temps. J'ai appuyé une troisième fois sur le bouton. La sonnerie a poussé un cri lointain, comme une plainte lasse.

C'était une grande maison ; de vieux et grands arbres s'élevaient dans le jardin. Seul le grillage était effectivement tel que je me l'étais imaginé. J'ai décrit une grande courbe sur le gazon et je me suis retrouvé sur la terrasse, à l'arrière de la maison. Elle était assise sur une chaise longue en rotin sous un auvent en toile rayé vert et blanc. Elle dormait. Je me suis assis en face d'elle, sur une chaise en rotin, et j'ai attendu. De loin, elle aurait pu être la sœur de Léo. De près, son visage présentait des rides profondes et ses cheveux blond cendré mi-longs étaient parsemés de mèches blanches. Les taches de rousseur sur tout le visage avaient perdu leur éclat et étaient devenues ternes. J'essayais de plisser mon visage comme elle le faisait, pour deviner dans quelle humeur elle se trouvait. J'ai senti les creux profonds au-dessus du nez et les sillons au coin des paupières lorsque j'ai fermé les yeux pour me concentrer.

Elle s'est réveillée en clignant prudemment des yeux. Son regard s'est dirigé vers moi, puis vers la bouteille, et de nouveau dans ma direction.

— Quelle heure est-il ?

Elle a eu un renvoi, et j'ai senti les relents d'alcool. Je pouvais également exclure l'infarctus.

— Six heures et quart. Vous avez…

— Vous n'avez tout de même pas l'intention de m'avoir comme ça ? Vous n'êtes pas là depuis six heures. (Elle rota encore une fois.) Et je ne vous paierai pas le quart d'heure. Allez, au travail, la télé est là, tout de suite à gauche.

Elle a désigné la terrasse ; au retour, sa main a attrapé la bouteille, et elle s'est versé à boire.

Je suis resté assis.

— Qu'est-ce que vous attendez ?

Elle a bu à grandes gorgées.

— Votre poste est irréparable. Vous voyez, je vous en ai apporté un autre.

— Mais le mien est… (Elle geignait à présent.)

— Bon, d'accord, je l'emmène quand même à l'atelier. Et je vous laisse l'autre.

— Je ne veux pas de ce truc. (Elle pointait du doigt le téléviseur à 129 mark comme s'il avait la peste.)

— Eh bien, offrez-le à votre fille !

L'étonnement lui donna un bref instant un regard éveillé. D'une voix normale, elle me pria d'aller chercher la bouteille au réfrigérateur. Puis elle soupira en fermant les yeux.

— Ma fille…

Je suis allé à la cuisine et j'ai rapporté le gin. Lorsque je suis revenu sur la terrasse, elle s'était rendormie. J'ai fait un tour dans la maison. Au premier étage, j'ai découvert une chambre qui devait avoir été celle de Léo. Plusieurs photos de la jeune fille étaient fixées sur le tableau de liège accroché au-dessus du bureau. Mais l'armoire, la commode, les tiroirs du bureau et les rayons de livres ne m'ont livré aucun renseignement intéressant sur l'ancienne occupante de la chambre. Elle avait joué avec des animaux en plastique, porté des vêtements Betty Barclay et lu Hermann Hesse. Si les dessins signés L.S. que l'on avait punaisés aux murs étaient d'elle, elle dessinait plutôt bien. Elle raffolait d'un chanteur de variétés italien qui souriait sur un poster et dont les disques étaient rangés sur une étagère. Je me suis assis à sa table de travail, déçu, et j'ai étudié les photos de plus près. Une barre transversale, sous le bureau, me sciait les genoux, comme pour me faire comprendre que chaque minute qu'une jeune fille passe au-dessus de ses livres était une minute de trop. Comme s'il s'agissait d'empêcher qu'elle apprenne à lire, à écrire et à calculer. Je n'approuve pas ces méthodes. On ne résoudra pas ainsi le problème de l'émancipation des femmes.

J'ai pris l'album photos de Léo, un gros volume relié, qui retraçait son existence du berceau jusqu'à l'université, en passant par le premier jour d'école, le gala de fin d'année de son cours de danse, les excursions scolaires et la fête donnée lorsqu'elle avait eu son bac. Pourquoi les jeunes filles aiment-elles tant tenir des albums ?

Lorsque j'étais jeune et qu'on me demandait « Tu veux voir mes albums ? », je prenais toujours cela comme un signal et je détalais. Avec ma femme Clara, je n'ai pas perçu le signal. Ou bien j'ai pensé que je n'avais plus le droit de fuir plus longtemps, que je devais tenir bon face à la marée montante.

J'ai descendu l'escalier en colimaçon, sans avoir de plan ni d'objectif, j'ai traversé le grand salon et je me suis arrêté devant les étagères pleines de cassettes vidéo. J'ai eu la fugitive tentation de voler *The Wild Bunch*, un film de Peckinpah que j'adore et dont on ne trouve de copie nulle part. Il était six heures et demie. La pluie s'est mise à tomber.

Je suis sorti sur la terrasse, j'ai relevé l'auvent et j'ai repris ma place devant madame Salger. La pluie était douce, elle s'amoncelait dans ses orbites puis coulait sur ses joues comme des larmes. Elle essayait de chasser les gouttes en faisant de brusques mouvements de la main droite. Comme cela ne marchait pas, elle a ouvert les yeux.

— Qu'est-ce qui se passe ?

Rien n'arrêtait son regard, il vacillait et fuyait derrière ses paupières fermées.

— Pourquoi je suis mouillée ? Il ne pleut pas ici.

— Madame Salger, quand avez-vous vu votre fille pour la dernière fois ?

— Ma fille ?

Sa voix se fit à nouveau geignarde.

— Je n'ai plus de fille.

— Depuis quand n'avez-vous plus de fille ?

— Il faut demander à son père.

— Où puis-je trouver votre mari ?

Elle me jeta un regard rusé de ses petits yeux étroits.

— Vous voulez m'avoir ? Je n'ai plus de mari non plus.

J'ai fait une nouvelle tentative.

— Vous voulez retrouver votre fille ?

Elle n'a pas répondu. J'ai fait une offre plus généreuse :

— Vous voulez retrouver votre fille et votre mari ?

Elle m'a fixé un instant, son regard est redevenu clair et vif pour un instant. Ensuite, il m'a traversé et s'est de nouveau pétrifié.

— Mon mari est mort.

— Mais votre fille vit, madame Salger, et elle a besoin d'aide. Ça ne vous intéresse pas ?

— Ma fille n'a plus besoin d'aide depuis longtemps. Une bonne correction, c'est ce qu'il lui aurait fallu, mais mon mari, ce mollasson, cette chiffe molle…

— Depuis quand n'avez-vous plus de contact avec Léo ?

— Ah, laissez-moi partir. Ils partent tous, lui, puis elle. Pourquoi ne partez-vous pas, vous aussi ?

La pluie tombait plus fort à présent, et nos cheveux mouillés étaient collés sur nos crânes. J'ai fait une nouvelle tentative.

— Quand est-elle partie ?

— Tout de suite après lui. L'autre n'attendait que ça. Elle voulait probablement…

— Quoi ?

Elle n'a pas répondu. Elle s'était endormie au milieu de sa phrase. J'ai renoncé, j'ai redescendu l'auvent et je suis resté un moment, à écouter les ronflements de madame Salger et la pluie qui frappait la toile. Je lui ai laissé le téléviseur.

20

Boucher des trous

— Si vous voulez des informations sur les affaires et les politiciens de Bonn, allez voir Breuer. Il a votre âge, il vit à Bonn depuis 1948, écrit pour différents petits journaux. Il a même eu un certain temps une émission à la télé avec des députés, *La 1re Interfractionale*. Il avait réuni des sans-grades de tous les groupes parlementaires pour discuter politique, comme s'ils s'y intéressaient et y comprenaient quelque chose. C'était très drôle, mais les chefs des groupes ont réussi à faire arrêter la série. C'est un type plein d'humour, ce Breuer, et intelligent.

C'est Tietzke qui me donnait ce conseil, une de mes vieilles connaissances de Mannheim qui écrivait autrefois pour le *Heidelberger Tageblatt* et qui trime maintenant au *Rhein-Neckar-Zeitung*. J'ai appelé Breuer. Il était disposé à me recevoir le lendemain matin de bonne heure.

Je suis donc resté à Bonn. J'ai trouvé un hôtel calme derrière les arbres et l'étang qui entoure le château de Poppelsdorf. Je n'avais pas un long chemin à parcourir pour me rendre chez Breuer. Avant de m'endormir, j'ai appelé Brigitte. Les bruits étrangers de la ville étrangère, la chambre étrangère, le lit étranger : j'avais vraiment le mal du pays.

Le lendemain, Breuer m'a accueilli avec une loquacité exubérante :

— Selb, c'est bien ça, votre nom ? Vous venez de Mannheim ? Un vieil ami de Tietzke ? Eh oui, dommage que le *Heidelberger Tageblatt* n'existe plus. Je me dis de plus en plus souvent... Mais à quoi bon. Allez, entrez !

Les murs de la pièce étaient couverts de livres, la large fenêtre donnait sur un pâté de maisons avec de vieux arbres, et plus loin, sur deux hautes cheminées d'usine. Des papiers étaient entassés sur la table, devant la fenêtre, un triangle vert clignotait sur l'écran d'un ordinateur, la vapeur sifflait dans la cafetière électrique. Breuer m'a proposé un profond fauteuil, s'est assis sur la chaise pivotante devant la table, a actionné une poignée, sous le siège qui est descendu en grinçant. Nous étions assis tous deux à la même hauteur.

— Bon, allons-y. Tietzke m'a dit de faire ce que je pouvais, alors bon. Maintenant, c'est votre tour. Vous êtes détective ?

— Oui, et je travaille sur une affaire à laquelle sont mêlés une jeune fille du nom de Salger et son père, qui est mort et qui a dû connaître des jours meilleurs à Bonn. Sous-chef de cabinet, ça n'est pas une mauvaise situation, non ? Ce nom, là, Salger, vous dit quelque chose ?

Il m'avait tout d'abord observé avec attention. Mais à présent, il avait les yeux fixés vers la fenêtre et paraissait absorbé dans ses pensées. Il se massait le lobe de l'oreille avec la main gauche.

— Lorsque je regarde comme ça par la fenêtre... Vous savez pourquoi j'aime ces deux cheminées d'usine là-bas ? Elles témoignent d'un autre monde, un monde qui n'est peut-être pas meilleur, mais qui est plus complet. Un monde qui n'est pas seulement peuplé de fonctionnaires, de politiciens, de journalistes, de lobbyistes, de professeurs et d'étudiants, comme ici, à Bonn. Un monde où l'on trouve des gens qui travaillent, qui construisent quelque chose, des machines, des voitures ou des bateaux, peu importe, qui fondent des banques et des entreprises, les font prospérer, les coulent, qui peignent des tableaux ou tournent des films, qui sont pauvres, font la manche, commettent des crimes. Pouvez-vous vous imaginer un crime passionnel à Bonn ? Par passion pour une femme, ou juste pour l'argent, ou pour devenir chancelier ? Non, vous ne pouvez pas, et moi non plus.

J'ai attendu. Un journaliste qui répond lui-même aux questions qu'il pose est-il un bon journaliste ? Breuer s'est de nouveau massé le lobe de l'oreille. Le haut front, le regard acéré, le menton fuyant : il avait l'air intelligent. J'aimais l'écouter ; il parlait du nez, d'une façon tout à fait agréable, et ses propos sur Bonn étaient mignons. Mais j'avais aussi l'impression d'assister à une représentation bien rodée. Il avait certainement déjà raconté des milliers de fois ce qu'il pensait des cheminées d'usine et de Bonn.

— Salger... Oui, je me souviens. Vous aussi, vous devriez vous le rappeler. Quel journal lisez-vous ?

— Aujourd'hui la *Süddeutsche*, avant, n'importe quoi, de la *Frankfurter* à...

— Peut-être la *Süddeutsche* n'a-t-elle pas écrit grand-chose sur Salger. Ou moins que les autres. Dans certains journaux, il a fait la une.

Je lui ai lancé un regard interrogateur. Il jouait avec ma curiosité, et il aimait ça. Je lui laissais ce plaisir. Du moment que les gens font ce que je veux, peu m'importe leurs détours et leurs digressions.

— Café ?

— Volontiers.

Il m'en a versé une tasse.

— Salger était, comme vous l'avez dit, sous-chef de cabinet. Il travaillait au ministère de la Défense, son secteur, c'était l'achat de matériel. C'est ce que faisaient tous ceux qui avaient des choses à dire. Vous vous souvenez des années 50 et 60 ? Tout n'était qu'achat de matériel, à l'époque, la vie entière, toute la politique.

Il a bu une gorgée de sa tasse en glougloutant.

— Vous vous souvenez du scandale König ?

Cela ne me disait pas grand-chose :

— Fin des années 60 ?

— Exactement. König était secrétaire d'État et président d'un fonds dont le budget finançait d'importants projets immobiliers de la Défense. C'était un montage bizarre, secrétaire d'État et président du fonds, mais c'était ainsi, et Salger était à la fois sous-chef de cabinet et membre du directoire du fonds. Ça y est, ça vous revient ?

Rien ne me revenait du tout, mais comme j'étais tombé juste une fois, je me suis de nouveau risqué :

— Des malversations ?

Comment un président de fonds et un membre du comité de direction pouvaient-ils s'y prendre autrement pour provoquer un scandale ?

— Le Biafra.

Breuer a de nouveau saisi le lobe de son oreille, comme s'il allait en tirer la suite de l'histoire. Il m'a jeté un coup d'œil entendu.

— König avait spéculé avec les emprunts biafrais, et si la sécession avec le Nigeria avait réussi, il aurait gagné des millions. Mais comme nous le savons, Ojukwu a perdu, et König aussi. Je ne peux pas dire s'il y a eu malversation au sens juridique ou détournement ou quoi. Il s'est pendu avant le verdict.

— Et Salger ?

Il a secoué la tête.

— C'était peut-être un type un peu fou. Vous ne vous en souvenez vraiment plus ? Les soupçons se sont d'abord portés sur lui. La police l'a interrogé et arrêté, il n'a rien dit. Il était évident, à ses yeux, qu'on ne pouvait rien lui reprocher. Il était blessé personnellement, vous comprenez, il boudait. Et lorsqu'on s'est aperçu que König...

— Quoi donc ?

— König accumulait les dettes, et quand l'argent du Biafra lui a manqué, il a essayé de boucher les trous autrement, en multipliant les subventions et les emprunts en provenance du fonds. C'est à ce moment-là qu'il s'est fait prendre.

— Combien de temps Salger est resté en prison ?

— Six mois, sans doute, dit-il en étirant les bras. C'est long. Et pendant tout ce temps, ses collègues, supérieurs et amis politiques ont prétendu n'avoir aucun lien avec lui. Ils l'ont tous cru coupable. Quand on a compris que ce n'était pas lui, ils ont essayé de l'accuser de négligence en tant que membre du directoire. Mais ça n'a pas marché non plus ; on a même retrouvé un rapport où Salger attirait l'attention sur des irrégularités commises dans la gestion du fonds. Il a donc été réhabilité. Il devait même être promu. Mais ce qu'il n'a pas admis, c'est que les hommes qui l'avaient accusé ou condamné sans preuves viennent le féliciter comme si rien ne s'était passé. Il a démissionné et rompu avec tout le monde, ses collègues, ses supérieurs et ses amis politiques. À moins de cinquante ans, il était retraité et totalement isolé. Vous comprenez ça ?

Il a de nouveau secoué la tête.

— L'histoire a une suite ?

Breuer nous a versé une deuxième tasse de café et a pris un petit paquet de *Marlboro* sur le bureau.

— La première aujourd'hui. Vous en voulez une ?

J'ai sorti mon propre paquet jaune de ma poche, je lui en ai offert une, et il s'est servi avec un grand naturel. Un fumeur de cigarettes à filtre qui ne s'exclame pas « Oh, mais ce sont des sans-filtre ! » en voyant une *Sweet Afton*, mais en fume une par curiosité : c'est le genre de types que j'apprécie.

— L'histoire se traîne encore un peu. Salger entre au parti de la Paix, devient candidat au parlement et mène la campagne électorale avec une ardeur qu'il aurait mieux valu consacrer à une cause plus élevée. Il écrit un livre dans lequel il dissèque ce qu'il a vécu. D'abord, personne ne veut l'éditer. Ensuite, personne ne veut le lire. Finalement, il tombe malade, un cancer, entre et sort de l'hôpital, vous savez comment ça se passe. Il est mort il y a quelques années.

— De quoi a-t-il vécu ?

Breuer a tiré sur le lobe de son oreille.

— Il avait de la fortune, il était même assez riche. Ce qui confirme que l'argent ne fait pas le bonheur.

21

Très clairement

Au retour, le train a été dévié par Darmstadt, le long d'une route de montagne. Je n'avais encore jamais remarqué les nombreuses carrières à la limite de la plaine : la forêt d'Odenwald ressemblait à un gâteau nappé d'un coulis aux fruits des bois auquel le bon Dieu aurait goûté avec sa petite cuillère.

À Bonn, j'avais encore une fois appelé le 41 17 88 et laissé sonner dans le vide. Le répondeur ne s'était pas déclenché. Mais mon téléphone a sonné dès que je suis arrivé dans le bureau.

— Selb.

— Salger. Bonjour monsieur Selb. Avez-vous essayé de me joindre ces derniers jours ?

Il avait donc aussi remarqué que son répondeur ne fonctionnait pas. Un de ses amis l'avait-il débranché par inadvertance ?

— Je suis content de vous avoir au bout du fil, monsieur Salger. J'ai plein de choses à vous dire, mais pas au téléphone. Je veux vous rencontrer. Je veux bien venir chez vous à Bonn, mais vous passez peut-être par Mannheim ces jours-ci ? Vous êtes de retour à Bonn, n'est-ce pas ? Votre répondeur...

—… il doit être en panne, ou c'est notre femme de ménage qui l'a débranché sans faire attention. Non, nous ne sommes pas encore revenus à Bonn, et comme je me vois dans l'impossibilité de vous rencontrer rapidement, bien que j'y tienne autant que vous, je suis dans l'obligation de vous demander de me rendre compte par téléphone. Vous avez retrouvé Léonore ?

— Je ne veux vraiment pas vous dire au téléphone où et comment vit Léonore et…

— Monsieur Selb, vous vous êtes chargé d'une mission. Vous vous êtes engagé à me faire des rapports réguliers. Comme vous avez accepté mon affaire par téléphone, vous pouvez également me transmettre vos rapports à distance, par téléphone. Me suis-je exprimé clairement ?

— Très clairement, monsieur Salger, très clairement. Cela dit, vous n'aurez pas mon rapport par téléphone. Je ne le vous remettrai qu'en mains propres. D'ailleurs, ce n'est pas par téléphone que vous m'avez confié cette affaire, mais par courrier. Pour ce qui concerne la distance…. Je peux tout à fait vous le remettre de manière distante. Mais ce sera en mains propres. Me suis-je exprimé clairement ?

Nous avons continué à marchander. Il n'avait aucune raison de refuser la rencontre, et je n'en avais aucune de l'exiger. Il m'a dit que sa femme était dans un état nerveux déplorable, qu'elle devait l'avoir auprès d'elle en permanence, lui et lui seul : « Elle ne supporte pas la présence de tierces personnes. »

J'ai coincé l'écouteur entre le menton et l'épaule, j'ai sorti la bouteille du tiroir, je me suis versé à boire, j'ai allumé une *Sweet Afton* et j'ai expliqué à Salger que, premièrement, je ne rendais mes rapports que par écrit ou en personne, et que, deuxièmement, j'avais l'habitude de connaître l'identité de mes commanditaires.

— Je n'ai jamais fait autrement.

Il a fait une nouvelle tentative :

— Et si vous me faisiez un rapport écrit ? Je dois accompagner ma femme chez le médecin, à Zurich, dans les jours qui viennent. Vous pouvez envoyer votre rapport à l'hôtel du *Baur au Lac*.

La journée avait été longue. J'étais fatigué et j'en avais assez de cette conversation absurde. Je ne voulais plus entendre parler de l'affaire Salger. Sur le chemin du retour, j'avais dû m'avouer que cette affaire puait depuis le début. Pourquoi l'avais-je acceptée ? À cause de l'argent ? À cause de Léo ? J'avais accepté ce dossier en dépit de ma déontologie, il fallait peut-être que j'y mette un terme de la même manière. Je me suis entendu dire :

— Je peux aussi envoyer mon rapport à Bonn, 46a, Niebuhrstrasse 46a, aux bons soins de Helmut Lehmann.

Il y a eu un silence au bout du fil. Ensuite, il a raccroché brutalement. Pendant un moment, j'ai entendu cette sonnerie rauque qu'émettent les ondes sonores immobiles, lorsqu'elles n'ont plus rien à transporter.

22

Douleur, ironie ou troubles gastriques

Il ne s'est plus rien passé pendant deux jours. Salger ne m'a pas appelé, je n'ai pas composé son numéro. Je ne me suis pas occupé de l'affaire. Pour loger les dix mille marks que j'avais dans un premier temps rangés dans un tiroir de mon bureau, j'ai ouvert un compte spécial à la Banque badoise des fonctionnaires. J'ai rajouté les intérêts que l'argent aurait rapportés si je l'avais placé tout de suite à la banque.

Un après-midi, alors que j'étais au bureau et que je rempotais mon palmier d'intérieur, j'ai reçu une visite.

— Vous ne savez pas qui je suis ? Il est vrai que la dernière fois, vous n'aviez pas les yeux en face des trous. Je m'appelle Peschkalek, nous nous sommes rencontrés sur l'autoroute.

C'était ce type de quarante-cinq ans en loden vert avec calvitie, moustache fournie et gentil sourire en biais qui m'avait conduit sur le talus après l'accident du camion de déménagement et m'avait allumé une cigarette. Je l'ai remercié.

— Pas de quoi, pas de quoi. Réjouissons-nous de nous en être tirés à bon compte. Apparemment, les tableaux n'ont pas souffert non plus. Ça vous dirait d'aller faire un tour à la Kunsthalle pour voir ce qui a failli nous coûter la vie ?

Il m'a expliqué qu'il était journaliste, photo-reporter, plus exactement. Il avait des commentaires intelligents à apporter aux tableaux exposés, des compositions hyperréalistes. J'y ai découvert des détails qui lui échappaient :

— On voit le détective !

L'après-midi a passé vite. Nous avons pris congé en espérant nous revoir bientôt.

J'avais parfois le sentiment d'être dans le calme qui précède la tempête. Mais je ne savais pas quelles précautions je devais prendre contre le cyclone. Et puis les sentiments sont parfois trompeurs, tout comme les pensées.

Le troisième jour, j'ai eu envie de prendre un petit déjeuner à l'extérieur. Depuis que le *Café Gmeiner* a été remplacé par un restaurant qui sert du foie gras en gelée de Jurançon, des escalopes de truites de mer aux graines de moutarde et d'autres plats de ce genre, je vais au *Café Fieberg* dans la Seckenheimer Strasse. Les serveurs sont d'une gentillesse bruyante, ils m'ont pris sous leur protection, et le chef sait comment j'aime mes œufs. Des œufs au plat, retournés dans la poêle juste avant de servir.

On m'a apporté le poivre et la muscade.

— Monsieur reprendra du café ?

— Vous m'en servirez un aussi, s'il vous plaît.

Il a tiré la chaise et s'est assis en face de moi. Je l'ai reconnu à la voix, avant même qu'il ne se présente. « Salger », a-t-il dit. J'ai hoché la tête et je l'ai dévisagé. Le visage rond, le front haut, le corps lourd, l'aura du confort bourgeois. Je pouvais l'imaginer en flanelle grise dc professeur, en costume rayé bleu sombre de banquier, en robe de juge ou en costume de pasteur. Il portait une veste en cuir sur un pull-over, et un pantalon en flanelle. Il devait avoir quarante cinq ans. Le pli autour de sa bouche indiquait-il la douleur, l'ironie ou des troubles gastriques ? J'aurais pu le dire si j'avais vu ses yeux. Mais il les cachait derrière des lunettes de soleil.

— Monsieur Selb, je vous dois une explication. Je savais que vous êtes un bon détective. J'aurais dû me douter que vous alliez découvrir mon petit jeu. Ne m'en veuillez pas d'avoir essayé quand même. Je serais vraiment terriblement désolé si vous y voyiez un manque de confiance en vos compétences et en votre intégrité. Il s'agit tout simplement de…

Il a secoué la tête.

— Non, laissez-moi présenter ça autrement…

On nous a servi le café, il a demandé une portion de miel. Il n'a plus dit un mot avant d'avoir déversé son miel dans sa tasse avec un peu de crème, d'avoir remué son breuvage et de l'avoir savouré à petites gorgées.

— Vous savez, a-t-il fini par dire, je connais Léonore Salger depuis de nombreuses années. Compte tenu de notre différence d'âge, je ne peux évidemment pas affirmer que nous ayons grandi ensemble. Mais nous étions très liés, comme un grand frère et une petite sœur avec un grand écart d'âge, vous voyez ce que je veux dire ? Le père aigri, la mère alcoolique — il a de nouveau secoué la tête —, tout cela a conduit Léo à chercher auprès du grand frère un peu du soutien que les parents dispensent généralement. Vous comprenez ?

Je n'ai rien dit. Je pourrais vérifier plus tard dans l'album de Léo. Si l'histoire était exacte, je trouverais des photos de lui.

— En fait, je ne vous ai pas menti, quand je vous ai

dit que c'était un souci tout paternel qui m'animait. Ce que je vous ai dit au téléphone était et reste vrai. Léo a disparu au début de l'année, et je crains qu'elle ne se soit laissé entraîner dans de mauvaises fréquentations et une histoire idiote. Je crains qu'elle n'ait besoin d'aide, bien qu'elle ne le sache peut-être pas encore elle-même. Je crains vraiment que...

— Votre aide ?

Salger avait le sens des effets dramatiques. Il recula sur son siège, leva lentement la main droite, retira les lunettes de soleil et me regarda tranquillement. Douleur, ironie ou troubles gastriques ? Les yeux cachés sous de profondes paupières ne m'en disaient pas plus que le pli autour de sa bouche.

— Mon aide, monsieur Selb, mon aide. Je connais Léo, et je connais également un peu — il hésitait —, la situation dans laquelle elle aurait pu se placer.

— Quelle situation ?

— Vous savez certaines choses, vous pouvez en deviner d'autres, cela suffit. Je ne suis pas venu pour vous donner des informations, mais pour en avoir. Où est Léo ?

— Je ne comprends toujours pas ce que vous voulez d'elle ou faire avec elle. Vous ne m'avez pas expliqué non plus pourquoi vous m'avez menti. Vous ne vous êtes même pas encore présenté. Monsieur Salger ? Non, nous savons que vous n'êtes pas monsieur Salger. Monsieur Lehmann ? Le neveu qui veut ouvrir une galerie dans un magasin où la grand-mère avait à peine la place de ranger ses boutons et ses fils ? Qu'est-ce que je suis censé savoir ou deviner de la situation de Léo ? J'en ai assez de vos mensonges, j'en ai assez de me faire manipuler. Je n'ai pas d'exigence excessive sur l'étendue de la confiance entre mon commanditaire et moi-même. Je nc demande pas une franchise totale. Mais ou bien vous m'expliquez maintenant le fond de cette histoire, ou bien nous allons ensemble à la Banque badoise des fonctionnaires, vous reprenez vos dix mille marks, et nous ne nous reverrons plus.

Il a commencé par plisser les yeux. Puis il a haussé les sourcils, poussé un gémissement, souri et répondu :

— Mais monsieur Selb.

Il a sorti de la poche intérieure de sa veste une carte de visite qu'il a posée devant moi sur la table. Helmut Lehmann, conseiller en placements, 42, Beethovenstrasse, 6000 Francfort-sur-le-Main 1.

— J'aimerais parler à Léo. Je voudrais lui demander si je peux l'aider et comment. Est-ce si difficile à comprendre ? Pourquoi monter sur vos grands chevaux ?

Ses yeux ont de nouveau rétréci, sa voix est devenue basse et tranchante :

— Vous avez accepté mon affaire et mon argent sans poser trop de questions. C'est beaucoup d'argent. Je suis également prêt à vous verser une prime, disons cinq mille marks supplémentaires, si vous menez à bien mon affaire. Je n'ai pas plus. Où est Léo ?

Je sais ce que coûtent des œufs au plat et deux cafés. Je n'ai pas attendu le serveur, j'ai posé l'argent sur la table, je me suis levé, et je suis sorti.

23

Comme le gamin qui décapite les chardons

Le soir, j'étais chez Nägelsbach, dans l'ancienne remise de son vieux pavillon de Pfaffengrund, là où il avait installé son atelier. Il m'avait appelé : « J'ai quelque chose sur Wendt. »

Il faisait encore clair, mais le néon au-dessus de sa table de travail était déjà allumé.

— Ce ne sera pas le Panthéon.

Le squelette qui commençait à s'élever sur la table pouvait être un poing serré, une souche d'arbre ou un rocher, mais pas un édifice à coupole.

— Vous l'avez dit, monsieur Selb. J'ai beaucoup réfléchi. J'aurais dû arrêter de construire depuis longtemps, et réfléchir un peu plus. L'architecture était une impasse. La cathédrale de Cologne, l'Empire State Building, l'université Lomonossov, à l'échelle et en allumettes : enfantillages ! J'étais comme un gamin qui décapite des chardons. — Il secoua la tête, soucieux. — Et j'ai peur d'y avoir perdu mon temps.

— Qu'auriez-vous fait d'autre ?

Il a retiré ses lunettes, puis les a remises.

— Vous vous souvenez de mes tentatives avec les *Mains qui prient* et le casque d'or ? C'était la bonne voie dans le principe. L'erreur, c'était d'avoir pris une peinture comme modèle. Alors que la sculpture en allumettes a son modèle naturel dans la sculpture sur bois, en pierre ou en bronze. Vous connaissez *Le baiser* de Rodin ?

Au mur, sur une bonne vingtaine de photos prises sous des angles différents, un homme et une femme assis côte à côte, s'embrassant, elle le bras autour du cou de l'homme, lui la main posée sur sa taille.

— J'ai aussi commandé une maquette en ruca patinée. Évidemment, c'est une base de travail qui n'a rien à voir avec les photos.

Il m'a regardé comme s'il attendait mes applaudissements. J'ai détourné la conversation en lui demandant des nouvelles de sa femme. C'était aussi la première fois que je lui rendais visite dans son atelier sans qu'elle y soit, assise dans un fauteuil avec un livre. Depuis des années, elle lui faisait la lecture pendant qu'il travaillait. Au lieu de répondre, il a appuyé sur un bouton. Après une courte attente embarrassée, madame Nägelsbach est entrée dans l'atelier. Elle m'a salué cordialement, mais je l'ai sentie gênée. Apparemment, la crise artistique s'était transformée en crise conjugale. Elle avait perdu ses joues rondes et joviales.

— Et si nous nous installions dehors ?

Il a emporté trois chaises pliantes et nous nous sommes assis sous le poirier. Je lui ai demandé ce qu'il avait appris sur Wendt.

— Ça remonte loin. Il y a des années, Rolf Wendt faisait partie du SPK, le Collectif socialiste des patients, mais nous ne savons pas s'il appartenait au petit groupe formé autour du docteur Huber, ou des nombreux autres qui étaient plus curieux qu'actifs. À l'époque, il a eu un accident, il roulait sans permis avec une voiture volée. Sa passagère, également membre du SPK, est passée dans la clandestinité un peu plus tard et a rejoint la Bande à Baader. Il n'avait que dix-sept ans à l'époque, ses parents et professeurs sont intervenus en sa faveur. Il n'a pas eu d'ennuis. Mais on a ressorti cette vieille histoire il y a deux ans, au moment où il a posé sa candidature pour l'hôpital psychiatrique régional. On a murmuré qu'il avait été un terroriste.

Je m'en souvenais : en 1970 et 1971, les journaux étaient plein d'articles sur le docteur Huber qui travaillait à la clinique universitaire de Heidelberg, au département de neuropsychiatrie. Il avait été licencié, ses patients s'étaient mobilisés et s'étaient regroupés au sein du SPK, ils s'étaient battus pour obtenir à l'université des salles où ils préparaient la révolution. En 1971, tout était terminé, le docteur Huber et sa femme avaient été arrêtés et les patients s'étaient éparpillés aux quatre vents. Sauf quelques-uns qui avaient rejoint la Fraction Armée Rouge, le groupe de Baader et Meinhof.

— Et depuis, Wendt n'a plus fait parler de lui ?

— Rien. Pourquoi vous intéresse-t-il ?

Je lui ai raconté mon enquête sur Léo à Heidelberg, à Mannheim et pour finir à l'hôpital psychiatrique, les mensonges stupides de Wendt et mon mystérieux commanditaire.

— Quel est le nom de cette jeune femme ?

— Salger.

— Léonore Salger de Bonn ?

Je n'avais pas encore prononcé le nom de Bonn.

— Oui, mais d'où…

— Et vous savez où se trouve actuellement madame Salger ?

Son ton est devenu professionnel, inquisitorial.

— Qu'est-ce qui se passe ? Pourquoi voulez-vous le savoir ?

— Monsieur Selb, nous recherchons madame Salger. Je ne peux pas vous en donner la raison, mais vous pouvez me croire, ce n'est pas pour une bagatelle. Alors dites-le-moi !

Depuis les nombreuses années que dure notre amitié, nous n'avions jamais oublié que c'était lui le policier et moi le détective privé. Notre amitié s'était en quelque sorte nourrie du fait que nous jouions tous deux la même pièce dans des rôles différents. Mais jamais il ne m'avait traité comme un simple témoin, jamais je n'avais tenté de le piéger comme je le fais lorsque je veux arracher un renseignement à quelqu'un. Était-ce parce que les affaires n'avaient jamais été tellement importantes ? S'agissait-il, cette fois-ci, d'un dossier sérieux ? J'avais une réponse cinglante sur le bout de la langue, mais je l'ai ravalée.

— Non, je ne sais pas où se trouve actuellement madame Salger.

Il ne s'est pas contenté de cela, il a continué à m'interroger, moi à éluder. Le ton a monté, et madame Nägelsbach nous regardait à tour de rôle, l'air de plus en plus angoissé. Elle a essayé à plusieurs reprises de calmer l'atmosphère, mais en vain. Puis elle s'est levée, est rentrée dans la maison, elle est revenue avec des verres et du vin, nous a finalement coupé la parole :

— Maintenant je ne veux plus entendre un mot sur cette affaire et sur cette femme. Plus un seul ! Si tu ne t'arrêtes pas — elle se tourna vers son mari —, j'explique ce qui se passe à Monsieur Selb, et si vous n'arrêtez pas — c'est à moi qu'elle s'adressait à présent —, mon mari n'apprendra peut-être pas tout parce que je ne sais rien, mais tout ce que vous avez dit sans le vouloir, et que mon mari n'a pas entendu, parce qu'il est tellement furieux qu'il ne vous écoute plus.

Nous nous sommes tus, tous les deux. Puis la conversation a repris peu à peu. Nous avons parlé de Brigitte et Manu, des vacances et de la retraite. Mais le cœur n'y était plus.

24

Le marbre, la pierre et le fer sont friables

En rentrant chez moi, je me suis demandé pourquoi je ne voulais pas dire où se cachait Léo. En valait-elle la peine ? Cela lui était-il utile ? Elle n'avait apparemment pas eu de chance avec son père, et je doutais que le faux Salger puisse lui apporter le bonheur. On le voyait pourtant bien dans son album photo, à plusieurs reprises : il tenait la petite fille sur les genoux, la poussait sur la balançoire et passait le bras autour des épaules de la jeune adolescente. Ajouter à Salger, l'ami paternaliste, un certain Selb, père virtuel ? Je ne savais pas qui elle était, ce qu'elle avait fait, ni pourquoi elle se cachait. Il était temps d'aller la voir et de lui parler.

Il n'était que dix heures et demie lorsque je suis arrivé à Mannheim, et la nuit tiède invitait à flâner dans les rues. Je suis allé à la *Petite Roseraie* boire une bouteille de *Soave* avec les *vermicelli alla puttanesca* qui n'étaient pas sur la carte, mais que le chef me prépare s'il est de bonne humeur et si je le lui demande gentiment. J'avais un petit coup dans le nez.

Avant, pour remonter dans mon appartement sous les toits, je ne faisais qu'une seule pause pour reprendre mon souffle. Quelques années plus tard, il m'en a fallu deux. Maintenant, les mauvais jours, je dois m'arrêter à chaque palier.

C'était un mauvais jour. Je me suis levé, me suis appuyé sur la rambarde, j'ai entendu mon cœur battre et mes poumons siffler. J'ai levé les yeux. Le palier de mon appartement n'était pas éclairé. L'ampoule avait peut-être grillé ?

J'ai commencé l'ascension du dernier palier. Nous autres Prussiens, nous avons conquis d'autres sommets. Arrivé aux dernières marches, j'ai sorti les clefs de ma poche.

Trois portes donnent sur mon palier : l'une est celle de mon appartement, la deuxième celle du couple Weiland et la troisième donne sur grenier. Je lui tournais le dos quand j'ai ouvert la porte de mon appartement. C'est là qu'il m'attendait, caché dans l'ombre. Quand j'ai ouvert, il s'est avancé dans mon dos, a posé sa main gauche sur mon épaule et m'a planté dans les côtes le revolver qu'il tenait dans sa main droite :

— Ne faites pas de bêtises !

J'étais trop surpris, mais aussi trop épuisé et trop ivre pour esquiver ou frapper. Peut-être suis-je également trop vieux ? Jamais encore on ne m'avait menacé d'une arme. Pendant la guerre, j'étais dans les panzers, et dans les panzers, on n'est pas menacé, seulement touché. Notre panzer a été touché par une magnifique journée avec ciel bleu, soleil chaud et petits nuages blancs. Boum !

Il est resté derrière moi lorsque j'ai tendu la main pour allumer la lumière dans le couloir de mon appartement. Il faisait sombre sur le palier. Dans le couloir sans fenêtre il ferait totalement noir si je fermais la porte avant d'allumer. Une chance ? J'ai hésité à appuyer sur l'interrupteur : j'attendais que la porte claque. Mais il m'a donné un coup de pied dans le genou, a fermé la porte et a allumé la lumière alors que je m'effondrais par terre. Je me suis relevé et il m'a de nouveau enfoncé le revolver dans les côtes :

— Avancez !

Dans le salon, il m'a frappé une fois de plus. Cette fois-ci, je ne me suis pas seulement effondré, je me suis aussi cogné le tibia contre la table basse. Cela faisait horriblement mal. Je me suis assis sur un de mes petits canapés en cuir en me massant la jambe.

— Debout ! a-t-il ordonné, mais je n'avais pas envie d'obéir.

C'est à ce moment-là qu'il a tiré.

Le cuir épais de mon canapé est découpé dans de larges nuques de buffles argentins, il résiste à mes chaussures, à mes cigarettes et aux griffes de Turbo. Mais il a capitulé devant la balle. Pas moi. Je suis resté assis en continuant à masser ma jambe et en observant mon invité.

Le coup avait fait un simple « plop », mais le pistolet à silencieux avait l'air mauvais. L'homme portait à nouveau ses lunettes de soleil et avait relevé le col de sa veste. Il a regardé le pistolet, m'a dévisagé, puis a de nouveau observé son arme. Il s'est mis à rire et s'est laissé tomber sur le divan en face de moi.

— Monsieur Selb, ce matin, nous avons eu des difficultés de communication, vous et moi. Je suis donc venu avec un auxiliaire. Un thérapeute, si vous voulez.

Il regardait de nouveau son arme. Turbo est entré dans le salon, a sauté à côté de moi sur le canapé, a étiré ses pattes et s'est mis à faire sa toilette.

— J'ai également apporté du temps, beaucoup de temps. Vous étiez effroyablement pressé. Vous aviez rendez-vous ? À moins que vous ne soyez une tête de lard ? Nous allons passer une soirée agréable ou pénible, c'est selon. Tout ce qui est dur casse. C'est le cas de tout organisme vivant. Nous savons depuis longtemps qu'il en est ainsi du marbre, de la pierre et du fer, et je peux vous assurer qu'il s'agit d'une loi universelle.

Il a levé son pistolet. Je ne pouvais voir ce qu'il visait : moi, au-dessus, à côté, je ne voyais que mon reflet dans ses lunettes. Il a tiré. Derrière moi, dans l'ancienne armoire à pharmacie où j'ai rangé des livres et des disques, la balle a fracassé un buste de la Béatrice de Dante, œuvre d'un artiste munichois du début du siècle.

— Vous voyez ce que ça donne avec le marbre. Et il en va ainsi avec tout ce qui vit et respire. Sauf que ça ne fait pas d'éclats.

Il a de nouveau levé son le pistolet.

Je ne me suis pas demandé longtemps s'il visait Turbo pour de bon ou s'il faisait semblant. Je me suis redressé et je lui ai frappé le bras. Il a riposté immédiatement, m'a donné un coup de crosse au visage et m'a poussé sur le canapé. Turbo a grogné et déguerpi.

— Essayez ça encore une fois, a-t-il dit-il entre ses dents.

Puis il s'est remis à rire en secouant la tête :

— Espèce de vieux fou !

Je sentais du sang sur ma lèvre.

— Allez, où est Léo ?

— Je ne sais pas. J'ai quelques idées, mais pas plus. Juste quelques idées. Je ne sais pas où est Léo.

— Il y a trois jours nous avons discuté au téléphone. Avez-vous oublié où elle se trouve ?

Sa voix feignait l'étonnement et le dédain.

— Je ne l'ai dit que pour vous appâter, je n'ai évidemment pas oublié où se trouve Léo, je ne l'ai jamais su. Juste un appât, vous comprenez. Cela m'inquiétait de ne pas vous voir.

— Vous me prenez pour un con ?

Il criait d'une voix de fausset. Mais il s'est calmé, a souri et a secoué la tête. Il s'est levé, s'est avancé vers moi et a attendu que je lève les yeux vers lui. Puis il m'a frappé une fois de plus avec le pistolet, comme ça, sans prévenir. J'ai ressenti une douleur à la joue et au menton.

Il ne perdait pas le contrôle de soi quand il criait. Il criait la tête froide. J'avais peur, je ne savais pas ce...

On a sonné à la porte. Nous avons retenu notre respiration, tous les deux. On a sonné une deuxième et une troisième fois. Puis on a frappé à la porte.

— Gerd, ouvre, pourquoi tu n'ouvres pas, qu'est-ce qui se passe ?

Brigitte devait voir le rayon de lumière sous la porte.

Mon invité a haussé les épaules.

— Allez, à la prochaine !

Puis il est sorti de la pièce. Je l'ai entendu ouvrir la porte de l'appartement, dire « bonsoir » et dévaler l'escalier.

— Gerd !

Brigitte s'est agenouillée à côté de moi sur le divan et m'a pris dans ses bras. Lorsqu'elle a desserré son étreinte, son chemisier était taché de sang. J'ai voulu l'essuyer, mais ça ne partait pas. Plus je passais mes mains sur son chemisier, et plus il y en avait. J'ai renoncé.

25

N'oublie pas la litière du chat !

Brigitte m'a lavé le visage, m'a soigné et mis au lit. Le visage me brûlait, mais le reste de mon corps était gelé. De temps en temps, je claquais des dents. Je n'arrivais pas à boire, mes lèvres enflées ne retenaient pas l'eau. La fièvre monta pendant la nuit.

J'ai rêvé de Léo et d'Eberlein. Ils se promenaient. Moi, je leur remettais un acte officiel qui leur interdisait de se promener comme un père et sa fille. Eberlein riait doucement. Il a passé le bras sur les épaules de Léo. Elle s'est serrée contre lui, m'a dévisagé d'un regard impudique et méprisant. J'ai voulu leur expliquer que non seulement ils n'avaient plus le droit de... C'est alors qu'Eberlein a sifflé, et Anatole ou Ivan s'est précipité sur moi ; il était assis aux pieds d'Eberlein en attendant qu'il siffle.

Lorsque je me suis rendormi, Nägelsbach me conduisait en ville. Les maisons étaient en bois, ainsi que les trottoirs et les rues. Il n'y avait personne, nous deux mis à part, et quand je pouvais jeter un coup d'œil à l'intérieur des maisons, je n'y distinguais qu'une pièce vide, sans chambres ou étages. Nägelsbach courait si vite que je restais derrière. Il s'est retourné, m'a fait signe et a crié quelque chose, mais je ne pouvais déjà plus l'entendre.

Puis il a disparu, et j'ai compris que dans ce dédale de rues et de maisons vides, je ne trouverais jamais mon chemin. J'ai compris que toute la ville était bâtie en allumettes ; j'étais minuscule, pas plus grand qu'une aiguille de montre. Rien d'étonnant à ce que j'aie aussi froid, puisque je suis aussi petit, me suis-je dit.

Brigitte remplissait la bouillotte et empilait les couvertures sur le lit. Le matin, j'étais trempé de sueur et la fièvre avait baissé.

Il était hors de question de me raser. Mais j'ai pu me brosser les dents sans rouvrir les croûtes sur la joue, les lèvres et le menton. J'avais l'air d'un type courageux ; j'ai renoncé à la cravate. Le soleil brillait sur le balcon : j'ai déplié la chaise longue et je m'y suis allongé.

Quelle serait la suite des événements ? Salger était intelligent. Il disposait d'un vaste répertoire de visages, de voix, d'expressions et d'attitudes. Sa façon de s'en servir tenait du jeu, et nos rencontres me faisaient penser à des parties d'échecs. Pas les soirées avec Eberhard : pour ces parties-là, je n'espérais pas la victoire, je n'y songeais même pas, je me réjouissais seulement de la beauté de ses combinaisons et de notre amitié. Jadis, au contraire, je jouais avec la volonté de battre l'adversaire. Comme lors d'un duel au sabre, lorsqu'il s'agit de détruire l'autre, non pas physiquement, mais moralement.

Je me suis souvenu des parties acharnées que j'avais livrées toute une soirée contre mon futur beau-père, qui avait commencé par me prendre de haut. « Tiens donc, tu fais joujou avec des figurines ? » m'avait-il dit d'un ton méprisant en me surprenant pendant une partie d'échecs avec son fils, un ami de lycée et d'université. Clara était debout à côté de nous, et j'avais bien du mal à maîtriser le tremblement que provoquait mon excitation. Être humilié ainsi devant elle ! « Vous jouez aussi ? » avais-je répondu avec toute l'impassibilité dont j'étais capable. Le vieux Korten avait demandé à son fils de lui confirmer mon niveau. Il m'avait proposé une partie le samedi suivant. Il avait misé une bouteille de champagne ; moi, j'avais dû lui promettre de nettoyer et de graisser toutes les armes de sa collection si je perdais. Jusqu'au samedi, je n'avais rien fait d'autre que des échecs, j'avais travaillé mes ouvertures et rejoué des parties de maîtres, je m'étais rendu dans des clubs berlinois. Le vieux Korten avait failli emporter la première et la deuxième partie. Mais il avait fini par perdre, alors même que je laissais reprendre les coups qu'il qualifiait de « gaffes ». Je savais désormais comment il jouait. Il ne m'a plus jamais proposé une partie d'échecs. Et ne m'a plus jamais traité de haut.

Salger voulait jouer avec moi ? Qu'à cela ne tienne !

Turbo me regardait de biais. Il était assis dans la jardinière, en s'appuyant sur ses pattes avant et en penchant la tête.

— Dis donc, Turbo, ne me regarde pas comme ça. Je sais parfaitement que j'ai fait le fanfaron.

Il m'a écouté attentivement. Lorsque j'ai arrêté de parler, il s'est détourné et s'est remis à faire sa toilette. J'ai repensé à la soirée de la veille, Turbo à mes côtés sur le divan, Salger en face, pistolet à la main. Que se passerait-il si, lors de la prochaine visite, Salger visait et tirait plus vite ? Je me suis levé pour aller vers le téléphone. Eberhard ? Il est allergique aux chats. Brigitte ? Turbo et Nonni s'entendent comme chien et chat. Philippe ? Je n'arrivais à joindre ni Philippe ni Füruzan, et à la clinique, on m'a annoncé qu'il était à un congrès à Sienne. Babs ? Elle était à la maison en train de boire un café avec ses deux grands enfants, et elle m'a immédiatement invité : « Tu veux nous donner Turbo en pension ? Pas de problème, amène-le, et n'oublie pas la litière. »

Turbo ne supporte pas la voiture. J'ai essayé avec une corbeille, un collier ou sans rien. Le bruit et les vibrations du moteur, le brusque changement dans le paysage, la vitesse, c'est trop pour mon chat. Son monde est limité par les toits entre la rue Richard-Wagner, l'allée Augusta, la rue Moll et Werder, les quelques balcons et fenêtres par lesquels il passe, les quelques voisins et chats qui vivent derrière les balcons et fenêtres, les pigeons et les souris. Quand je dois l'amener chez le vétérinaire, je le prends dans mes bras et le couvre de mon manteau ; il passe la tête entre les boutons. J'aurais certainement le même air si je voyageais avec la navette Discovery. C'est ainsi que nous nous sommes mis en route pour la rue Dürer.

Babs habite un grand appartement avec Rosi et Georges. Il me semble qu'ils sont assez grands, tous les deux, pour vivre seuls. Mais ils préfèrent mettre les pieds sous la table de maman. Georges étudie le droit à Heidelberg et Rosi n'arrive pas à se décider. Elle est incapable de choisir des études, une formation, un métier, un amoureux. Elle avait réussi à en garder deux à la fois jusqu'au moment où les deux en avaient eu assez. Elle était effroyablement malheureuse.

— Ils étaient si bien que ça ?

Elle venait de pleurer ou elle était enrhumée ; en tout cas, elle reniflait.

— Non, mais…

— Il n'y a pas de « mais ». S'ils n'étaient pas bien, alors réjouis-toi de t'en être débarrassée.

Elle a reniflé un grand coup.

— Tu en connais un autre qui ferait l'affaire ?

— Je vais chercher. Et toi, tu penses que tu peux t'occuper de Turbo ? Prends ça comme un entraînement : les hommes et les chats, c'est la même chose.

Elle a souri. C'est une punkette avec les cheveux violet-jaune, des boucles d'oreilles en forme de crocodiles et un diamant dans la narine. Mais son sourire attendrissant était aimable et désuet.

— Jonas…

— C'est un des deux ?

Elle hocha la tête.

— Jonas, il a un rat, Rudi, qu'il emmène partout. Je vais l'inviter à manger ce soir, parce qu'il a dit qu'on va rester amis, et quand il mangera les spaghettis, Turbo mangera Rudi.

Elle avait l'air rêveur.

— Tout va bien, oncle Gerd.

26

Une vraie tête de lard

Une fois rentré chez moi, je me suis recouché. Brigitte est venue s'asseoir sur le bord du lit, et m'a demandé ce qui s'était vraiment passé la veille. Je le lui ai raconté.

— Et pourquoi n'as-tu pas voulu dire à Nägelsbach où se cache la fille ? Pourquoi ne l'as-tu pas dit à ton commanditaire ? Tu ne lui dois rien, à cette fille !

— Je ne sais pas pourquoi la police et Salger la recherchent. Je dois d'abord le savoir. Cette fille ne m'a rien fait. Je ne vais pas la leur livrer juste pour qu'on me fiche la paix et qu'on me laisse encaisser mes dix mille marks !

Brigitte s'est levée ; elle est allée se chercher un amaretto, et m'a rapporté un *Sambuca*. Quand elle a eu repris sa place, elle m'a demandé :

— Je peux te poser une question ?

— Évidemment.

Je lui ai adressé un sourire encourageant. Je savais pourtant que ce qui allait suivre ne serait pas une question mais un reproche.

— Je ne veux pas me mêler de ton travail. Ces derniers mois, quand tu n'avais pas de contrats, je me suis dit d'accord, ça te regarde, ce ne sont pas mes oignons. Parfois je me suis demandé si nous nous en sortirions, dans l'hypothèse où tu m'épouserais et où nous aurions des enfants. Financièrement, je veux dire. Mais ce n'est pas la question. Le problème, c'est la manière dont tu traites cette affaire ; de toute façon, j'ai l'impression que tu es incapable de t'arrêter avant de t'être mis tout le monde à dos et de te trouver dans un beau pétrin. Sans même que ça te rende vraiment heureux. C'est comme ça que ça fonctionne ? Est-ce que ça vient de…

—… de mon âge ? C'est à moi que tu demandes si la vieillesse me rend buté et insupportable ?

— Tu deviens de plus en plus ours, c'est ce que je veux dire.

La tristesse de son regard m'a empêché de me draper dans la colère. J'ai essayé de lui expliquer que pour bien voir, il faut prendre du recul.

— Mon métier suffit à faire de moi un ours en marge de la société. Il se peut en outre que l'âge me rende myope. Mais que veux-tu que je fasse ? Bien évidemment, un marginal se retrouve parfois dans le pétrin. Mais toi aussi, il t'arrive de mettre la main à la pâte, quand tu as décidé quelque chose.

Brigitte m'a jeté un regard en biais :

— Tu es une tête de lard. Une vraie.

27

Mauvaises cartes ?

Ces messieurs de la police judiciaire fédérale sont arrivés le matin, un peu après huit heures. Bleckmeier, un échalas grincheux en costume gris et manteau beige. Rawitz, veste en daim sur son polo et pantalon en lin, jouait le petit gros sympa. Sa bonne humeur était aussi authentique qu'un nez de clown.

— Docteur Selb ?

Cela n'annonçait rien de bon. Lorsque j'étais procureur, j'étais fier de mon titre de docteur en droit. Depuis que je suis détective privé, je le trouve grotesque. Je ne l'affiche pas sur la porte de mon bureau ou de mon appartement, il n'est mentionné ni dans l'annuaire, ni dans l'en-tête de mon papier à lettres. Celui qui me donne du « Docteur » sait sur moi des choses qui ne le regardent pas. J'ai prié les deux hommes d'entrer dans mon bureau.

— Qu'est-ce qui vous amène chez moi ?

C'est Bleckmeier qui a pris la parole :

— Nous avons entendu dire qu'au cours d'une de vos enquêtes, vous êtes pour ainsi dire tombé sur madame Léonore Salger. Nous cherchons madame Salger. Si vous...

— Pourquoi recherchez-vous madame Salger ?

— C'est pour ainsi dire une question délicate. Je…

— Mais ça n'a rien de délicat, rien du tout, l'a interrompu Bleckmeier avec un regard réprobateur, avant de s'adresser à moi, l'air navré : La police judiciaire fédérale lutte contre des criminels qui agissent soit au niveau international, soit au niveau national. Nous intervenons au point où convergent les demandes des polices judiciaires régionales et d'Interpol. Nous obéissons également aux demandes d'interpellations judiciaires, surtout quand elles proviennent du procureur général fédéral. Nous informons naturellement immédiatement les autorités régionales compétentes.

— Naturellement.

Bleckmeier a pris le relais :

— Ce sont donc d'une certaine façon nos fonctions qui nous obligent à chercher madame Salger. Nous savons qu'elle a séjourné à l'hôpital psychiatrique régional, qu'elle a été soignée par le docteur Wendt et qu'elle a disparu il y a quelques semaines. Et vous savez où elle se trouve.

— Avez-vous parlé au docteur Wendt ?

— Il a invoqué le secret professionnel et a refusé toute collaboration avec nous. Nous n'en avons pas été surpris. Le docteur Wendt a pour ainsi dire un passé qui n'est pas vierge.

— Lui avez-vous indiqué les raisons de vos recherches ?

— Monsieur Selb, a repris Rawitz, comprenons-nous bien. Vous êtes un ancien procureur, et donc un vieux renard. Qu'est-ce que vous voulez savoir ? Nous ne pouvons vous dire que ce que nous sommes autorisés à vous dire, et si vous nous dites ce que vous savez, l'affaire suivra son cours.

Il était assis en face de moi, et en prononçant les derniers mots, il s'était penché pour me tapoter le genou.

— Sommes-nous bien informés ? Recherchez-vous madame Salger pour le compte d'une personne qui a pour ainsi dire prétendu être son père ? Êtes-vous encore en contact avec ce monsieur ?

— Tu vas embrouiller monsieur le docteur si tu poses toutes les questions en même temps.

Rawitz a gentiment remis Bleckmeier à sa place. Je ne savais pas s'ils me faisaient le numéro du bon et du méchant flic, ou si Rawitz était son supérieur. Bleckmeier était visiblement plus âgé, mais dans l'administration, la politique fait monter d'étranges créatures vers les sommets.

— Si tu poses plusieurs questions à la fois sans attendre la réponse à la première, alors ton interlocuteur pense que tu ne tiens pas sérieusement à la réponse. Pour ainsi dire pas sérieusement, comme tu dirais. Alors que pour nous prenons très au sérieux la recherche de madame Salger.

Bleckmeier a rougi et hoché plusieurs fois la tête. Ensuite, ils ont fixé tous les deux sur moi un regard plein d'espoir. J'ai secoué la tête :

— Je voudrais savoir de quoi il s'agit.

— Maître Selb, dit Rawitz en articulant exagérément, qu'il s'agisse de drogue, de fausse monnaie, de terrorisme ou d'atteinte à la vie du président fédéral, vous n'avez absolument aucun droit d'entraver notre enquête. Vous n'en avez le droit ni en tant que détective privé, ni en tant qu'ancien procureur. Et si vous, un ancien nazi, comptez soutenir la cause des terroristes, ne vous attendez pas à ce que nous vous traitions avec une sympathie particulière.

— Je ne pense pas tenir tant que cela à votre sympathie. Et puisque vous avez dit qu'il s'agit de terrorisme, pourquoi ne m'expliquez-vous pas le fond de l'histoire ?

— Il ne pense pas, plaisanta Rawitz en tapant sur la cuisse de Bleckmeicr tout étonné, il ne pense pas tenir tant que cela à notre sympathie. Je vous ai déjà dit plus que je ne le devais. Mais si vous ne voulez pas écouter — il a pointé vers moi l'index de sa main droite —, je vous conseille de faire appel à votre intuition. Vous êtes tenu de nous répondre.

— Vous savez aussi bien que moi que je ne suis pas obligé de vous faire une déposition.

— Je vous emmènerai chez le procureur général. Devant lui, vous serez forcé de parler.

— Mais seulement s'il m'indique le motif de son enquête.

— Quoi ?

— Si j'ignore le motif de son enquête et les personnes qu'elle implique, je ne peux pas déterminer dans quelle mesure ma déposition peut me compromettre.

Rawitz s'est adressé à Bleckmeier.

— Tu as entendu ? Il ne veut pas se compromettre. Il y a des choses compromettantes et il pourrait se compromettre, mais il ne veut pas. Est-ce que ça nous intéresse ? Cela ne nous intéresse pas. Tout ce que nous voulons savoir, c'est l'adresse actuelle de madame Léonore Salger. Le procureur vous dira la même chose. Tout ce que je veux savoir, dira le procureur, c'est l'adresse actuelle de madame Salger. Il n'est pas question de vous compromettre. Allez, parlez, dira le procureur — Rawitz m'a regardé dans les yeux en élevant la voix. Allez, mettez-vous à table. À moins que vous ne soyez lié à madame Salger ? Vous êtes fiancés, parents au troisième degré ? Qu'est-ce que vous voulez nous faire croire ?

Je me suis repris :

— Je ne veux rien vous faire croire du tout. Vous avez raison, mon enquête m'a mis sur la piste de madame Salger. Mais c'est à moi de décider ce que je peux dire d'une affaire en cours.

— Vous parlez comme si vous étiez le confesseur de madame Salger, son médecin ou son avocat. Tout ce que vous êtes, c'est un misérable petit fouille-merde de privé au visage balafré. D'où sort-elle, au fait, cette cicatrice ?

J'ai voulu lui demander d'où il sortait ses méthodes d'interrogatoire imbéciles. C'est ça qu'on apprend à l'école de police ? Mais Bleckmeier a pris la parole avant moi.

— Docteur, si le procureur lance un mandat, si cela va jusqu'à une convocation chez le juge, les choses ne vont pas traîner. C'est l'histoire de quelques heures. Vous n'avez pas de bonnes cartes en main, pour ainsi dire.

Mes cartes ne me paraissaient pas si mauvaises. J'arriverais peut-être à m'en tirer en disant que je devais connaître le motif de l'enquête pour ne pas me compromettre. Sinon, ils pouvaient me mettre en préventive ou en liberté sous caution. Mais les Prussiens sont lents à la détente. J'avais également l'impression que ces messieurs de la police judiciaire et le procureur voulaient éviter de faire du bruit. Et quand on tire, ça fait du bruit.

— Nous nous reverrons.

Rawitz s'est levé, et Bleckmeier l'a imité. Je les ai raccompagnés à la porte et leur a souhaité une bonne journée. Pour ainsi dire.

28

Une astuce psychothérapique

J'ai appelé l'hôpital psychiatrique régional. Je n'ai pas eu Wendt au bout du fil, mais j'ai appris qu'il était de service. Je me suis donc mis en route. Le vent d'avril poussait des nuages gris dans un ciel bleu. De temps en temps, ils se rassemblaient en un petit groupe et lâchaient de courtes averses. Ensuite, l'asphalte mouillé brillait à nouveau sous le soleil.

Wendt était pressé.

— Encore vous ? Je suis attendu dans un autre service.

— Ils sont déjà passés chez vous ?

— Qui ça ?

Je l'embarrassais, mais ma question attisait aussi sa curiosité. Il était dans une position étrange, les jambes prêtes à partir, la tête tournée vers moi et la main sur la poignée de la porte.

— Ces messieurs de la police judiciaire fédérale et le grand frère de Léo.

— Le père de Léo, le frère de Léo, vous avez encore toute sa famille dans votre chapeau ?

Il le prenait de haut. Mais son ton sonnait faux.

— Ce n'est pas le grand frère de Léo. Mais il se considère comme tel. Il veut savoir où elle se trouve.

Il ouvrit la porte.

— Il faut vraiment que j'y aille.

— Les hommes de la police judiciaire ont de mauvaises manières. L'ami de Léo a un revolver avec silencieux. Et il frappe. S'il avait eu un peu plus de temps avec moi, il m'aurait peut-être frappé jusqu'à ce que je lui dise où est Léo.

Il a lâché la poignée de la porte et s'est tourné vers moi. Il a scruté mon visage comme s'il pouvait lire sur mon front, autour de mon nez ou sur le menton, ce qu'il voulait savoir de moi. Il était dépassé :

— Vous avez… Savez-vous…

— Non, je ne lui ai pas dit où était Léo. À la police non plus. Mais je vais être forcé de leur parler. Qu'a fait Léo ? Pourquoi est-elle recherchée ?

À deux ou trois reprises, il a ouvert la bouche pour parler, puis l'a refermée. Ensuite, il s'est repris.

— Je suis de service jusqu'à midi. Retrouvez-moi à une heure à l'auberge, en bas au bord de la grande route.

Et il a redescendu le corridor. Il marchait vite.

Juste avant une heure, j'étais assis dans le jardin de l'auberge à une table recouverte d'une toile cirée. Je voyais la porte qui donnait sur la rue et celle qui ouvrait sur l'auberge, mais ni le serveur ni Wendt ne sont entrés par une des portes. J'étais le seul client. J'ai contemplé la toile cirée, compté les carreaux, observé une goutte en train de sécher…

À une heure et demie, une bonne douzaine de jeunes femmes sont entrées. Elles ont déposé leurs vélos contre le mur, se sont installées à la longue table voisine et, sur un ton enjoué, ont passé leur commande auprès d'un garçon qui traînait les pieds. Il a aussi pris la mienne, en grognant. Elles sont devenues encore plus gaies lorsqu'on leur a servi leur bière et leur cidre :

— On va au bowling aujourd'hui ?

— Mais sans les hommes !

Évidemment, aucune ne ressemblait aux autres, et pourtant elles se ressemblaient toutes. Toutes un peu à la mode, un peu sportives, un peu actives, un peu femmes au foyer, un peu mères. Je me les imaginais dans leur vie de couple. Elles restent fidèles à leur mari comme on reste fidèle à une voiture. Avec leurs enfants, elles sont contentes et compétentes. Parfois, elles ont peur et poussent des rires aigus. En considérant la vie domestique des Allemands, je ne m'étonne pas que nous n'ayons pas fait la révolution.

À deux heures, j'avais mangé ma salade de saucisses et bu mon cidre. Aucune trace de Wendt. Je suis retourné à l'hôpital psychiatrique. On m'a dit qu'il était parti vers une heure. J'ai frappé à la porte d'Eberlein.

— Entrez.

Il était en blouse blanche, debout à la fenêtre, et regardait le parc. Il s'est tourné vers moi.

— D'abord ce sont vos patients qui disparaissent, ensuite vos médecins.

Je lui ai raconté mon rendez-vous raté avec Wendt.

— Vous avez eu la visite de deux messieurs de la police judiciaire ces derniers jours ? Quelqu'un d'autre est venu ? Grand, large, quarante-cinq ans, l'air d'un banquier ou d'un pasteur, portant peut-être des lunettes de soleil ? Il voulait en savoir plus sur votre ancienne patiente Léonore Salger, sur le docteur Wendt ou sur les deux ?

À nouveau, Eberlein a pris son temps. Je pense que c'est une astuce psychothérapique destinée à rendre l'autre nerveux. Mais cette fois-ci, il y avait autre chose.

Eberlein avait l'air soucieux. Une ride profonde que je ne lui connaissais pas se dessinait entre ses sourcils, et parfois, il frappait le sol de sa canne, avec impatience et irritation.

— Pour qui travaillez-vous au juste, monsieur Selb ? Toujours pour le père de Léonore Salger ?

— Il n'y a pas de père. Je suppose que c'est la raison pour laquelle le docteur Wendt a inventé l'histoire de la chute par la fenêtre. Il a pensé que le faux père n'oserait pas se manifester et devrait se contenter de cette fausse histoire. Mais elle ne tenait pas le coup, son histoire, et le faux père n'a pas eu peur de se manifester, avec ou sans lunettes de soleil. Vous me demandez pour qui je travaille ? Je ne travaille plus pour lui, ni pour personne d'autre. Je n'ai pas de commanditaire, juste un enfant à problèmes.

— Est-ce normal pour un détective privé ?

— Non. Le mieux, c'est quand l'enfant à problèmes est en même temps le commanditaire. Comme chez vous. Un détective privé, tout comme un psychothérapeute, ne devrait pas travailler gratuitement. Dans mon métier non plus, le client n'a aucune chance de guérir s'il ne souffre pas un peu.

Il a ri :

— Les détectives soignent aussi ? Je pensais qu'ils enquêtaient.

— C'est comme chez vous. Si nous ne trouvons pas ce qui s'est véritablement passé, les gens n'arrivent pas à se débarrasser de leurs vieilles histoires.

— Ah bon ?

Il avait dit cela d'un air tellement songeur que je me suis demandé si ce que je venais de dire méritait vraiment réflexion. Mais Eberlein pensait à autre chose.

— Qu'est-ce qui se passe avec Wendt ? Hier, j'ai eu la visite de deux messieurs de la police, et aujourd'hui, j'ai convoqué Wendt dans mon bureau. Il n'est pas venu. Il ne croit tout de même pas...

Eberlein n'a pas terminé sa phrase.

— Celui que vous m'avez décrit est également passé chez nous. Lehmann, de Francfort. Il voulait parler à Wendt, qui n'était pas là, alors il est venu me voir. Il s'est présenté comme un vieil ami de la famille Salger et tout particulièrement de la fille, Léonore, il m'a parlé de sa sympathie paternelle et de sa responsabilité, des difficultés auxquelles elle est confrontée. Il voulait savoir où elle vit actuellement. Je ne le sais pas, et même si je l'avais su, je ne le lui aurais pas dit. J'espère qu'il ne la retrouvera pas.

— Moi aussi. Mais pourquoi vous ?

Il a ouvert la fenêtre, l'air frais et humide s'est engouffré dans la pièce. Il pleuvait.

— Vous vous êtes peut-être récemment demandé pourquoi j'avais un yacht. Eh bien, je m'intéresse aux poissons. Dans l'océan Indien, il existe un requin qui a des analogies avec le dauphin. Les requins sont des solitaires, les dauphins des animaux grégaires, mais dans son comportement, ce requin ressemble beaucoup au dauphin. Il s'introduit dans un banc de dauphins, nage avec eux, joue et chasse avec eux. Pendant un temps, cela se passe bien. Et tout à coup, nous ne savons pas pourquoi, il perd la tête et réduit un dauphin en bouillie. Parfois, le banc de dauphins se précipite sur lui, mais la plupart du temps il s'enfuit. Ensuite, il reste seul pendant des semaines ou des mois, jusqu'à ce qu'il se cherche un nouveau banc.

— Lehmann vous fait penser à lui ?

Je n'avais aucune raison d'estimer particulièrement Lehmann, mais c'était tout de même un peu fort de café.

Il a levé la main pour me calmer.

— Ce qui est fascinant dans ce requin, c'est qu'il semble jouer un rôle auprès des dauphins. Mais les animaux ne jouent pas de rôle, ils n'ont pas le recul nécessaire. Il doit donc exister dans le cerveau de notre requin deux programmes, le programme requin et le programme dauphin. De temps en temps, il est entièrement dauphin, de temps en temps entièrement requin. C'est pour cela que Lehmann m'a fait penser au requin. J'étais sûr qu'il me racontait des mensonges, mais j'étais également sûr qu'il était persuadé de raconter la vérité. Vous comprenez ce que je veux dire ?

J'ai hoché la tête.

— Alors vous comprenez aussi pourquoi cet homme me paraît dangereux. Peut-être n'a-t-il jamais fait de mal à quiconque, peut-être n'en fera-t-il jamais. Mais s'il en a envie, il le fera sans hésiter, et en toute bonne conscience.

29

Avec ce temps-là ?

J'ai pris la voiture pour me rendre à Wieblingen, dans la Schusterstrasse. J'ai sonné et j'ai frappé chez Wendt. Personne n'a ouvert. Lorsque je suis retourné à la voiture, madame Kleinschmidt était à la porte de la maison. Elle m'avait certainement observé à travers le rideau.

— Monsieur Wendt !

J'ai sauté par-dessus deux flaques, la gouttière de l'auvent m'a offert une douche, et je me suis avancé jusqu'au seuil de la porte en essuyant mes lunettes.

— Vous cherchez encore votre fils ? Il est passé, vous voyez, il y a sa voiture. Mais après, une autre voiture est venue, et il est parti à pied avec l'autre monsieur.

— Par ce temps-là ?

— Étrange, n'est-ce pas ? Je trouve cela étrange. Et après, au bout de trois quarts d'heure, l'autre monsieur est revenu tout seul et il est reparti. Ça aussi, ça me paraît bizarre.

— Vous êtes une bonne observatrice. À quoi ressemblait l'autre monsieur ?

— C'est aussi ce que dit mon mari. Renate, il dit, tu es une bonne observatrice. Mais je n'ai pas bien vu l'autre monsieur. Il s'est garé là, derrière, là où se trouve la Ford. Et puis il y a cette pluie. Sous la pluie, tous les chats sont gris, c'est bien ce que l'on dit, non ? Mais j'ai vu qu'il conduisait une Golf.

Elle parlait rapidement, comme un enfant qui cherche les félicitations.

— Où sont-ils allés, tous les deux ?

— Ils ont descendu la rue. Par là, on rejoint le Neckar, vous savez, mais d'ici, on a beau regarder, on ne voit pas bien.

J'ai renoncé au café que venait de préparer madame Kleinschmidt et je suis remonté dans ma voiture. J'ai descendu lentement la rue qui longe le Neckar. Les maisons, les arbres et les voitures étaient enveloppés par la pluie. Quatre heures avaient à peine sonné, mais on avait l'impression que la nuit allait tomber.

Au bout d'un certain temps, la pluie a diminué ; les essuie-glaces ont fini par couiner sur le pare-brise. J'ai suivi le chemin qui traversait les prairies bordant le Neckar, de Wieblingen à Edingen, je suis passé devant la station d'épuration et l'usine de retraitement des ordures, puis sous le pont de l'autoroute. Un instant, j'ai cru apercevoir un vêtement appartenant à Wendt, j'ai marché dans l'herbe trempée et je suis revenu les pieds mouillés. En temps normal, j'aime bien me retrouver dehors après la pluie, quand la terre sent bon et quand l'air picote le visage. Mais là, je me sentais juste moite.

Je l'ai trouvé, les bras étendus, le regard fixe. On entendait le ronronnement de la circulation au-dessus de nous. La position dans laquelle il était allongé indiquait qu'il pouvait s'être précipité depuis le pont de l'autoroute : dans ce cas, il se serait tué en heurtant les pavés que l'on avait disposés sur le sol lors de la construction du pont. Mais il y avait le petit trou dans son imperméable clair. Un trou rouge sombre, presque noir. Sous l'imperméable, le rouge brillait, plus clair, autour du trou. Il n'avait pas beaucoup saigné.

À côté de lui, comme s'il lui avait échappé des mains, un porte-documents. J'ai sorti deux mouchoirs en papier de ma poche pour l'attraper et le mettre au sec sous le pont. Les doigts toujours protégés par les mouchoirs, j'en ai extrait un journal, un grand agenda et la copie d'une carte géographique. L'agenda professionnel de Wendt ne mentionnait aucun rendez-vous pour cet après-midi. Sur la carte ne figurait aucune indication, et je ne suis pas arrivé pas à reconnaître ce qu'elle représentait. Pas de localités, pas de rivières, pas de couleurs qui puissent être identifiées aux forêts ou aux maisons. Toute la surface était divisée en petites parcelles numérotées. Un trait double partait du milieu du bord supérieur vers le bas, plusieurs autres partaient vers la gauche pour aboutir à un autre qui rejoignait tout droit le bord. J'ai remarqué quelques nombres : 203 en bas, 537, 538 et 539 en haut, 425 à gauche et 113 à droite. Ensuite, j'ai reposé le porte-documents là où je l'avais trouvé.

Avec sa tête surélevée par un pavé qui dépassait du sol, Wendt avait le regard brisé ; il semblait se perdre mélancoliquement dans le lointain. J'aurais aimé lui fermer les paupières. Parce que ça se fait. Mais la police n'aurait pas apprécié. Je l'ai appelée de la cabine la plus proche, à Wieblingen. J'ai demandé qu'on me passe Nägelsbach. Mais avant toute chose, il fallait que je lui dise ce que j'avais sur le cœur.

— Je n'ai pas apprécié que vous m'envoyiez vos collègues de la police judiciaire.

— Qu'est-ce que j'ai fait ?

— Ce matin, j'ai eu la visite de Bleckmeier et Rawitz, de la PJ. Ils voulaient savoir où était Léonore Salger.

— Monsieur Selb, je n'ai rien à voir avec cela. En ce qui concerne notre récent entretien... Comment pouvez-vous imaginer que j'aie abusé de votre confiance à ce point ?

Sa voix tremblait d'indignation. Je l'ai cru. Fallait-il que j'aie honte de moi, à présent ?

— Je suis désolé, monsieur Nägelsbach. Mais je ne voyais pas, autrement, comment la PJ avait pu avoir l'idée de m'interroger.

— Hum.

Ensuite, je lui ai annoncé la nouvelle. Il m'a demandé de l'attendre à la cabine téléphonique. Cinq minutes plus tard, exactement, une voiture de patrouille et une ambulance sont arrivées, en même temps que Tiezke du *Rhein-Neckar Zeitung*, et au bout de trois autres minutes, Nägelsbach et son collègue. Je suis monté dans la voiture et je les ai conduits au cadavre de Wendt. Ils se sont mis au travail. J'ai pu m'en aller.

— À demain. Veuillez passer au commissariat central dans la matinée pour votre déposition !

30

Spaghettis al pesto

L'ampoule était toujours grillée sur le palier de mon appartement. Je m'en suis aperçu un étage plus bas en m'arrêtant pour reprendre mon souffle. J'ai fait demi-tour.

Brigitte n'était pas encore à la maison. Manu et moi, nous nous sommes fait cuire des spaghettis al pesto. Il n'est pas trop tôt pour qu'il apprenne que la crème est le corps et le vermouth l'âme de toutes les sauces blanches dont on accommode les pâtes.

Lorsque nous sommes sortis le soir, Brigitte et moi, pour promener Nonni, elle a voulu savoir ce qui se passait.

— Je suis contente que tu sois là et que vous ayez fait la cuisine. Et même la vaisselle. Mais tu n'es tout de même pas venu pour me faire plaisir ?

— Et pour me faire plaisir à moi, ça n'est pas une explication suffisante ?

Elle sentait que ce n'était pas tout, mais ne voulait pas me contredire. Rentrés à la maison, nous avons regardé un film et les dernières informations. Un avis de recherche de la police judiciaire fédérale a été diffusé avant la météo. Il n'y était pas encore au vingt heures, que j'avais vu avec Manu. Je ne connaissais pas les deux hommes dont on ne donnait pas l'identité. Mais la femme était Léo, et son nom était mentionné. On parlait d'un attentat terroriste contre une installation militaire américaine et de deux morts. Puis un porte-parole de la police a évoqué les terroristes de la deuxième génération qui menaient une vie normale le jour et qui incendiaient et tuaient la nuit. Il a présenté ses excuses pour les dérangements que ne manqueraient pas de provoquer les contrôles et les barrages routiers au cours des jours suivants. Il a promis que toute information utile à l'enquête resterait confidentielle et a indiqué le montant élevé de la récompense.

— Ce n'était pas la petite dont la photo est posée contre ton lion ?

J'ai hoché la tête.

— J'espère que tu ne crois pas que j'envisage de toucher la prime. Je pense à l'état dans lequel je t'ai retrouvé récemment. Tu as dit que tu irais à la police lorsque tu saurais pourquoi on la recherche. Maintenant tu le sais.

— Est-ce que je le sais vraiment ? Il y a eu un attentat contre des installations militaires américaines, et il a fait deux morts, c'est tout ce que je sais. Pourquoi ne disent-ils pas quand et où a eu lieu l'attentat ? Léo a disparu en janvier, on est au mois de mai, et d'après l'avis de recherche, on dirait que l'attentat date de deux jours et que Léo a disparu hier. Non, Brigitte, j'en sais vraiment très peu.

Lorsque nous avons été au lit, j'ai pris une décision et j'ai réglé le réveil. J'espérais que les habitants d'Amorbach, et particulièrement la famille Hopfen, ne regardaient pas le dernier journal à la télévision.

Le lendemain matin à six heures, j'étais dans ma voiture et je roulais vers Amorbach.

31

Comme dans le temps, avec Baader et Meinhof

Les rues étaient désertes, je roulais bien. Le soleil se levait. Son disque rouge pâle avait rapidement chassé les brumes et m'éblouissait dans les nombreux virages serrés entre Eberbach et Amorbach. Les journées de pluie étaient passées.

L'auberge de la *Cour de Bade* était déjà ouverte et le buffet du petit déjeuner dressé. À la table voisine était assis un couple qui avait l'air de venir de Gelsenkirchen ou de Leverkusen pour une randonnée à travers la forêt d'Odenwald. Ils portaient des knickerbockers et des chaussettes rouges, lisaient le *Courrier du Bas-Main* en buvant le café et en mangeant des petits pains. Je leur aurais volontiers expliqué à quel point il est important de se parler dans un couple, avant de leur emprunter leur journal. Mais je n'ai pas osé. J'ai tout de même pu voir que la photo de Léo ne figurait pas en première page.

Elle était en page quatre. Lorsque j'ai sonné chez elle, à neuf heures moins le quart, j'avais déjà acheté le quotidien au kiosque. Dans la maison, les enfants faisaient du bruit. Léo a ouvert la porte.

Jusqu'à présent, je ne l'avais qu'entr'aperçue. Même après notre première rencontre, elle était restée pour moi la fille de la photo posée sur mon bureau contre mon lion, la fille avec la bouche souriante et ce regard qui exprimait une question ou un défi. Je n'avais pas vraiment gardé en mémoire la jeune femme dont l'étudiante du foyer de la Klausenpfad m'avait donné la photo. Maintenant elle était en face de moi, avec un ou deux ans de plus. Le menton et les pommettes trahissaient sa détermination. Je lisais dans son regard : que me veut ce vieux type ? Un colporteur ? Un représentant ? Il vient relever les compteurs ? Elle portait encore des jeans et une chemise d'homme à carreaux.

— Vous désirez ?

Son accent était aussi épais que le Nutella sur les tartines que se fait Manu.

— Bonjour, madame Salger.

Elle a reculé d'un pas. La méfiance dans son regard me rendait presque heureux. Elle me prenait plutôt pour un vieux type dangereux que pour un vieux cochon.

— Je vous demande pardon ?

Je lui ai tendu le journal ouvert à la page quatre.

— Je voudrais vous parler.

Elle a observé sa photo avec un mélange de curiosité et de résignation : c'est moi, ça ? Peu importe, tout est fini. Je suppose que la photo avait été prise lorsque Léo avait été interrogée par la police. On dit parfois que c'est la police qui engendre le crime, qu'elle ne se contente pas de le combattre, mais le provoque parfois. Ce sont des généralisations inacceptables. Seuls les photographes de la police créent des criminels. Ce sont les maîtres du genre. Confiez-leur le quidam le plus innocent et le plus respectueux de la loi, en un tour de main, ils lui feront un faciès de criminel.

Léo a haussé les épaules en me rendant le journal.

— Vous pouvez patienter un moment, s'il vous plaît ?

Elle avait tout d'un coup perdu son accent.

J'étais à la porte, j'entendais des bribes de conversation : Léo demandait aux enfants de mettre leurs chaussures, d'emporter leurs blousons et d'emballer leurs sandwichs pour midi. Elle a descendu les escaliers, ouvert et refermé des portes et des armoires à chaussures. Lorsqu'elle est sortie de la maison avec les enfants, elle avait un manteau sur le bras et un sac sur l'épaule.

— Ça vous convient, si je vous précède en voiture avec les enfants ? J'aimerais pouvoir les déposer à la crèche et à l'école, et garer la voiture devant le cabinet.

Elle a ouvert la Rover et aidé les enfants à s'y installer.

Je l'ai suivie, j'ai vu la petite fille entrer à la crèche, le garçon à l'école. Ensuite, Léo a garé la Rover, jeté les clés dans la boîte aux lettres du cabinet médical et s'est approchée de ma voiture avec son sac et son manteau.

— On peut partir.

Me prenait-elle pour un policier ? Après tout, je pourrais toujours mettre les choses au point par la suite. Lorsque j'ai tourné en direction d'Eberbach, elle m'a regardé avec étonnement, mais elle n'a rien dit. Nous sommes restés silencieux jusqu'à Ernsttal. J'ai garé la voiture sous les arbres.

— Venez, allons boire un café.

Elle est sortie de la voiture.

— Et après, où va-t-on ?

— Je ne sais pas. Bonn ? Heidelberg ? Où aimeriez-vous aller ?

Nous nous sommes assis sur la terrasse et nous avons commandé.

— Vous n'êtes pas de la police. Qui êtes-vous et que voulez-vous ?

Elle a sorti du tabac et du papier de sa poche, s'est roulé une cigarette et a demandé du feu. Puis elle a fumé en attendant ma réponse. Elle m'a regardé, sans défiance, juste prudente.

— Wendt est mort, et tout laisse à penser que c'est lui le meurtrier.

Je lui montrai une photo de son album avec le faux Salger à ses côtés, le bras sur ses épaules.

— Vous le connaissez.

— Oui, et après ?

Son regard montrait qu'elle était sur la défensive. Elle était assise, les coudes sur la table. Elle s'est calée sur sa chaise.

— Oui et après ? Wendt vous a aidée. Il vous a cachée à l'hôpital psychiatrique, puis il vous a procuré cette place de jeune fille au pair à Amorbach. Je ne l'ai pas bien connu, mais je m'en veux car il serait encore en vie si j'avais dit à la police ce qu'elle voulait savoir, sur vous, sur lui — j'ai montré la photo —, et sur Wendt. Je suis presque sûr qu'il vivrait encore si vous aviez agi autrement.

Le patron apporta le café. Léo se leva.

— Je reviens tout de suite.

Comptait-elle s'échapper par la fenêtre des toilettes pour s'enfuir à travers la forêt jusqu'en Bavière ? Je l'ai laissée faire. Le patron est venu m'expliquer que la forêt meurt depuis que les chaudières allemandes brûlent du gaz naturel russe :

— Ils ajoutent quelque chose, m'a-t-il chuchoté : la guerre, les armes, ils n'en ont plus besoin.

Léo est revenue, les yeux enflés. Elle avait pleuré.

— Vous allez me dire, maintenant, ce que vous voulez de moi ?

Elle parlait normalement, mais cela lui coûtait.

Je lui ai fourni un résumé des dernières semaines.

— Pour qui travaillez-vous ?

— Pour moi-même. On peut se le permettre une fois de temps en temps, quand ça ne dure pas trop.

— Et si vous voulez savoir ce que je sais, c'est juste par intérêt et curiosité ?

— Pas seulement ? J'aimerais aussi savoir ce qu'il — j'ai de nouveau montré la photo — me prépare. Comment s'appelle-t-il au fait ?

— Et qu'est-ce qui se passe si je vous dis tout ?

— Vous vous demandez si je vous livrerai à la police ?

— Ça serait une bonne idée, non ? Au fait, vous m'avez reconnue facilement ?

— Ce n'était pas difficile. Mais reconnaître des gens qui ne veulent pas être reconnus fait partie de mon métier.

— Vous m'emmenez loin d'ici ?

Je ne comprenais pas où elle voulait en venir.

— Je veux dire, là où il n'y pas ces photos qui... Elles vont certainement être affichées dans chaque bureau de poste et dans chaque commissariat, comme dans le temps, avec Baader et Meinhof, et elles vont aussi passer aux informations. Elles sont déjà passées à la télévision ?

— Hier soir.

— Vous avez une idée ? Si vous en avez une, je vous raconterai ce que vous voulez savoir.

J'ai mis un certain temps. Soutien à une organisation terroriste, complicité, entrave à l'exercice de la justice, tout ce qui pouvait m'arriver a défilé dans ma tête. À mon âge, pouvais-je arguer de mon incapacité à assister aux audiences ? Ou bien cela ne fonctionnait-il que dans les procès d'anciens nazis ? Allaient-il mettre ma Kadett sous scellés, comme pièce à conviction ? Si je promettais à Léo de l'aider, et que j'apprenais ensuite qu'elle avait commis des atrocités épouvantables, devrais-je tenir ma promesse ? J'ai ajourné la réponse à cette question morale.

Je me suis levé.

— Eh bien voilà, je vous conduis en France. D'ici à la frontière, vous me racontez ce que vous savez.

Elle est restée assise.

— Et quand nous serons à la frontière, le douanier vous remerciera chaleureusement et…

Elle avait raison. Même dans une Europe ouverte à la libre circulation, la police surveillerait particulièrement les frontières si un avis de recherche national et urgent avait été lancé.

— Nous passerons par les champs.

32

Des bananes dans le pot d'échappement

À la télévision, on avait demandé de la compréhension pour les barrages et contrôles routiers. J'ai donc pris les petites routes avec tracteurs, machines agricoles et charrettes de foin, celles que la police redoute comme tout un chacun. Nous avons traversé la petite forêt d'Odenwald et le Kraichgau. Nous avons passé le Rhin à Leopoldshafen et à Klingenmünster, nous avons mis le cap sur le Pfälzer Wald. À deux heures, nous étions à Nothweiler.

— En fait, il n'y a pas grand-chose à raconter, avait annoncé Léo après avoir quitté Ernsttal, puis elle s'était tue à nouveau.

Jusqu'à Neckarbischofsheim, elle a ruminé dans son coin. Elle roulait et fumait ses cigarettes à la chaîne.

— Je ne comprends pas. Rolf n'était pas vraiment dans le groupe, il n'a rien à voir avec toute cette histoire. Personne n'avait aucune raison de le supprimer. Comment a-t-il été tué ?

— Reprenez simplement l'histoire au commencement.

— Alors je commence avec Helmut Lemke. Il a changé de nom, mais peu importe. Avec votre photo, vous finirez bien par trouver son nom. C'était vraiment un grand frère. Lorsque papa l'a ramené la première fois à la maison, je n'allais pas encore à l'école. Il ne se trouvait pas trop vieux pour jouer avec moi à cache-cache dans le jardin, et lorsque j'ai grandi, il m'a appris le tennis. Il devait avoir autant envie d'une petite sœur que moi d'un grand frère.

— Où votre père l'a-t-il connu ?

— Helmut était étudiant. Pendant les vacances, il a fait un stage au ministère. C'est là que Papa l'a remarqué. En 1967, il a quitté Bonn pour Heidelberg. On s'est un peu perdu de vue, mais quand il venait à Bonn, il passait nous voir et nous faisions quelque chose ensemble. Lorsque papa a été en prison, lorsque personne n'a plus voulu avoir affaire avec nous, il est venu nous rendre visite comme si c'était la chose la plus naturelle qui soit. Mais il y a six ans, il a disparu, du jour au lendemain.

— Quand est-il réapparu ?

— L'été dernier. *Comme ça*[1].

Léo a claqué des doigts. Un jour, il a sonné à la porte et l'a saluée comme s'ils s'étaient quittés hier. Les semaines suivantes, ils se sont vus presque tous les jours.

— Pour nous, c'était... Enfin, d'un côté, nous nous connaissions depuis une éternité et étions très proches, et de l'autre, nous nous découvrions comme si c'était tout nouveau.

Cela voulait-il dire qu'ils avaient une liaison ? En tout cas, ils faisaient plein de choses ensemble : tennis, randonnées, théâtre, cuisine. Un jour, il lui a parlé des six ans qu'il avait passés en prison. Il avait été condamné pour un attentat contre le bureau de recrutement et de réserve du district de Heidelberg.

1. En français dans le texte.

— À six ans de prison ?

Je ne me souvenais d'aucun attentat, et en général, les explosions spectaculaires dans la région Mannheim-Heidelberg restent gravées dans ma mémoire.

— Un gardien de nuit a été touché, et grièvement blessé. Mais Helmut n'avait rien à voir avcc l'attentat. Il militait au KBW[1], il n'arrêtait pas de provoquer la police et la justice, alors, ils lui ont collé ça sur le dos pour s'en débarrasser. C'est comme ça que ça s'est passé. Il m'a raconté qu'un policier lui avait expliqué qu'il s'était bien amusé avec la police : maintenant, la police allait s'amuser avec lui.

— Et cela vous a paru convaincant ?

— Oui, et j'ai compris qu'il voulait le leur faire payer. Tout d'abord, il voulait faire sauter le bureau de recrutement, personnellement et pour de bon, cette fois-ci. Puis il a compris qu'il fallait s'en prendre à ceux qui tiraient les ficelles, aux Américains. Parfois, lorsqu'on se promenait, on empruntait la Busenstrasse ; juste au coin de ma maison, dans la Häuserstrasse, se trouve la vieille villa qui abritait le bureau de recrutement. Maintenant, ce sont les Américains qui l'occupent. Un de leurs services, je ne sais plus lequel. « Tu vois, disait-il, l'attentat contre le bureau de recrutement était une bêtise. D'abord, un bureau de recrutement n'est jamais qu'un bureau de recrutement. Ensuite, le changement de propriétaire montre mieux qu'unc bombe que derrière l'impérialisme américain se cache derrière le militarisme allemand. Avoir pensé que j'avais commis une action aussi stupide dans la lutte contre le capitalisme et l'impérialisme est une insulte à mon intelligence. »

1. Alliance communiste de l'Allemagne de l'Ouest.

Dans les années soixante et soixante-dix, j'avais déjà des difficultés à prendre au sérieux ce jargon politique. Ce n'est pas plus facile dans les années quatre-vingt-dix. Elle avait beau rouler ses cigarettes elle-même, j'avais du mal à imaginer Léo en train de lire Marx et Engels. Je lui ai demandé quels étaient ses rapports avec la lutte contre le capitalisme et l'impérialisme.

— Ça, c'était l'obsession de Helmut. Quand on a vécu si longtemps avec tout ça et qu'on l'a si chèrement payé, il est difficile de tirer un trait dessus. Parfois, on l'a fait marcher. Il ne comprenait pas que la bonne politique est concrète, qu'elle passe par le corps et qu'elle doit faire plaisir. Mais d'un autre côté, il nous a beaucoup appris.

— Nous ? À vous et aux deux autres sur l'avis de recherche ?

— C'est de moi que je parle. Je ne veux impliquer personne. Je ne connais même pas les types qui figurent sur la photo, dans le journal.

Je ne l'ai pas pressée. De la suite de son récit, j'ai pu déduire qu'il y en avait encore deux autres, un certain Giselher et un type répondant au nom de Bertram, qu'ils s'étaient connus lors d'une manifestation, se rencontraient de temps en temps et, dans un premier temps, n'avaient fait que s'engueuler et plaisanter.

— Ensuite, on en a eu marre. Tu parles, tu parles, et tu ne fais rien pour changer le monde. Les saloperies continuent, la mort de la forêt, la pollution chimique de l'air et de l'eau, les centrales nucléaires, les missiles, la destruction des villes et le renforcement de la police. La seule chose que tu obtiennes, c'est que les journaux et la télé parlent un peu plus de tout ça. Mais ensuite, ce n'est plus d'actualité, plus personne ne parle de la forêt, que ce soit dans les journaux ou à la télévision.

Les gens pensent que tout est réglé, alors que ça ne fait qu'empirer.

Ils ont donc décidé de se taire et de passer à l'action. Ils ont lancé des fusées de feux d'artifice sur la centrale nucléaire de Biblis, caché des bombes puantes dans les sex-shops de Heidelberg et Mannheim, mis des bananes dans les pots d'échappement des voitures de police, essayé en vain d'empêcher une course automobile sur le circuit de Hockenheim en faisant des trous dans la piste à l'aide d'explosifs, et abattu un pylône électrique entre Kirchheim et Sandhausen. Puis Helmut Lemke est venu les rejoindre. Il leur a expliqué que jusqu'à cette date, leurs actions n'avaient été que des enfantillages.

— Quel rôle a joué Wendt ? Je comprends que vous ne vouliez mouiller personne mais...

— Il est mort, je sais. Il n'a joué aucun rôle. Je ne l'ai pas déjà dit ? Nous étions tout simplement amis. Mais Helmut et lui se connaissaient d'avant. Nous avons rencontré Rolf par hasard au *Weinloch.* Helmut me l'a présenté, et c'est ainsi que nous avons fait connaissance.

— Le journal a parlé d'un attentat contre une installation militaire américaine.

— Nous avions changé de stratégie.

Lemke, me dit-elle, leur avait suggéré l'idée. Désormais, les actions n'auraient plus pour but d'empêcher ce que personne ne pouvait empêcher, mais d'en dénoncer l'existence. Ce qui a paru lumineux à Léo et ses amis. Ils ont élaboré un plan pour s'introduire dans l'Usine chimique rhénane de Ludwigshafen et pour manipuler ses rejets toxiques. Le principe était simple : puisqu'ils polluent l'eau et l'air, qu'ils le fassent au moins en couleurs. Les cheminées rejetteraient des nuages violets et l'eau du Rhin serait jaune. Ils envisageaient également une opération sur les grands axes de Heidelberg, le Römerkreis, la place Bismarck et la place Adenauer : ils voulaient mettre hors service tous les feux tricolores à l'heure de pointe pour provoquer des embouteillages et prouver que la circulation automobile était arrivée à saturation. Mais ces plans n'ont rien donné. C'est alors qu'est venue l'opération *Bonfire*.

— Que signifie *Bonfire* ?

— Feu de joie. Nous voulions mettre le feu chez les Américains pour montrer à l'opinion publique tout ce qu'ils entreposaient. Normalement, ils ne laissent entrer personne, mais quand ça brûle, c'est l'affolement. Dans ces cas-là, même les Allemands arrivent à entrer : la police, les pompiers, la presse. Évidemment, il fallait que ce soit un grand incendie. Mais une fois qu'un dépôt de munitions se met à flamber...

J'étais stupéfait, et je devais en avoir l'air. Elle répondait à mes reproches avant même que je n'aie pu les formuler. Je compris que depuis des semaines, elle tenait envers elle-même le rôle de procureur, d'avocat et de juge.

— Naturellement, personne ne devait être blessé. Nous étions tous d'accord, nous n'avons pas arrêté de le dire à Helmut, et il l'a promis haut et fort. Mais même si — comprenez-moi bien, nous ne l'avons pas intégré dans notre plan, je le dis juste comme ça —, même si...

Elle s'est interrompue.

Je l'ai observée.

Elle avait retroussé sa lèvre inférieure, et elle serrait si fort les mains posées sur ses genoux que la peau sous les ongles devenait blanche.

— Comment peut-on révéler quelque chose d'effroyable sans que rien d'effroyable ne se passe ? S'il s'est passé quelque chose, je veux dire, si quelque chose s'était passé, alors cela vaudrait mieux que si...

J'ai attendu, mais elle n'a pas fini sa phrase.

— Qu'est-ce qui s'est réellement passé, madame Salger ?

Elle m'a regardé fixement, elle me toisait comme si c'était à moi de découvrir le secret et pas l'inverse.

— Je ne sais pas exactement. Je ne m'étais pas vraiment occupée des préparatifs. Ce sont les autres qui s'en étaient chargés, Helmut et Giselher. Bertram n'est rentré de Toscane que la veille. Pour moi, il était évident qu'il fallait que j'y participe. Nous avons toujours tout fait ensemble. Helmut ne voulait pas que je vienne, mais il n'a pas réussi à m'écarter. Il nous aurait de toute façon manqué une personne. Helmut a d'abord essayé d'élaborer un plan avec quatre personnes au lieu de cinq. Ensuite, il a cherché un cinquième et il l'a trouvé. Il ne l'a pas présenté au groupe, pour sa propre sécurité et la nôtre. Nous ne l'avons rencontré que quand ça a commencé. Il est venu en voiture avec Helmut. Giselher, Bertram et moi sommes venus dans une autre.

— C'était début janvier ?

— Le jour des Rois. Je ne sais même pas où exactement on s'est retrouvé. Ce devait être dans la direction de Francfort. Nous avons fait un bon trajet sur l'autoroute, passé les échangeurs de Heidelberg et de Mannheim en direction du nord, puis nous nous sommes garés sur une aire de repos, nous avons franchi le talus et nous nous sommes retrouvés sur une petite route. Nous avons coupé à travers champs jusqu'à une petite forêt. Là, nous avons rencontré Helmut et le cinquième homme. Et de là, nous sommes partis vers le lieu de l'opération.

— Vous connaissiez le cinquième homme ?

— Nous avions passé nos visages au charbon. J'ai même eu du mal à reconnaître Helmut. Au bout d'un certain temps, nous sommes arrivés à un grillage, nous avons fait un trou pour passer. Moi, j'étais chargée d'assurer le retour. Je devais surveiller des deux côtés et au cas où une patrouille viendrait, il fallait que je prévienne les nôtres ou que je fasse diversion. Il y avait pas mal de brouillard. Au bout de vingt minutes, je devais repartir.

Elle haussa les épaules.

— J'ai attendu vingt-cinq minutes. Puis j'ai entendu des coups de feu. Je suis retournée au grillage et j'ai quitté le terrain militaire. Lorsque je me suis retrouvée près des voitures, j'ai entendu une explosion, suivie d'une autre, tout de suite après. J'ai couru jusqu'à la route. Tout d'abord, personne ne s'est arrêté. Ils ont dû me prendre pour une folle furieuse avec mon visage tout noir. Je m'en suis aperçue et je me suis nettoyée. La troisième voiture s'est arrêtée. Un pharmacien de Schwetzingen qui avait bu et voulait me draguer. J'ai réagi d'une façon complètement hystérique. Et je lui ai demandé de me conduire à l'hôpital psychiatrique. Il a dû se dire que j'en venais. Il m'a déposée là-bas, tout content que personne ne lui demande rien.

Elle a ouvert les yeux et posé la nuque contre le repose-tête.

— Rolf était de service de nuit. Il m'a donné une chambre, il m'a fait une piqûre, et j'ai dormi jusqu'au soir.

33

Au rocher de l'empereur Guillaume

Pendant le trajet à travers les paysages clairs et ensoleillés, le récit de Léo, nuit et brouillard, visages noircis, grillages découpés, bombes et coups de feu, m'avait déjà paru bizarrement irréel. À Nothweiler, j'ai garé la voiture devant l'église, et nous sommes montés au château de Wegeln. La forêt étincelait, toute verte et toute fraîche, les oiseaux chantaient, et l'air avait le goût épicé de la pluie des derniers jours. Des explosions chez les Américains ? Quels Américains ? Quelles explosions ? Mais Léo n'arrivait pas à effacer cette nuit de son esprit.

— Le cinquième homme ne m'inspirait pas confiance. Parfois il marchait devant, parfois derrière, puis il réapparaissait sur le côté. Il avait plein de matériel sur lui, je ne sais ni quoi, ni à quoi il était destiné. C'est nous qui avions apporté les explosifs.

Le chemin qui menait au château était raide. Léo ne m'avait pas demandé de porter son sac et son manteau, cela me convenait. Elle me précédait toujours de quelques pas, puis elle m'attendait. Elle était partie presque en courant, comme si on l'avait tirée vers le haut. Puis son pas s'est fait plus léger et plus libre, elle a ôté le sac de son épaule pour le tenir à la main, elle balançait les bras, rejetant la tête en arrière avec les cheveux au vent, et lorsqu'elle attendait que je la rejoigne, elle esquissait des pas de danse à reculons. Elle s'est remise à parler de l'opération *Bonfire*. Un tas de bois qui pourrissait, recouvert de végétation, lui rappelait les bâtiments qu'elle avait vus cette nuit-là chez les Américains.

— Comme des garages, un peu plus grands, avec les toits en pente recouverts de terre et d'herbe. Il y avait aussi des trucs allongés, pas tout à fait aussi hauts et larges que les garages, mais avec de l'herbe dessus. Qu'est-ce que ça pouvait bien être ?

Mais cette question ne la préoccupait pas vraiment. Lorsque je l'ai rattrapée, j'ai voulu émettre des suppositions sur ces grands hangars plats recouverts d'herbe. Mais elle a posé sa main sur mon bras et fait : « chut ». Un lièvre était assis sur le chemin et nous regardait.

Nous nous sommes arrêtés au rocher de l'empereur Guillaume. En faisant le plein un peu plus tôt, j'avais acheté un kilo de granny smith et du chocolat aux noisettes.

— Que voulez-vous faire de l'autre côté ?

Après le rocher, c'est la France.

— Prendre des vacances, aussi longtemps que j'aurai de l'argent. C'était épuisant, ces dernières semaines avec les trois enfants. Après, je retrouverai peut-être une autre place de jeune fille au pair.

Elle était assise par terre, adossée au rocher, mordant dans la pomme et clignant des yeux à cause du soleil. J'ai eu envie de lui demander ce qu'elle ferait après son poste de jeune fille au pair, comment elle comptait retrouver une vie normale. Mais pourquoi causer des soucis à quelqu'un qui ne s'en fait pas ?

C'est alors que m'est venue une idée :

— Nous pouvons aller dans le Tessin. J'ai une visite à y rendre depuis longtemps. Et si vous avez envie de travailler comme jeune fille au pair dans le Tessin, Tyberg connaît plein de gens.

Elle grignota le trognon de pomme et le jeta. Elle leva les yeux vers le ciel et les arbres, retroussant son nez.

— *Comme ça ?* dit-elle en claquant des doigts.

— *Comme ça.*

Le chemin forestier qui passe par les châteaux de Hohenburg et Löwenburg pour aboutir à celui de Fleckenstein n'est pas long, et Léo pouvait prendre son temps. Moi, je me suis dépêché de retourner à Nothweiler, j'ai franchi la frontière à Wissenbourg où un jeune douanier zélé m'a demandé d'où je venais et où j'allais. Une heure plus tard, j'étais à Fleckenstein. Léo était en train de parler et de rire avec un jeune Français. Elle était plongée dans sa conversation, elle ne m'a pas vu, ni entendu arriver. J'ai craint qu'elle ne m'adresse le même regard que Manu à Brigitte quand il joue avec un autre garçon et qu'il a honte que sa maman le surveille. Mais Léo m'a salué, toute contente.

Nous n'avons pas beaucoup roulé ce soir-là. Au *Cheval Blanc* à Niedersteinbach, Léo a mangé les premières huîtres de sa vie, mais elle n'a pas aimé ça. Par contre, elle a apprécié le champagne, et après la deuxième bouteille, nous nous sentions comme Bonnie et Clyde. Si la droguerie avait encore été ouverte, nous serions allés y faire un hold-up avec nos pistolets : nous avions tous les deux besoin de brosses à dents, et moi de rasoirs. À dix heures, j'ai appelé Brigitte ; elle a remarqué que j'avais bu et que je ne lui disais pas toute la vérité, ce qui l'a vexée. Je m'en fichais, mais j'étais encore suffisamment lucide pour remarquer que mon indifférence était injuste. Brigitte était tellement magnanime qu'elle me laissait récupérer des années de combat mené pour mon indépendance pendant mes années de mariage avec Clara, la pinailleuse. Lorsque j'ai souhaité une bonne nuit à Léo devant la porte de sa chambre, elle m'a embrassé sur la joue.

Nous avons mis deux jours pour gagner Locarno. Nous avons flâné à travers les Vosges et le Jura, nous avons zigzagué sur la frontière entre la Suisse et la France, nous avons dormi à Murten et découvert des cols dont je n'avais jamais entendu les noms. Même dans les montagnes, la température était déjà suffisamment élevée pour que le midi, nous puissions étendre une couverture par terre et pique-niquer.

Pendant le trajet, Léo parlait de mille et une choses, de ses études et du métier d'interprète, de la politique et des enfants qu'elle avait gardés à Amorbach. Elle aimait mettre ses pieds sur le vide-poche. Parfois, elle passait sa jambe droite par la fenêtre. À la radio, elle choisissait des programmes qui allaient de la musique classique aux tubes américains. En Suisse, elle s'est calée sur la station régionale. Entre neuf et dix heures, on diffusait une lecture en dialecte de *Uli le valet* de Gotthelf. À cette heure-là, le monde était encore en ordre ; mais avec les hits américains, il était à l'envers : les hommes avaient la voix chevrotante, les femmes la voix métallique. Léo sifflait pour accompagner les mélodies. Elle contemplait attentivement les paysages et les villes que nous traversions. Les deux après-midi, elle s'est endormie sur son siège après le déjeuner. Le silence qui s'imposait parfois entre nous n'était pas gênant. Je laissais vagabonder mes pensées. Parfois je ne pouvais m'empêcher de la questionner.

— À l'hôpital psychiatrique, tu as réussi à apprendre ce qui s'était passé cette nuit-là, et ce que les autres sont devenus ?

Le matin, avec nos gueules de bois respectives, nous avions commencé à nous tutoyer.

— J'ai essayé à plusieurs reprises. Tu penses bien que j'aurais aimé entendre dire que tout cela n'était qu'une fausse alerte. Mais j'ai jamais pu avoir Giselher et Bertram au téléphone, et appeler leurs amis me paraissait trop risqué.

Je lui ai rappelé que, selon la police, il y avait eu deux morts.

— Et en plus, ils ne cherchent que vous trois, alors que vous étiez cinq à participer à l'attentat.

— Nous trois ? C'est bien moi, sur la photo, mais qui sont les deux autres ?

Elle a rouvert le *Messager du Bas-Main*.

— Regarde bien la photo, a-t-elle dit en désignant un des deux hommes qui y figuraient en sa compagnie.

J'ai obliqué sur la droite et j'ai garé la voiture.

— Il me rappelle Helmut. Ce n'est pas lui, mais il me fait penser à lui. Tu comprends ?

Elle avait raison. Il y avait une vague ressemblance. À moins qu'une photo ne se mette à ressembler à n'importe qui dès qu'on l'observe un certain temps ? Même chez le deuxième homme, certains traits me paraissaient familiers.

Quelque part dans les montagnes du Jura, elle m'a demandé si la mort de Rolf Wendt n'avait pas pu être un accident.

— Tu crains que Helmut n'ait pu le tuer ?

— Je ne peux pas m'imaginer que quelqu'un ait put tuer Rolf. Des ennemis, comme on dit, je pourrais jurer que Rolf n'en avait pas. Il était beaucoup trop prudent pour se mettre des gens à dos. Il était si intelligent qu'il arrivait toujours à manipuler son monde et à se sortir de situations difficiles. Je l'ai constaté plusieurs fois, à l'hôpital et en dehors. Tu ne penses donc pas que ce soit un accident ?

J'ai secoué la tête.

— C'est une balle de pistolet qui l'a tué. Tu ne sais pas comment Helmut et Rolf se sont connus ?

— Je ne me suis trouvée qu'une seule fois au *Weinloch* avec les deux, et ils se sont contentés de se saluer. Je n'ai pas posé de questions. À l'asile, j'ai parlé de Helmut à Rolf. Rolf était mon thérapeute et il a fait son boulot aussi correctement que possible. Ce n'était évidemment pas tout à fait correct, mais s'il avait changé quelque chose, je me serais fait prendre.

— Eberlein m'a parlé d'un... comment disait-il... d'une strate dépressive. Il m'a dit qu'en dessous, tu étais une fille heureuse de vivre.

— Bien sûr que je suis heureuse de vivre, que ce soit en dessous ou au-dessus. Quand je sens monter l'angoisse, je lui crie : « Bonjour, l'angoisse ! », et je la laisse faire un peu, mais je ne tolère plus qu'elle me liquide.

— Qu'est-ce qui t'angoisse ?

— Tu ne connais pas ça ? Ça n'est pas la peur de quelque chose de précis, ça te vient comme ça, comme quand tu as la fièvre, quand tu as froid ou quand tu te sens mal. Je crois que Rolf aussi connaissait ça, pas seulement par ses patients ou les livres. Il m'a beaucoup aidée.

— Il était amoureux de toi ?

Elle a descendu ses pieds du vide-poche et s'est redressée.

— Je ne sais pas exactement.

Je ne crois pas les femmes qui disent ignorer si elles plaisent. C'est vrai, une fois de plus, Léo était assise à côté de moi en jeans et en chemise d'homme à carreaux, mais dans sa voix, son odeur, et même dans ses mouvements nerveux pour rouler une cigarette, je sentais la femme. Et elle ignorait si Rolf Wendt était amoureux d'elle ?

Elle a bien vu que je ne la croyais pas.

— Bon d'accord, il était amoureux. Je ne voulais pas m'en apercevoir, cela me donnait mauvaise conscience. Il avait tant fait pour moi, et rien reçu, même rien attendu, mais il espérait sûrement que je tomberais amoureuse de lui.

— Et Helmut ?

Elle m'a dévisagé, le regard dubitatif.

— Il est amoureux de toi ? C'est pour cela qu'il veut absolument savoir où tu es ? Dix mille marks, c'est pas mal d'argent.

— Oh, s'est-elle écriée en rougissant et en tournant la tête vers la fenêtre. Tu ne trouves pas ça normal ? Quand on tient les commandes, quand on guide quelqu'un, et qu'on le perd ?

34

Les anges ne tirent pas sur les chats

Le soir, nous étions assis à Murten sur une terrasse de l'hôtel *La Couronne,* qui surplombait le lac, et nous regardions les voiliers qui naviguaient encore à cette heure tardive. Le vent était tombé et ils regagnaient lentement le port. Le dernier vapeur qui venait de Neuenburg les a dépassés majestueusement, comme s'il voulait démontrer la supériorité de la technique sur la nature. Le soleil se couchait derrière les montagnes de la rive opposée.

— Je vais chercher un pull.

Léo s'est levée, elle s'est absentée un bon moment. Le serveur m'a apporté un deuxième apéritif. Le silence montait du lac et absorbait le brouhaha qui régnait à l'intérieur du restaurant. Je me suis retourné, Léo est apparue par la haute porte vitrée de la terrasse. Elle n'avait pas mis de pull : elle portait une robe noire et moulante à longues manches serrées, qui descendait du ras du cou jusque sous le genou, et des chaussures noires à talons hauts. Ses bas, son foulard et la barrette avec laquelle elle avait relevé ses cheveux étaient rouges. Elle a pris son temps pour traverser la terrasse. Elle a évité une table en se déhanchant, et pour passer entre deux chaises, elle a relevé ses épaules si haut que sa poitrine a été un instant compressée dans sa robe moulante. Quand il n'y avait pas d'obstacles, elle marchait en ondulant des fesses, la tête droite. Les clients sur la terrasse la suivaient du regard, pas seulement pour sa démarche : la robe était échancrée jusqu'au bas du dos.

— Tu es magnifique.

Nous étions assis l'un en face de l'autre, et ses yeux luisaient sombrement — leurs iris brillants étaient bleus par ciel bleu, gris par temps gris ; il leur arrivait aussi d'être verts. Dans son sourire, on lisait le plaisir qu'elle prenait à jouer à ce jeu. Un brin de séduction, un peu d'auto-complaisance, un peu d'auto-ironie. Elle a secoué la tête en entendant mon compliment, comme pour dire : c'est vrai, mais ne le répète pas à personne.

Le serveur nous a conseillé le poisson du lac et le vin de l'autre rive. Léo avait une faim de loup. Pendant le repas, j'ai appris qu'elle avait été lycéenne un an aux États-Unis, que le jersey ne froisse pas, que la chemise et la veste achetées à Belfort sur ses conseils m'allaient bien, que sa mère avait commencé par doubler des films et qu'elle avait épousé en premières noces un réalisateur raté. De toute évidence, elle n'avait pas de bons rapports avec sa mère. Elle a voulu que je lui dise comment vivait un détective privé, depuis quand je l'étais et ce que j'avais fait avant.

— Procureur ? (Elle m'a regardé, étonnée.) Et pourquoi as-tu arrêté ?

Au cours de ma vie, j'ai déjà donné des réponses nombreuses et variées à cette question. Peut-être sont-elles toutes justes. Peut-être aucune. En 1945, on n'a plus voulu de moi parce que j'avais été procureur nazi. Et lorsqu'on a fait de nouveau appel aux anciens nazis, c'est moi qui ne voulais plus. Parce que je n'étais plus un ancien nazi ? Parce que mes anciens collègues, qui s'apprêtaient à redevenir mes confrères, estimaient qu'il fallait passer l'éponge et que leur attitude me dérangeait ? Parce que je ne voulais plus qu'on détermine à ma place ce qu'est la justice et l'injustice ? Parce que en tant que détective privé je suis mon propre maître ? Parce que je n'aime pas l'odeur qui règne dans les administrations ?

— Je ne peux dire exactement, Léo. Procureur, pour moi, en 1945, c'était terminé. Tout simplement.

Un vent frais s'est levé et a dépeuplé la terrasse. Nous nous sommes installés sur le banc, au pied de la façade abritée de la maison pour terminer la bouteille. Un Vully, un vin de pays, franc, sans fioritures, que je ne connaissais pas. La lune s'était levée et se reflétait dans le lac. Le froid me donnait des frissons, et Léo s'est serrée contre moi pour nous réchauffer.

— Les dernières années de sa vie, mon père ne parlait plus. Je ne sais pas s'il ne pouvait ou ne voulait plus, certainement les deux. Je me rappelle que, de temps en temps, j'essayais de parler avec lui, j'essayais de lui raconter ou de lui demander quelque chose. J'espérais qu'il m'en apprendrait plus sur lui. Parfois il voulait parler, mais il n'émettait que des croassements. La plupart du temps, il se contentait de me regarder avec un sourire en biais qui demandait le pardon et l'indulgence. Mais cela était peut-être dû aussi à sa petite congestion cérébrale. Après, je restais juste assise au bord du lit en tenant sa main, je réfléchissais en regardant le jardin par la fenêtre. C'est là que j'ai appris le silence. Et à l'aimer.

J'ai posé mon bras sur ses épaules.

— En fait, c'étaient de beaux moments. Pour lui et pour moi. Sinon, c'était l'enfer.

Elle a pris le paquet de cigarettes de ma poche, en a allumé une en tirant de longues bouffées.

— Dans ses dernières années, papa ne pouvait plus retenir sa pisse et sa merde. Le médecin disait que ce n'était pas d'origine physique, mais psychique. Il l'a aussi dit à papa. À l'époque, son état n'était pas trop sérieux, il voulait l'aider, lui donner un choc pour le sauver. Il a obtenu l'effet inverse. Peut-être papa voulait-il prouver qu'il ne pouvait vraiment pas faire autrement. C'est devenu un rituel entre maman et lui, comme une dernière danse avant l'exécution. Il faisait au lit, sa fierté et sa dignité en souffraient. Elle le nettoyait, refaisait le lit, en détournant les yeux, écœurée, et il savait qu'il lui répugnait. Mais elle n'arrêterait pas de s'occuper de lui. Pourtant, à la longue, elle n'en pouvait plus. Il voulait lui dire : Je chie sur toi. Mais il ne le pouvait qu'en se conchiant. Et elle, la seule manière de lui montrer qu'il n'était qu'un merdeux, c'était de lui nettoyer sa merde.

Elle est revenue sur ce sujet un peu plus tard :

— Quand j'étais petite fille, je voulais épouser papa. Comme toutes les petites filles. Ensuite, quand j'ai appris que c'était impossible, j'en ai voulu un comme lui. Tu sais, j'ai toujours aimé les hommes plus âgés. Mais les dernières années avec papa… Comme tout cela est devenu moche, vulgaire, sale…

Son regard se perdait au-dessus de ma tête.

— Parfois, Helmut m'apparaissait comme un ange avec une épée de feu qui détruit, juge et purifie. Tu voulais savoir si je l'ai aimé. J'ai aimé l'ange, et parfois j'ai espéré que son épée extirperait la peur en moi. Mais peut-être le feu était-il en trop. Je l'ai… Est-ce que je l'ai trahi ?

Les anges ne tirent ni sur les canapés, ni sur les chats. Je le lui ai dit, mais elle ne m'écoutait pas.

35

À chacun son métier

Depuis Niedersteinbach, j'ai appelé Tyberg à Locarno. Il était content de nous voir arriver :

— Vous venez avec une jeune dame ? Notre domestique préparera deux chambres. Non, vous ne pouvez pas refuser, vous n'habiterez pas à l'hôtel, vous logerez chez moi.

Nous sommes passés par Locarno et nous sommes arrivés à l'heure du thé devant la Sempreverde, la villa qu'il occupe à Monti.

On nous a servi le thé sous la tonnelle. La table et les bancs étaient en granit froid, ce qui n'avait rien de désagréable par la chaleur de cet après-midi estival. Le *Earl Grey* avait une saveur corsée. La pâtisserie était excellente, et Tyberg extrêmement attentif. Et pourtant quelque chose n'allait pas. La prévenance de Tyberg était tellement guindée qu'elle paraissait forcée et distante. Je ne comprenais pas. Au téléphone, il avait eu l'air content. Était-ce parce que Judith Buchendorff (sa secrétaire et assistante, je la connais depuis un peu plus longtemps, mais beaucoup mieux que lui) était partie faire des recherches pour ses mémoires ? Ou étions-nous devenus des étrangers, comme deux personnes qui avaient compté l'une pour l'autre dans certaines circonstances, mais que plus rien ne liait désormais ? Étions-nous semblables à ces vieux copains de vacances, de classe ou de régiment qui n'ont plus rien à se dire le jour où ils se rencontrent ?

Après le thé, Tyberg nous a conduits, Léo et moi, à travers le jardin qui monte derrière la maison, en haut de la colline. Dans son bureau, il nous a montré l'ordinateur sur lequel il rédigeait ses mémoires, il nous en a expliqué le fonctionnement et nous a raconté ses difficultés à trouver un bon titre. Il avait passé sa vie dans et pour l'industrie chimique. Je n'ai trouvé qu'une seule idée à lui proposer : *Entre la poix et le soufre.* Mais cela lui rappelait trop désagréablement un vieil auteur allemand. Nous sommes allés au salon de musique, il m'a sorti une flûte de l'armoire et s'est mis au piano. Nous avons joué la « Suite en la mineur » de Telemann, puis, comme autrefois, la « Suite en si mineur » de Bach. Il jouait beaucoup mieux que moi, et les premières mesures ont été assez chaotiques. Mais lui savait où il lui fallait ralentir pour que je puisse suivre, et mes doigts ont très vite retrouvé leur agilité dans ce morceau si souvent répété. Et surtout, nous comprenions Bach, tous les deux, comme on peut comprendre seulement en approchant ses soixante-dix ans. L'harmonie était si joyeuse et si naturelle que seule mon imagination avait pu me faire croire que l'atmosphère était électrique. Pourtant, après le dîner, l'orage a éclaté.

Avec ses cheveux blancs, sa barbe grise et ses sourcils touffus, Tyberg ressemblait à un homme d'État à la retraite, un dissident russe visionnaire ou à un père Noël qui a fini son travail. Ses yeux marron portaient à présent sur moi un regard sévère :

— Je me suis longtemps demandé s'il fallait que je vous parle en tête à tête. Peut-être que cela rendrait la chose plus facile. Mais ça pourrait aussi la compliquer, et puis je ne veux pas avoir l'impression de m'être défilé.

Il s'est levé et a fait les cent pas le long de la table.

— Avez-vous cru que nous ne recevions pas la télévision allemande, ici ? Que dans le Tessin, vous pouviez tout simplement être un vieil homme et une jeune fille, père et fille ou grand-père et petite-fille ? Et chez moi, l'oncle Gerd avec sa jeune amie ?

Jadis, Judith m'avait présenté à lui comme son oncle Gerd. Depuis, il continue à me donner ce nom. Il savait pourtant depuis longtemps qu'à l'époque, il s'agissait d'une identité d'emprunt.

— Locarno est câblé, et je reçois vingt-trois programmes. Je ne suis pas le seul ici à regarder les informations allemandes, des centaines de nos compatriotes vivent ici. C'est vrai, les photos des avis de recherche ne sont pas très fidèles, et les cheveux blonds vous changent, mais vous — il fixa Léo des yeux — je vous ai reconnue au bout d'un quart d'heure. Et je ne suis pas le seul ici qui aime bien observer les gens de près. Il y a des artistes, des peintres, des acteurs, tous des gens dont c'est le métier de bien regarder. Vous avez été fous de venir ici.

— C'était mon idée.

— Je m'en doute, oncle Gerd. D'ailleurs, je ne le lui reproche pas. Je ne lui... reproche pas non plus ce pour quoi on vous recherche. Il ne s'agit de toute façon pour l'instant que d'une accusation, pas d'une condamnation. Je regrette d'être si brutal.

Tyberg a lancé un bref sourire à Léo avant de reprendre :

— À mon âge, on aimerait bien être très gentil avec les jeunes dames. Mais cette affaire-là est trop importante.

Elle n'a rien à voir non plus avec nos vieilles histoires. Il vous a raconté où on s'est connu ?

Léo secoua la tête. Je l'admirais vraiment. Elle était assise, calme, regardait Tyberg avec attention et un peu d'étonnement. Elle n'a pas répondu à son sourire, mais ne l'a pas non plus foudroyé du regard. Elle attendait. Parfois, elle occupait ses mains en roulant une cigarette ou en ôtant une miette de pain de sa robe d'été, blanche et ample.

— Mais il n'y a pas d'urgence. Je vais faire comme les Bédouins. Vous êtes mes hôtes pendant trois jours. Samedi, je vous prierai de quitter ma maison.

Je me suis levé à mon tour.

— Je ne voulais pas vous mettre en danger, monsieur Tyberg. Je suis désolé que…

— Mais vous ne pouvez donc pas comprendre ? Il ne s'agit pas de danger. Je ne veux rien avoir à faire avec cette évasion. Madame Salger est recherchée par la police, sa place est au tribunal, elle sera condamnée ou acquittée. Je formule volontiers des vœux, tout comme vous, pour qu'elle soit acquittée. Mais ce n'est pas mon travail, ni le vôtre, oncle Gerd, que de gêner le travail de la police et de la justice.

— Et s'ils le font mal, leur travail ? Il y a quelque chose qui cloche dans l'avis de recherche. Ils courent tous après Léo, mais ils ne disent pas pourquoi. Et tout d'un coup, ils passent aux grands moyens. Ils diffusent un avis officiel et parlent d'un attentat qui a été commis il y a des mois comme si c'était hier. Ils y mêlent des gens, des visages qui n'ont rien à voir avec tout ça. Non, monsieur Tyberg, il y a quelque chose qui cloche.

Le sermon de Tyberg m'avait d'abord fait penser que j'avais agi sans réfléchir. C'est vrai, je ne pensais pas qu'il ait couru un vrai danger. Mais c'était son opinion qui comptait. J'avais commencé par accepter ses reproches. Maintenant, la conversation prenait une tout autre tournure.

— Ce n'est pas à vous d'en juger. Ces policiers ont des supérieurs, il y a des possibilités de recours, des commissions d'enquête et...

— Vous voulez que je m'enfouisse la tête dans le sable ? Cette affaire pue, et ce que fait la police n'est pas très propre. Laissez-moi vous raconter comment...

— Non, je ne veux plus rien entendre. Même si ce que vous redoutez est vrai. Avez-vous parlé aux supérieurs des policiers qui se sont mal conduits ? Avez-vous été voir un député ? La presse ? Bien sûr il ne faut pas mettre sa tête dans le sable. Mais n'ayez pas non plus la présomption de croire...

C'est alors que j'ai perdu mon calme.

— Présomptueux ? J'ai trop longtemps fait mon métier. Comme soldat, comme procureur, comme détective privé, j'ai fait le boulot qu'on me demandait, et j'ai laissé les autres faire le leur. Nous sommes un peuple où chacun fait son métier, et regardez où ça nous a menés.

— Vous pensez au Troisième Reich ? Si seulement tout le monde s'était contenté de faire son métier ! Mais non, cela ne suffisait pas aux médecins de soigner leurs malades, ils ont aussi voulu faire de l'hygiène raciale. Les instituteurs, au lieu d'apprendre à lire, à écrire et à compter, ont voulu enseigner l'ardeur au combat, les juges ne se sont pas posé la question de savoir ce qui était juste, mais ce qui était utile au peuple et ce que le Führer désirait. Quant aux généraux, leur métier est de livrer des batailles et d'en gagner, et non pas de déporter des Juifs, des Polonais et des Russes. Non, oncle

Gerd, nous ne sommes pas un peuple où chacun se contente de faire son métier, malheureusement pas.

Léo a demandé :

— Et les chimistes ?

— Les chimistes ?

— Je voudrais savoir quel était, selon vous, le métier des chimistes pendant le Troisième Reich, et s'il se sont contentés de faire leur métier.

Tyberg a regardé Léo en fronçant les sourcils.

— J'y pense depuis que je travaille à mes mémoires. Je pense de plus en plus que le métier des chimistes s'exerce uniquement dans le laboratoire. Mais cela voudrait dire que ce sont toujours les autres qui sont responsables et jamais nous, les chercheurs. Il me semble que quelque chose cloche dans cette conception, surtout quand elle sort de la bouche d'un chimiste.

Un long silence a suivi. Le domestique a frappé à la porte, puis a débarrassé la table. Léo lui a demandé de transmettre ses compliments au cuisinier pour les boulettes de maïs à la queue de bœuf et aux poivrons verts qui avaient été servis en entrée. « Des médaillons de polenta » a-t-il corrigé, flatté, car c'était lui le cuisinier et il tenait beaucoup à la renaissance de la polenta comme mets gastronomique. Il nous a proposé de passer au salon pour le digestif.

Léo s'est levée et m'a jeté un coup d'œil interrogateur.

— Tu n'as pas besoin de monter avec moi, Gerd, je vais faire ta valise, ça ne durera pas bien longtemps.

Elle m'a donné un baiser fugitif et j'ai entendu ses pas dans l'escalier. Ses pieds nus claquaient sur le carrelage des marches. Au premier, le parquet grinçait.

Tyberg s'est raclé la gorge. Il se tenait derrière sa chaise, penché en avant, les mains sur le dossier.

— Nous, à notre âge, il ne nous reste plus suffisamment de personnes à découvrir et à apprécier pour que nous puissions nous permettre de les perdre. Je vous prie, du fond du cœur, de ne pas partir maintenant.

— Je ne pars pas par colère. Je reviendrais même volontiers. Mais Léo et moi, nous aurions vraiment dû aller à l'hôtel.

— Laissez-moi lui parler.

Il est monté ; un moment après, il est revenu avec Léo. Elle m'a de nouveau jeté un regard interrogateur que je lui ai rendu avec un sourire. Elle a haussé les épaules.

Nous avons passé la soirée sur la terrasse. Tyberg a lu des passages de ses mémoires, et Léo a appris comment son chemin et le mien s'étaient croisés pendant la guerre. La bougie à la lumière de laquelle Tyberg lisait vacillait. Je ne pouvais interpréter l'expression dans le regard de Léo. Parfois les chauve-souris bruissaient au-dessus de nos têtes. Elles volaient vers la maison, mais elles tournaient brusquement juste avant le mur, pour se perdre dans la nuit.

Le lendemain matin, je me suis retrouvé seul. Les affaires de Léo n'étaient plus dans la chambre. J'ai vainement cherché une lettre. C'est plus tard que j'ai trouvé le petit morceau de papier dans mon portefeuille, à la place des quatre cents francs suisses que j'avais changés à Murten, : « J'ai besoin de l'argent. Je te le rendrai. Léo. »

DEUXIÈME PARTIE

1

Dernier service

Sur le chemin du retour, j'avais mal au crâne. Trois jours de soleil et de vent, et Léo à mes côtés : tout cela m'était monté à la tête.

C'est ainsi que j'ai refermé et mis de côté, sans hésitation, le livre de ce voyage avec Léo. De toute façon, c'était un tout petit volume : je l'avais rencontrée mardi matin à Amorbach, j'étais de retour le vendredi soir à Mannheim. Mais j'avais l'impression d'avoir voyagé des semaines entières. La circulation, la foule des piétons, le bruit des chantiers, le grand château lugubre qui va abriter une université, le Wasserturm rénové, à l'allure aussi bizarre que ma voisine, madame Wieland, quand elle revient du salon de coiffure, mon appartement qui sentait le tabac froid : qu'est-ce que je faisais ici ? N'aurais-je pas mieux fait de quitter Locarno pour aller à Palerme, même sans Léo, et nager ensuite de Sicile jusqu'en Égypte ? Fallait-il que je reprenne la voiture ?

J'avais rapidement parcouru les journaux qui s'étaient entassés en mon absence et qui parlaient d'un attentat terroriste contre des installations militaires américaines, de Léo qui s'était cachée dans l'hôpital psychiatrique, du rôle joué par Wendt, de sa vie et de sa mort. Ils ne m'avaient rien appris. Le journal du samedi annonçait qu'Eberlein était provisoirement suspendu de ses fonctions et que quelqu'un du ministère avait été chargé de la tutelle. J'ai noté l'information. J'ai également noté le fait que Brigitte n'était pas contente de moi.

Comme Léo s'y était attendue, l'avis de recherche était affiché à la poste. Avec le terrorisme, les recherches par voie d'affiches étaient revenues dans les mœurs. Comme jusqu'ici, je n'ai vu ça que dans les westerns, je m'attends à ce qu'un jour ou l'autre un gros dur entre à la poste en faisant cliqueter ses éperons, la selle sur l'épaule et le colt à la ceinture, qu'il s'arrête devant l'avis de recherche, l'étudie, l'arrache, le roule et reparte avec. Je m'imagine la porte qui se referme sur son pas lourd, les clients étonnés qui se précipitent à la fenêtre pour le voir monter sur son cheval et descendre au galop la rue Seckenheimer. Une fois de plus, j'ai attendu en vain. Mais j'avais la tête pleine de questions et de réponses. Si les deux morts faisaient partie du groupe de terroristes, comment l'idée de rechercher Léo était-elle venue à la police ? Pour connaître l'existence de Léo, il fallait qu'elle ait arrêté un des terroristes pour le forcer à parler. Pourquoi la police connaissait-elle l'existence de Léo, et pas celle des deux terroristes ? Le seul qu'elle pouvait avoir arrêté et interrogé était le terroriste qui venait de rentrer de Toscane : Bertram. Il n'avait pu donner qu'une description vague de Lemke et du cinquième homme. Et c'est d'après elle que la police avait établi de vagues portraits-robots pour son avis de recherche. L'autre, Giselher, était certainement mort.

Mais ce qui me touchait et m'inquiétait vraiment, ce week-end, c'était ce mélange de mal du pays et de goût des lointains qui s'était emparé de moi. Qu'est-ce que je voulais, au juste ? Partir ou rentrer ? J'ai réfléchi à tout cela jusqu'à ce que mon mal aux dents ait chassé toutes ces idées de ma tête. Il a commencé le samedi soir, c'était encore une douleur légère, au moment où, à la télé, Doc Holliday chevauchait de Fort Griffin à Tombstone. Lorsque après les dernières informations la caméra a montré des images de Helgoland sur la musique de l'hymne national, la douleur a gagné mes tempes et s'est propagée à mes oreilles. Le paysage déchiqueté de la pointe est de Helgoland m'a encore plus démoralisé. Si seulement nous pouvions à nouveau échanger Helgoland contre Zanzibar[1] !

Depuis dix ans que mon vieux dentiste est mort, je n'en ai pas vu d'autre. J'ai regardé dans l'annuaire, et j'en ai choisi un qui habitait deux rues plus loin. Après une nuit d'insomnie et de douleur, j'ai appelé toutes les cinq minutes, le lundi matin, à partir de sept heures et demie. À huit heures pile, une voix glaciale et féminine a répondu : « Monsieur Selb ? Vous avez encore des problèmes ? Si vous pouvez passer tout de suite, je vais vous prendre. Un rendez-vous vient d'être annulé. »

Je m'y suis rendu tout de suite. La voix glaciale appartenait à une blonde glaciale aux dents impeccables. Elle a vu tout de suite que je n'étais pas le monsieur Selb qui était déjà venu chez le docteur, mais elle m'a tout de même fait entrer dans son cabinet. Je ne savais même pas qu'il existait dans le coin un autre Selb que moi. D'après ce que je connais de l'arbre généalogique familial, je suis le dernier rejeton.

Le dentiste était jeune, il avait l'œil sûr et la main calme. Il était si habile que j'ai à peine souffert lorsque la seringue s'est approchée, m'a bouché la vue, a disparu à

1. En signant le traité de Helgoland avec l'Angleterre en 1890, l'Allemagne renonçait à certains territoires africains, dont l'Ouganda et Zanzibar, et récupérait la petite île rocheuse de Helgoland située dans la mer du Nord, non loin des côtes de la Frise.

nouveau parce qu'elle entrait dans la bouche et cherchait l'endroit où piquer. Il a réussi à me soigner sans cesser de flirter avec son assistante. Il m'a expliqué qu'il n'était pas sûr de sauver la 37, sérieusement atteinte. Il fallait essayer. Retirer la plus grande partie de la carie, me mettre du Calxyl, recouvrir de Cavit pour renforcer provisoirement le bridge. On verrait bien après quelques semaines si on pouvait garder la 37. Il m'a demandé si j'étais d'accord.

— Qu'est-ce qu'on peut faire d'autre sinon ?

— On peut l'arracher tout de suite.

— Et après ?

— Après le bridge sautera et il faudra faire une prothèse de 35 à 37.

— Vous voulez dire que je vais avoir un dentier ?

— Pas tout un dentier, non, juste une prothèse pour le dernier segment du troisième quadrant.

Mais il faudrait que je l'enlève et que je le mette dans un verre d'eau pendant la nuit. Il n'a pas pu me dire le contraire. Je lui ai expliqué que j'approuverais n'importe quelle mesure susceptible de sauver la 37. N'importe laquelle.

Un jour, j'ai vu un film où une personne s'était pendue. On venait de lui poser un dentier. C'était peut-être un accident. Il avait d'abord voulu se pendre, puis il avait essayé de se décrocher, mais il n'y était pas arrivé : le chien avait renversé la chaise depuis laquelle il s'était lancé, la corde au cou.

Turbo me rendrait-il ce dernier service ?

2

Quelle bêtise !

Je me suis rendu chez Nägelsbach. Il ne m'a pas demandé pourquoi j'avais attendu ce moment-là pour venir, ni où j'étais passé dans l'intervalle. Il a enregistré ma déposition. Il savait déjà que je m'étais fait passer pour le père de Wendt auprès de madame Kleinschmidt, afin d'entrer dans son appartement. Mais il ne me l'a pas reproché. J'ai appris que la police n'avait encore aucune piste sur la mort de Wendt.

— Quand a lieu l'enterrement ?

— Vendredi au cimetière d'Edinger. Les parents de Wendt vivent là-bas. « Wendt immobilier, une maison à habiter. » Vous vous souvenez du slogan publicitaire des années cinquante ? Et du petit bureau sous les arcades sur la place Bismarck ? C'est le père de Wendt. Depuis, c'est devenu une grosse affaire avec des bureaux à Heidelberg, Schriesheim, Mannheim et Dieu sait où.

J'étais déjà sur le seuil de la porte lorsque Nägelsbach a fini par parler de Léo.

— Vous saviez que madame Salger se cachait à Amorbach ?

— Vous l'avez arrêtée là-bas ?

Il m'a lancé un regard suspicieux.

— Non. Nous avons reçu un appel d'un voisin qui l'a reconnue sur la photo, lorsqu'elle a été diffusée à la télévision. Mais elle était déjà partie. C'est le problème : ceux qui sont recherchés regardent aussi les avis de recherche.

— Pourquoi n'avez-vous pas pu me dire pourquoi madame Salger est recherchée par la police ?

— Désolé, mais je ne peux pas plus vous le dire aujourd'hui.

— Les médias ont parlé d'un attentat terroriste contre des installations militaires américaines. C'était ici dans la région ?

— Ce devait être à Käfertal ou dans le Vogelstang. Mais nous ici, nous n'avons rien à voir là-dedans.

— Et la police judiciaire ?

— Qu'est-ce qu'elle a, la PJ ?

— C'est elle qui est chargée de l'enquête ?

Nägelsbach a haussé les épaules.

— D'une façon ou d'une autre, elle est toujours mêlée à l'enquête.

J'aurais justement aimé connaître par quel biais la police judiciaire était impliquée dans celle-là. Mais son visage montrait qu'il était inutile de poser d'autres questions à ce sujet.

— Autre chose : vous vous souvenez d'un attentat contre le bureau de recrutement militaire dans la Busenstrasse, il y a six ans environ ?

Il a réfléchi un moment, puis a secoué la tête.

— Non. Il n'y a pas eu d'attentat dans la Busenstrasse. Ça ne remonte pas à six ans, ni à une autre date. Qu'est-ce qui vous fait penser ça ?

— Quelqu'un m'en a parlé récemment. Moi, je ne m'en souvenais pas, mais je n'étais pas aussi sûr que vous.

Il a attendu, mais je n'avais pas envie d'en dire plus maintenant. Nous étions devenus très prudents. Je lui ai demandé des nouvelles de son travail sur *Le baiser* de Rodin, mais il n'a pas voulu en parler non plus. Lorsque je lui ai demandé de transmettre mes amitiés à sa femme, il a hoché la tête. La crise conjugale et artistique n'était donc pas terminée. Quand j'étais jeune, je pensais qu'avec le bac on avait fait le plus gros ; plus tard, j'estimais que ça venait avec la fin des études, le mariage, l'exercice d'un métier. Ensuite, qu'on s'en était tiré en arrivant à la retraite. En fait, c'est la même chose tout le temps.

Le vieux Wendt dirige ses agences immobilières à partir d'un bureau situé à Heidelberg, dans l'immeuble Mengler. En attendant à l'accueil, je regardais les pelleteuses qui une fois de plus creusaient des trous sur la place Adenauer. Sur un grand bureau vide, il y avait une petite pelleteuse jaune, une grue et un petit train bleu de marchandises.

La secrétaire en chef de Wendt était plus chef que secrétaire. C'est elle qui gérait provisoirement l'entreprise. Elle m'a expliqué que monsieur Wendt l'avait également chargée de ses affaires personnelles. Et m'a demandé si je refusais de lui dire de quoi il s'agissait. Madame Büchler se tenait en face de moi et jouait avec ma carte de visite. Elle avait les cheveux gris, les yeux gris, un ensemble gris ; et pourtant, elle n'avait rien d'une vieille souris. Le visage était presque dépourvu de rides et la voix était jeune, comme si un chirurgien esthétique brésilien très raffiné lui avait fait un lifting du visage et des cordes vocales. Elle se déplaçait comme si le bureau lui appartenait déjà, en attendant le monde entier.

Je lui ai raconté comment j'étais entré en contact avec le docteur Rolf Wendt, je lui ai parlé de notre dernière conversation, de notre rendez-vous, de mes recherches et de la découverte de son corps. J'ai fait allusion aux liens entre la mort de Wendt et mes recherches dans l'affaire Léonore Salger : une enquête qui, à mon avis, méritait d'être approfondie.

— La police s'occupera peut-être de tout ça. Mais je n'ai pas confiance en elle. Dans un premier temps, elle n'a pas voulu dire pourquoi elle recherchait madame Salger. Ensuite, elle a confié le dossier à la presse. Pour ce qui concerne la mort de Wendt, ou bien elle en sait plus qu'elle ne veut le dire, ou bien elle en sait moins qu'elle ne devrait savoir. Il ne faut pas qu'elle soit la seule à enquêter sur l'affaire Wendt. C'est pour cela que je suis ici, j'aimerais reprendre l'affaire. Je me suis trouvé mêlé à cette histoire, mais je ne peux pas continuer à travailler pour mon propre compte.

Madame Büchler m'a prié de prendre place sur un siège. Elle s'est assise dans un fauteuil en métal et en cuir.

— Si vous deviez prendre l'affaire en main, il vous faudrait parler à monsieur et madame Wendt, n'est-ce pas ? Et leur poser tout un tas de questions ?

J'ai répondu d'un vague geste de la main.

Elle a secoué la tête.

— Ce n'est pas une question d'argent. À sa façon, Wendt a toujours été généreux avec l'argent, et maintenant, il lui est complètement indifférent. Il le destinait à Rolf. Mais leurs relations n'étaient pas bonnes. Autrement, Rolf n'aurait pas habité dans le trou où il vivait, avec le père qu'il avait. Wendt n'a jamais désespéré. Avant, il pensait que Rolf reprendrait quand même l'affaire un jour. Plus tard, il a estimé que Rolf pourrait avoir envie de sa propre clinique ; il comptait se charger de la construction et de l'administration. Ces dernières années, nous n'avons pas arrêté de visiter pour son fils des anciens hôpitaux, des écoles, des casernes. Nous avons même acheté un centre équestre dans le Palatinat parce que Wendt pensait qu'on pourrait facilement le reconvertir et l'aménager en asile psychiatrique. Quelle bêtise ! Vous pouvez imaginer ça ? Du bon argent pour un centre équestre en ruine. Je suis contente que nous...

Elle m'a souri.

— Monsieur Selb, comme vous pourrez le constater, je suis totalement absorbée par ces histoires immobilières. Oublions cela. Si vous étiez chargé de l'enquête, vous devriez promettre de laisser les parents de Rolf en paix. Pour l'instant. C'est clair ?

J'ai hoché la tête. Elle était assise les jambes serrées, comme dans les magazines de mode. Ses mains calmement posées sur ses cuisses, l'une dans l'autre, se détachaient parfois, tout d'un coup, pour un brusque mouvement. Toute son attitude irradiait la compétence et l'autorité.

Elle se leva :

— Je vous remercie de votre visite. Nous vous tiendrons au courant.

3

Un peu tiède

Le soir même, j'étais chargé de l'affaire.

Cette fois-ci, je n'avais pas à craindre ni à éviter d'irriter l'entourage. Je pouvais sortir le grand jeu : amies et amis, collègues, connaissances, propriétaire, clubs de sport, café habituel, garage auto. J'ai retrouvé la jeune femme que j'avais vue avec Wendt au *Sole d'Oro*, son ancien camarade d'études qui l'avait accompagné dans son voyage au Brésil, en Argentine et au Chili, son partenaire de double, un professeur au chômage, une violoniste de l'orchestre symphonique de Heidelberg, la salle de squash qu'il fréquentait régulièrement à Eppelheim. Pas un qui n'ait été consterné par la mort de Wendt. Mais ce n'était pas tant la personne de Wendt qui leur importait : ce qui les touchait, c'était que le mort soit de leurs relations. Un meurtre, ça n'existe que dans les journaux et à la télévision. Et il fallait justement que ça tombe sur Rolf. Lui qui s'entendait avec tout le monde, que tout le monde appréciait.

La violoniste était la troisième personne à me dire la même chose.

— Apprécié ? Pourquoi seulement apprécié, et pas aimé ?

Elle a regardé ses mains robustes aux ongles courts.

— Nous avons été ensemble un moment, mais d'une certaine façon, le courant n'est pas passé, vous comprenez ?

Chez la jeune femme du *Sole d'Oro*, l'électricité n'avait pas mieux fonctionné. Elle travaillait à la *Deutsche Bank* dont Wendt était client ; il l'avait abordée et invitée :

— On pouvait se fier à lui, que ce soit pour son compte ou pour nos rendez-vous.

— Ça paraît un peu tiède.

— Que voulez-vous que je vous dise ? Rien n'a jamais été chaud entre nous. J'ai d'abord pensé qu'il était trop orgueilleux, qu'il ne voulait pas que je l'approche parce qu'il avait fait des études, qu'il avait un doctorat, alors que j'étais seulement employée de banque. Mais ce n'était pas ça. Il est resté recroquevillé sur lui-même. J'ai attendu et attendu, mais rien n'est venu. Peut-être n'y avait-il rien en lui. On pense toujours que les types qui s'occupent des fous sont plus riches intérieurement, mais pourquoi cela devrait-il être le cas ? Moi, je travaille à la banque et je n'ai pas d'argent.

Je l'avais rencontrée entre midi et deux heures, elle portait un tailleur et un chemisier, une coiffure parfaite et un maquillage discret. Comme cela s'impose pour une jeune collaboratrice d'une grande banque allemande. Mais elle n'avait pas le cerveau accaparé par les problèmes financiers et les taux d'intérêt. Rolf Wendt qui reste renfermé sur lui-même, qui se laisse draguer. Un homme face auquel on se demande d'abord ce qu'on a fait de travers, puis s'il ne lui manque pas une case. Aucun des autres ne l'avait dit ou vu aussi clairement. Il ne s'agissait pas de son rapport distant aux femmes. L'entraîneur de squash d'Eppenheim a dit la même chose à sa manière :

— Il était médecin ? Vous voyez, je ne savais même pas. C'était un super-joueur, et je voulais lui faire rencontrer les autres. Il y a une vie de club ici, sachez-le, bien que notre centre soit tout nouveau. (Il m'a toisé.) Ça ne vous ferait pas de mal de vous dépenser un peu. En tout cas, Wendt se tenait à l'écart. Il était sympa, mais toujours à l'écart.

Madame Kleinschmidt ne m'en a pas voulu lorsque je lui ai révélé que je n'étais pas le père de monsieur Wendt :

— Détective ? Comme Sherry Cotton ?

Elle m'a prié d'entrer dans la cuisine et m'a préparé du café. C'était une cuisine salle à manger avec un banc d'angle, un buffet et du linoléum au sol. La machine à laver et la cuisinière électrique étincelaient de propreté. Les rideaux aux fenêtres et aux vitres du buffet, la toile cirée sur la table et sur le réfrigérateur étaient décorés aux carreaux de Delft.

— Vous êtes d'origine hollandaise ?

— Vous avez vu les tulipes dans le jardin ? m'a-t-elle demandé, étonnée. Mon premier mari était de là-haut. Willem. Routier, il était, routier longue distance, et quand il faisait sa tournée à Rotterdam, il rapportait toujours des bulbes. Parce qu'il savait que j'aime les fleurs. Il avait des relations, on ne lui faisait pas payer les oignons. Sinon on n'aurait pas pu s'offrir toutes ces fleurs, avec les petits. Maintenant qu'ils sont grands, mon deuxième mari les rapporte de la ville. Les oignons, je veux dire.

— Les enfants ont quitté la maison ?

— Oui.

Elle a soupiré. L'eau sifflait dans la bouilloire ; elle l'a versée dans le filtre.

— Alors vous étiez contente d'avoir un jeune locataire.

— Eh oui. On ne lui a pas pris cher de loyer, j'ai dit à mon mari, « Günther, j'ai dit, monsieur le docteur est à l'asile de fous. À l'asile, il y a les pauvres diables. Les riches qui font leur médecine sans problèmes, eux, ils sont autre part. » Mais ça s'est pas passé comme j'avais pensé. Poli il était, le jeune docteur, il disait bonjour à chaque fois et demandait comment ça allait. Mais il est jamais monté s'asseoir avec nous, le soir ou le dimanche. Vous savez, quand je travaillais dans le jardin, je pouvais le voir attablé devant ses livres.

— Et des amis, hommes ou femmes ?

Madame Kleinschmidt a secoué la tête.

— Nous, ça nous était égal qu'il ramène de temps en temps une petite amie, on n'est pas comme ça. Et on n'a rien non plus contre les copains. Mais c'était un solitaire.

C'était tout. Pas de contacts particuliers, pas d'activités particulières. Un locataire modèle. J'avais déjà montré la photo de Léo à madame Kleinschmidt, mais j'ai essayé une fois de plus. Je lui ai aussi montré une photo de Helmut Lemke. Elle n'a reconnu aucun des deux.

— La police a posé les scellés sur l'appartement de Wendt ?

— Vous voulez encore fouiller un peu ?

Elle s'est levée et a pris une clé suspendue à un crochet, sur le mur.

— On va passer par la chaufferie. Par la porte d'entrée, on n'a pas le droit, c'est la police qui l'a dit. Jusqu'à la fin de l'enquête, il ne faut pas qu'on enlève les scellés sur la serrure.

Je l'ai suivie par l'escalier de la cave, par la chaufferie et le débarras qui aboutit à l'appartement de Wendt. La police avait bien fait son travail, elle avait tout retourné. Ce qu'elle n'avait pas trouvé, je ne le trouverais pas non plus.

Les jours sont passés ainsi. Je faisais mon travail proprement, mais je n'avançais pas vraiment. J'aurais aimé parler à Eberlein, mais il était en voyage. J'aurais également aimé parler à la sœur de Wendt, mais elle vivait à Hambourg et, comme son frère, n'avait pas le téléphone. Madame Büchler ignorait si elle allait venir à l'enterrement. Il y avait des tensions entre la sœur et le père comme il y avait eu des tensions entre le fils et le père. J'ai envoyé une lettre à Dorle Mähler, née Wendt.

Un jour, j'ai reçu un coup de téléphone de Tiezke :

— Merci de m'avoir fait prévenir la dernière fois.

— De t'avoir prévenu de quoi ?

Mais je savais déjà ce qu'il voulait dire au moment même où j'avais posé la question. Comment cela avait-il pu m'échapper ? Tiezke était arrivé en même temps que la voiture de patrouille et l'ambulance auprès du cadavre de Wendt. Il n'y avait que deux personnes capable de le prévenir aussi vite. Moi-même ou l'assassin.

4

Le nez de Peschkalek

À l'enterrement, je les ai tous revus : Nägelsbach, le camarade d'études, le partenaire de double, la femme de la *Deutsche Bank*, l'entraîneur de la salle de squash d'Eppelheim, madame Kleinschmidt et madame Büchler. Seul Eberlein manquait à l'appel. J'étais là de bonne heure, je me suis installé sur le dernier banc et j'ai vu la petite chapelle se remplir peu à peu. Ensuite, soixante personnes sont arrivées à la fois. Leurs chuchotements m'ont fait comprendre que le vieux Wendt avait fermé ses bureaux et ordonné à tout le personnel d'assister à l'enterrement. Lui-même n'est entré qu'au dernier moment : un homme grand, lourd, au visage de pierre. La femme à son bras portait un voile noir épais. Lorsque l'orgue a commencé à jouer, Peschkalek s'est frayé un chemin et s'est assis à côté de moi. Pendant le premier chant, il a changé fébrilement le film de son petit appareil. *Jérusalem, ô ville si haute !* Malgré ce lien avec l'immobilier et les regards sévères de madame Büchler, le personnel de Wendt ne reprenait pas vraiment en chœur. Le chant n'était pas bien puissant.

— Tiens, mais qu'est-ce que vous faites là ? m'a demandé Peschkalek en me poussant du coude.

— Je pourrais vous poser la même question.

— Alors nous venons sûrement pour les mêmes raisons.

Après le curé, c'est un médecin chef de l'hôpital psychiatrique régional qui a pris la parole. Il a parlé avec respect et chaleur du jeune collègue, de sa sollicitude envers les patients et de son engagement dans la recherche. Puis l'entraîneur d'Eppelheim a chanté les louanges de Rudolf pour sa participation à la vie du club de squash. Au dernier chant, la porte s'est entrebâillée et une jeune femme est entrée. Elle a hésité, a regardé autour d'elle, s'est dirigée d'un pas décidé vers le premier rang et s'est assise à côté de madame Wendt. La sœur de Rolf ?

Au cimetière, je suis resté à l'écart. Nägelsbach a fait la même chose, pour pouvoir observer tout le monde. Peschkalek décrivait de grands cercles autour de l'assistance et prenait des photos. Quand la dernière personne a eu jeté sa petite pelletée de terre dans la tombe, les gens se sont vite dispersés. La petite pelleteuse qui facilite à présent le travail des fossoyeurs s'est avancée.

Peschkalek est venu à mes côtés :

— Et tout est déjà passé.

— C'est aussi ce que j'étais en train de me dire.

— Vous connaissiez Wendt personnellement ?

— Oui.

Je ne voyais aucune raison de ne pas le lui dire. J'ai même ajouté :

— Je suis chargé par son père de continuer l'enquête.

— Nous sommes donc bien là pour les mêmes raisons. Enfin, je n'enquête par pour son père, évidemment, mais pour mon propre compte. Cela dit, vous et moi, nous voulons savoir de quoi il retourne. On déjeune ensemble ? Laissez votre voiture ici, je vous ramènerai.

Nous sommes partis pour Ladenburg. À l'auberge *Zwiwwel*, nous avons pris une soupe au cerfeuil, puis de l'agneau avec des pommes de terre gratinées. Peschkalek a fait apporter une bouteille de vin portugais. Pour le dessert, on nous a servi des fraises fraîches. Je voulais naturellement savoir pourquoi Peschkalek enquêtait, ce qu'il recherchait et ce qu'il avait peut-être déjà trouvé. Mais je n'étais pas pressé. Sa compagnie était redevenue agréable et plaisante. Il m'a parlé des voyages qu'il faisait pour ses reportages photo en Europe et Amérique, en Afrique et Asie, il a évoqué des guerres, des conférences, des œuvres d'art, des crimes, des famines et des mariages princiers qu'il avait photographiés, tout cela en vrac et avec brio. J'étais étonné. J'avais beau avoir envie de partir, je n'étais pas mécontent de ma vie de provincial. Un rapide séjour en Amérique, quelques croisières en mer Égée auxquelles m'avait convié l'amie grecque que j'ai connue pendant mes études, quelques vacances avec Clara à Rimini, en Carinthie et sur l'île de Langeoog, c'était tout. Pourtant, j'aime voyager. Je crois que je n'ai aucune envie de voir une guerre civile, si photogénique soit-elle, ou le mariage d'Elisabeth Taylor avec Lothar Späth[1] au Taj Mahal.

En buvant notre *Sambuca* et notre expresso, nous nous sommes mis à fumer, lui sa pipe, et moi une cigarette. Ensuite, Peschkalek a pris la parole :

— Vous vous demandez ce que je peux bien photographier dans l'affaire Wendt. En fait, je ne sais pas encore exactement. Mais je flaire un coup, j'ai un bon nez. Et quand c'est un bon coup, je prends dc bonnes photos. Écrire, ce n'est rien. S'il le faut, j'écris moi-même. Ce qui compte, c'est l'enquête, et l'enquête, ça consiste à prendre des photos, ce qui n'est pas sur une photo, n'existe pas, vous comprenez ?

1. Ministre-président du land de Bade-Wurtemberg.

Il avait exposé son credo de reporter avec passion. Je l'ai approuvé de bon cœur.

— Et qu'est-ce que vous avez flairé ?

Il a sorti une feuille de la poche intérieure de sa veste en jeans.

— Je fais les comptes. Il y a huit jours, Wendt a été tué. Il avait caché une jeune terroriste, Léonore Salger, à l'hôpital psychiatrique. La jeune terroriste est recherchée pour un attentat contre des installations militaires américaines. L'avis de recherche est diffusé le soir du meurtre, je l'ai vu à la télé le lundi soir, et le mardi matin dans les journaux. Vous n'allez pas me dire qu'il s'agit d'un hasard. Est-ce que Salger a assassiné Wendt ? Ou quelqu'un de la CIA, du FBI ou du DEA ? Depuis l'*Achille Lauro*, les Américains n'aiment plus trop qu'on fasse sauter leurs installations ou qu'on enlève et tue leurs compatriotes. Ils répondent coup pour coup. Or on dit qu'il y a eu des morts lors de cet attentat.

J'ai désigné la feuille qu'il tenait à la main.

— Qu'est-ce que c'est ?

— C'est là que le mystère commence. Je ne sais pas si vous avez bien fait attention. Que la police ne dise rien sur les circonstances de la mort de Wendt, sur les motifs et les suspects, okay, je peux le comprendre. Elle n'en sait certainement pas assez. Mais vous comprenez, vous, qu'elle ne dise rien sur le moment précis, le lieu précis, les conséquences précise de l'attentat, la manière précise dont il a été commis ? Rien de précis, absolument rien de précis, ni à la télévision, ni dans la presse. Je me suis replongé dans les vieux journaux, du temps de Baader et Meinhof, de l'enlèvement de Schleyer. À l'époque, ils écrivaient souvent n'importe quoi, mais c'était toujours plus précis que ce qu'on peut lire et entendre pour cette affaire-là. Vous me suivez ?

— Oh oui. Et ça ne concerne pas seulement les médias, la police aussi en dit moins que d'habitude.

— Je me suis dit que quelque chose n'allait pas. On ne peut pas crier sur tous les toits qu'on recherche les auteurs d'un attentat, et ne rien dire sur l'attentat en question. Si personne ne l'avait remarqué... Mais je ne peux pas me l'imaginer. Peut-être les gens n'ont-ils pas remarqué ce qui s'est passé. Mais s'il s'est passé quelque chose, quelqu'un a dû le remarquer. Et il ne s'est pas contenté de le garder pour lui. Évidemment, je ne peux pas faire du porte-à-porte partout pour demander à tout le monde. Mais j'ai feuilleté les journaux et les nouvelles locales. Le *Mannheimer Morgen*, le *Rhein-Neckar-Zeitung*, dans le *Rheinpfalz* et d'autres. J'ai regardé dans les pages régionales. La veille au soir, l'agriculteur L. a été réveillé par un tremblement qui a secoué son buffet et cassé les vitres. L'origine des faits n'a pu être expliquée... Vous comprenez ?

— Et vous avez trouvé ?

Il m'a tendu la feuille de papier avec un grand sourire.

— Le *Viernheimer Tageblatt.*

Il avait ajouté une date du mois de mars sur la photocopie de l'article.

— Lisez.

EXPLOSIONS DANS LE DÉPÔT
DE MUNITIONS ?

« Des explosions dans le dépôt de munitions des forces américaines stationnées à Viernheim ont-elles eu lieu ces dernières années ? Est-il vrai que l'équipe de surveillance porte depuis des mois des tenues de protection spéciale ? »

Tel est le texte de la question que le groupe des Verts a posée hier, pendant le conseil du district de Bergstrasse, au conseiller régional S. Kannenguth, chargé de mission pour la prévention des catastrophes. J. Altmann, le porte-parole du groupe des Verts, n'a pas expliqué ce qui avait motivé une telle demande.

Le conseiller régional n'a évidemment pas pu répondre « au pied levé » à cette demande d'éclaircissement. Il a assuré qu'il examinerait l'affaire et répondrait à cette question par écrit avant la prochaine séance.

Une chose est certaine : en janvier dernier, alors que je traversais de nuit, en voiture, la forêt qui domine le terrain occupé par le dépôt de munitions, j'ai pu voir des lueurs d'un incendie. La police de Viernheim, qui était présente aux portes du dépôt, n'a donné aucune information, et plusieurs demandes auprès du bureau de presse de l'Armée américaine sont restées sans réponse.

H. Walters

5

Le gaz ne pue pas forcément

J'ai lu le texte deux fois. Et puis une troisième, tout de suite après. Est-ce que quelque chose m'échappait ? Avais-je du mal à comprendre ? L'attentat avait eu lieu en janvier contre un dépôt de munitions de Viernheim, il avait éveillé l'attention de H. Walters, l'article ne faisait que confirmer le récit de Léo, sans plus. Peschkalek ne pouvait même pas comprendre cela. Qu'y trouvait-il alors de si excitant ?

Je me suis cantonné au plus évident :

— Quelle a été la réponse du conseiller régional ?

— Toute simple ! Les informations recueillies auprès des services allemands et américains compétents ne font état d'aucune explosion au dépôt de munitions. Les équipes de surveillance portent parfois des tenues de protection à des fins d'exercice. À aucun moment, la sécurité de la population n'a été menacée par le travail effectué au dépôt de Viernheim.

— Vous avez parlé à Altmann ? Ou à Walters ?

— C'est Altmann qui m'a transmis la réponse du conseiller. Mais à part ça, il ne vaut pas un clou.

Peschkalek m'a adressé un sourire :

— Et moi non plus, je ne vaux pas un clou pour fumer la pipe. Donnez-moi plutôt une de vos cigarettes.

Il a posé la pipe, qu'il n'avait pas réussi à allumer malgré ses efforts désespérés, s'est emparé de mon paquet jaune et a tiré une première bouffée avec délectation.

— Altmann ne dispose d'aucune information supplémentaire. Son seul informateur, c'est Walters. Ce qu'il a vu par hasard cette nuit-là a suffi à Altmann pour titiller un peu le député. J'ignore s'il en sait plus. Je ne suis pas arrivé à le joindre hier.

Peschkalek a jeté un coup d'œil à sa montre, puis par la fenêtre, puis sur moi.

— Qu'en dites-vous ? Allons à Viernheim pour en discuter avec lui. Il devrait être à la rédaction à cette heure-là.

Il était trois heures et demie. J'aurais préféré une sieste pour me détendre et laisser reposer cet agneau bien arrosé au fond de mon estomac.

Nous nous sommes rendus à Viernheim en passant par Heddesheim. En cours de route, j'ai repensé à une vieille histoire : les guerres de religion de Viernheim. Un tableau d'autel représentant sainte Catherine avait disparu de l'église catholique. Le chapelain avait soupçonné les protestants et, du haut de sa chaire, dénoncé les voleurs hérétiques. Ensuite, il y avait eu des affrontements près du temple protestant et de l'église catholique. Des vitraux avaient volé en éclats. C'était il y a longtemps, très longtemps. Un doyen de paroisse à l'esprit œcuménique m'avait à l'époque chargé de retrouver le tableau. Je l'avais découvert chez un servant de messe en pleine puberté qui était amoureux d'Uschi Glas. Il est vrai qu'Uschi Glas et sainte Catherine se ressemblaient comme deux gouttes d'eau.[1]

1. Uschi Glas est une actrice et chanteuse populaire et pulpeuse, très connue en Allemagne.

Walters avait fait une école d'ingénieurs à Darmstadt, mais il était né à Viernheim, il y avait grandi, et c'est là qu'il avait ses racines. Il était membre de la Chorale masculine 1846, du Comité de carnaval 1915, du Club d'échecs 1934, du Club de tir 1953 et de la Fanfare 1969.

— Avec tout ça, je suis fait pour être reporter local, vous ne trouvez pas ? Politiquement, je n'appartiens à aucun bord. Comme j'ai donné l'information sur le dépôt à Altmann, je pourrais informer les chrétiens-démocrates sur la nationalisation prévue du Centre Rhein-Neckar ou les socialistes sur le travail des enfants dans l'entreprise Willi Jung. C'est comme ça. Vous avez donc lu mon petit article sur la question posée par Altmann et vous aimeriez en savoir plus.

Le bureau était minuscule, une table, une chaise pivotante et un siège destiné aux visiteurs suffisaient à le remplir entièrement. Walters m'avait offert la chaise pour les invités ; à Peschkalek, il avait laissé un coin de son bureau. L'étroite fenêtre donnait sur la rue de la Mairie.

— Je ne peux pas l'ouvrir. Évitez de fumer, s'il vous plaît.

Peschkalek rangea sa pipe en soupirant comme s'il devait renoncer à un véritable plaisir et pas seulement à un vain combat avec le tabac, les allumettes et le cure-pipe.

— Les journalistes n'en savent jamais suffisamment. On est tous pareils, que ce soit au *Spiegel*, à *Paris Match*, au *New York Times* ou au *Viernheimer Tageblatt*. Votre petit article m'a bien plu. Il aborde le cœur du problème, vous écrivez bien, et puis la façon directe et simple avec laquelle vous vous mettez vous-même en scène est très convaincante. On voit en outre que vous disposez d'une bonne connaissance du terrain. Félicitations, collègue.

J'ai d'abord pensé que Peschkalek en avait trop fait. Mais ces flatteries plaisaient à Walters. Il s'est enfoncé sur son siège.

— Je suis content que vous ayez dit ça. Moi, j'appelle ça du journalisme rase-mottes. Je suis prêt à écrire sur l'affaire de Viernheim pour votre journal. Vous avez dit le *Spiegel* ? *Paris Match* ? *New York Times* ? Mais il faudrait que quelqu'un revoie mes textes en anglais et en français.

— Je ne vous oublierai pas. Si on se met à parler de Viernheim, vous pourriez peut-être participer au reportage en écrivant un article ou un encadré. Mais il s'agit de savoir si Viernheim est d'actualité. Quelques flammes, ça ne fait pas une catastrophe. Au fait, quand est-ce que cela s'est passé ?

Maintenant, il le tenait. Nous avons appris que le 6 janvier, vers minuit, Walters était revenu de chez son amie à Hüttenfeld et que devant le dépôt de munitions, il avait vu trois voitures de police arrêtées. Plus loin sur la route, il avait aperçu des lueurs de flammes au-dessus du dépôt.

— Je n'ai pas vu le feu lui-même. Évidemment ça m'a rendu curieux. Alors j'ai continué, à Viernheim-Est, j'ai pris l'autoroute, en direction de Lorsch. Une fois franchi le triangle, j'ai roulé au pas. Le dépôt est situé entre la L 3111 et la A 6. Mais la lueur de l'incendie avait disparu.

— C'était tout ?

Peschkalek était déçu et ne le cachait pas.

— Je me suis arrêté pour sortir et respirer le fond de l'air. J'ai recommencé ensuite, quand j'ai traversé la forêt de Lampertheim. mais je n'ai rien senti. Depuis, je sais que le gaz de combat ne pue pas forcément.

— Du gaz de combat ?

Peschkalek et moi avons posé la question en chœur.

— Le bruit court depuis longtemps. Fischbach, Hanau et Viernheim, c'est ici que les Américains auraient entreposé leurs stocks après la guerre. Certains disent que les Allemands déjà avaient entreposé et enterré du gaz de combat. Il n'y en a plus à Fischbach, à ce qu'on dit, et c'est peut-être aussi le cas à Viernheim. Ou alors il n'y en a jamais eu. Ou bien il est encore là, et tout le bruit qu'on a fait autour du retrait américain de Fischbach a détourné l'attention de Viernheim. En tout cas, j'ai commencé à m'y intéresser après le 6 janvier.

Il a secoué la tête :

— Un truc infernal. Du phosgène, du tabun, du sarin, VE, VX, vous avez déjà lu les dégâts que ça cause ? On se sent tout drôle après.

— Est-ce que les voitures de police étaient encore devant le dépôt ?

— Non. Non. Mais une voiture de pompiers américaine a franchi le portail avant de s'en aller.

L'intérêt de Peschkalek s'est réveillé :

— Dans quelle direction ? Et pourquoi n'en avez-vous pas parlé dans votre article ?

— Je voulais égrener mes révélations. Mais mon rédacteur en chef a trouvé que la voiture des pompiers ne faisait pas une suite assez palpitante. Elle a prit la Nibelungenstrasse, puis la déviation, en direction des casernes américaines, je suppose.

Nous l'avons remercié. Lorsque nous sommes ressortis du minuscule bureau de Walters, Peschkalek était euphorique et frétillait :

— Je ne vous l'avais pas dit ? C'est même mieux que ce que je vous avais dit. L'attentat n'était pas simplement dirigé contre une installation militaire américaine, mais précisément contre un dépôt américain de gaz de combat. Vous pouvez me croire, les Américains n'aiment pas ça. Wendt était-il l'organisateur de l'attentat ? Est-ce qu'il est mort pour ça ? Ou les Américains l'ont-il acheté ? Est-ce qu'il a changé de camp ? Dans ce cas, est-ce la petite Salger qui l'a tué ? Croyez-moi, le meurtre de Wendt ne doit rien au hasard.

6

Un tableau idyllique

Aucun meurtre ne doit rien au hasard. La carte que Wendt avait trouvée dans son porte-documents montrait le triangle de Viernheim. Sur la grande carte dans le couloir de la rédaction, j'ai reconnu l'autoroute Francfort-Mannheim et, à angle droit, l'autoroute de Kaiserslautern.

Peschkalek s'est arrêté, lui aussi :

— Alors, monsieur Selb, qu'est-ce qu'on fait maintenant ? On va voir les lieux ?

Nous avons suivi le chemin de Lorsch à travers la forêt. Un haut grillage avec un chemin goudronné longeait la route. Des panneaux en anglais et en allemand avertissaient du danger : explosifs, rondes militaires et patrouilles de surveillance, chiens de garde et tirs d'armes à feu. L'entrée, devant laquelle nous sommes passés au bout d'un kilomètre, était protégée par des sas, des feux orange et bleu et des panneaux qui, outre les avertissements précédents, précisaient qu'il était interdit de fumer. Puis le grillage prenait vers la gauche tandis que la route continuait tout droit. En prenant la première route à gauche, nous sommes revenus à Viernheim en décrivant un grand arc de cercle qui nous a fait passer sur et sous l'autoroute, mais ne nous a pas rapprochés du grillage.

— Il faudrait que vous parliez aux gens d'ici.

Peschkalek n'avait pas dit grand-chose pendant le trajet. Il s'est fait plus bavard à l'approche de Viernheim.

— Vous avez entendu comme moi : on parle de gaz de combat. On pourrait penser que les gens seraient inquiets. Mais ils ne bougent pas. Je m'étonne que notre reporter, ce jeune fou — il désigna du doigt la direction supposée du *Viernheimer Tageblatt* —, ait pu faire passer son information. Personne ici n'a envie de lire ça.

Il a pris la route vers Heddesheim, puis a très vite obliqué sur sa droite.

— Juste un petit détour, monsieur Selb, et c'est fini.

Sous un ciel bleu, nous avons longé de longues rangées d'arbres fruitiers et traversé des champs de colza jaunes. Au loin s'élevaient les montagnes et brillaient les carrières. Lorsqu'une petite église à clocheton et un château d'eau sont apparus devant nous, entourés de quelques fermes, de maisons et de vieux saules, je me dis que nous étions en plein conte de fées.

— C'est votre première visite à Strassenheim ?

J'ai hoché la tête. Peschkalek roulait lentement.

— Vous vous demandez ce que vous faites ici. Pourquoi je vous y ai conduit ? Regardez bien.

J'ai remarqué un magnifique bâtiment à côté de l'église. Un panneau indiquait qu'il abritait la cavalerie et les chiens de la police de Mannheim.

— Regardez précisément. Là, un à gauche et un à droite, vous savez ce que c'est ? Ce sont des camions-citernes, avec des milliers de litres d'eau chacun, de l'eau potable, de l'eau pour faire la cuisine et pour les bêtes. Et qu'est-ce qu'ils font ici ? Alors — il était tout heureux de sa démonstration —, cela prouve que leur eau n'est certainement pas potable, non ? Vous vous dites peut-être que Strassenheim, bien qu'elle fasse partie de la même agglomération, n'est pas reliée au même réseau d'alimentation en eau que Mannheim, Viernheim et Heddesheim ? Qu'elle a son propre puits, et qu'il doit être à sec ? Avec la pluie qui est tombée ces dernières semaines ? Non, il a encore de l'eau, et elle paraît limpide, elle a peut-être encore une odeur, mais peut-être pas, elle a peut-être un goût, mais peut-être pas. Et il se peut qu'on ne meure pas en la buvant. Peut-être qu'on se sent barbouillé, peut-être vraiment mal, peut-être qu'on a une chiasse d'enfer, ou qu'on dégueule toutes ses tripes.

Strassenheim était maintenant derrière nous.

— D'où tenez-vous tout cela ?

— Je sais que deux et deux font quatre, c'est tout. Les services officiels sont muets. Rien que ça les rend suspects.

Il a appuyé sur le champignon.

— Nous sommes en train de passer la limite du réseau d'alimentation en eau de Käfertal, qui fait partie de la zone de protection élargie. Inutile de vous dire ce que cette zone protège d'autre. C'est vrai, la zone élargie n'est pas la zone restreinte, et elle-même n'est pas la zone de captation. Le dépôt de munitions se trouve juste dans la zone élargie. Mais la zone restreinte est toute proche, elle commence à la croix de Viernheim, deux kilomètres après Strassenheim. En tout cas, Strassenheim a été touché, peu importe dans quelle zone il se trouve. Dieu sait le cours que prennent les eaux souterraines.

Il a fait un geste résigné de sa main droite, puis il l'a passée sur son crâne chauve pour ramener en arrière les cheveux qu'il n'avait plus. Avec la langue et les lèvres, il a tiré les poils de sa moustache qu'il se mit à mordiller entre ses dents, tellement il fulminait.

Je ne peux pas dire que le ciel n'était plus aussi bleu, ni les champs de colza aussi jaunes. J'ai toujours eu du mal à croire en l'existence de quelque chose que je ne vois pas : Dieu, la relativité du temps et de l'espace, la nocivité de la fumée de cigarette, le trou dans la couche d'ozone. J'étais également sceptique parce que le dépôt de munitions n'était qu'à quelques kilomètres du Benjamin-Franklin-Village à Käfertal, que les Américains pouvaient difficilement mettre en danger la vie de leurs propres gens, et parce que Viernheim qui se trouvait plus près du dépôt de munitions que Strassenheim, ne semblait pas avoir de problèmes d'eau. Et puis Peschkalek avait-il goûté l'eau de Strassenheim ? L'avait-il fait analyser ?

Nous étions à nouveau à Edingen. En longeant la Grenzhöfer Strasse, nous avons vu madame Büchler et le personnel de Wendt sortir de l'auberge *L'Arbre vert*. Le repas funéraire avait duré longtemps. Ma Kadett m'attendait devant le cimetière.

— Il faut que nous parlions tranquillement de tout cela.

Il m'a tendu sa carte de visite.

— Appelez-moi si vous avez le temps. Vous ne me croyez pas ? Vous pensez que ce sont des inventions de reporter, des élucubrations de journaliste ? Dieu fasse que vous ayez raison.

7

Farce ou tragédie ?

Les cours d'eau souterrains et empoisonnés de Peschkalek m'ont poursuivi jusque dans mon sommeil. Dans mon rêve, la petite église de Strassenheim s'est transformée en une cathédrale dont les gargouilles crachaient une eau verte, jaune et rouge. Quand je me suis aperçu que la cathédrale était une baudruche en caoutchouc avec des murs bombés, elle avait déjà cessé d'exister. Elle a éclaté en laissant couler un liquide visqueux d'un marron repoussant. Je me suis réveillé lorsqu'il a atteint mes pieds, et je ne me suis plus rendormi. En parlant avec Peschkalek, je n'avais pas ressenti la peur. Maintenant, elle était là.

Je me suis rappelé les récits de mon père. Aussi longtemps que je suis allé à l'école, il n'avait pas dit un mot sur ce qu'il avait vécu pendant la Première Guerre mondiale. Certains de mes camarades racontaient en fanfaronnant les actes héroïques de leur père. J'aurais aimé pouvoir en faire autant. Je savais qu'il avait été plusieurs fois blessé, décoré et promu. Mais il ne voulait pas en parler. Il ne s'est mis à raconter qu'au cours des dernières années précédant sa mort. Maman était morte, papa passait ses journées en solitaire, et quand j'allais le voir, il évoquait beaucoup de choses, entre autres la guerre.

Il voulait peut-être aussi me faire sortir du crâne l'idée que les Allemands avaient besoin d'élargir leur espace vital, même s'il fallait une guerre pour l'obtenir.

Il avait été blessé trois fois. Les deux premières, pour reprendre son expression, c'étaient des blessures « honnêtes » : un éclat de grenade à Ypres et un coup de baïonnette à Péronne. La troisième fois, sa compagnie s'était retrouvée à Verdun pendant une attaque au gaz.

— Au gaz moutarde. Pas un nuage jaune-vert puant comme le gaz au chlore que tu peux voir et dont tu peux te protéger. C'est traître, le gaz moutarde. Tu ne vois rien, tu ne sens rien. Si tu ne voyais pas tes camarades se prendre la gorge entre les mains, si tu n'avais pas un sixième sens, ou si tu n'avais pas le temps de mettre le masque à gaz, c'en était fini, en un clin d'œil.

Son sixième sens avait fonctionné : la plupart des hommes de sa compagnie avaient été tués, lui avait survécu. Mais il en avait respiré assez pour en souffrir pendant des mois.

— La fièvre, ça allait. Mais les vertiges, même quand tu ne bouges pas, et puis ne plus pouvoir s'arrêter de vomir, de vomir, de vomir… En plus, le gaz attaque les yeux. C'était le pire : la peur que ça t'ait pris pour de bon et que tu ne puisses jamais plus voir.

Je l'avais entendue souvent, cette histoire d'attaque au gaz. À chaque fois que mon père racontait comment il avait mis son masque, il fermait les yeux en mettant ses mains devant sa figure pour se protéger, jusqu'au moment où il évoquait sa sortie de l'hôpital.

Léo avait-elle su ce que son feu de joie pouvait provoquer ? Est-ce ce qu'elle avait recherché ? Était-ce pour cela qu'elle s'accusait et se condamnait si sévèrement ?

Je ne pouvais pas m'imaginer que Lemke ait ignoré ce qui s'y passait.

Mon insomnie ne s'arrangeait pas. Le terrorisme en Allemagne… il est écrit quelque part que tous les grands faits historiques doivent se reproduire deux fois, la première fois comme une tragédie, la seconde comme une farce, et j'avais toujours considéré le terrorisme des années soixante-dix et quatre-vingt comme une blague. Mais avec du gaz toxique dans l'air, la terre et l'eau, ça n'avait plus rien d'une plaisanterie. Et moi, je me promenais en voiture avec Léo, à travers la France et la Suisse, comme si le monde était un éternel printemps.

À la peur s'ajoutèrent ainsi les reproches que je me faisais. J'avais beau changer de position dans mon lit, je me sentais toujours de travers. Que j'aie les yeux ouverts ou fermés, mes pensées tournaient toujours dans le même sens. Elles continuèrent leur rotation idiote jusqu'à ce que le jour se lève. Alors, les oiseaux se remirent à chanter, et je me suis retrouvé, éveillé, rationnel et sceptique.

8

Réfléchis un peu !

Pour le samedi, j'avais promis à Brigitte et Manu une visite à Heidelberg. Faire les boutiques, manger une glace, visiter le zoo et le château : tout le tralala. Nous avons pris le train interrégional et nous sommes arrivés sur la place Bismarck.

Je n'y avais pas été depuis longtemps. Tout est couleur lilas. Les arrêts de bus, les abris, les kiosques, les bancs, les corbeilles à papiers, les réverbères. Parmi tout ce mobilier urbain, seuls une boîte aux lettres jaune et un Bismarck pâle ne semblaient pas à leur place.

— Regarde voir, les féministes ont conquis la place Bismarck !

Brigitte s'est arrêtée net.

— Toi et tes remarques machos ! Füruzan est aux petits soins avec Philippe, je fais pareil avec toi, et maintenant les femmes ont occupé la place Bismarck, et toi, mon pauvre, tu ne sais même plus…

— C'est bon, Brigitte. Je plaisantais.

— Ha ha ha !

Elle a continué à marcher sans nous inviter à la rejoindre d'un regard ou d'un geste. J'avais beau avoir bonne conscience, je me suis senti coupable tout de même. Lorsqu'elle est entrée dans la librairie Braun, j'ai attendu à l'extérieur. J'aurais peut-être dû la suivre jusqu'au rayon « Femme Nouvelle » ? Le regard soumis, les épaules pendantes, en lui posant des questions pleines de tact ? Manu resta à mes côtés avec Nonni.

Nous regardions les embouteillages dans la Sophienstrasse.

— Par où est-ce qu'ils sortent ?

— Derrière les arbres, je crois.

— Ils peuvent sortir là où on s'est garé la dernière fois ?

Je ne comprenais pas.

— Mais c'était... Tu veux parler du parking souterrain, derrière l'église du Saint-Esprit ?

— Oui. Il arrive qu'une chose disparaisse et réapparaisse tout à fait ailleurs. Ça serait pratique, si on pouvait aller sous terre d'un parking à l'autre, lorsqu'il n'y a pas de places pour se garer, ou quand les rues sont bouchées. Réfléchis un peu !

Il m'a regardé fixement comme si j'étais un idiot, et il est parti dans des explications interminables.

Je ne l'écoutais pas. Son idée de faire passer sous terre le flot de la circulation m'a de nouveau fait penser aux rivières souterraines empoisonnées de Peschkalek.

— Tu ne m'écoutes même pas !

Brigitte est sortie de la librairie. Je lui ai offert une robe et elle m'a acheté un short dans lequel j'avais l'air d'un Britannique au bord de la rivière Kwaï. Manu voulait des jeans, pas n'importe lesquels, des spéciaux. Nous avons couru tous les magasins, de la Hauptstrasse à la Heilig-Geist-Strasse. La concentration de consommateurs flânant dans les zones piétonnières ne m'est pas plus sympathique, ni d'un point de vue esthétique ni d'un point de vue moral, que celle des camarades qui défilent ou des soldats qui paradent. Mais elles sont loin, ces journées où l'on entendait la clochette joyeuse des tramways dans la rue centrale, les klaxons énergiques des voitures et les pas rapides et pressés des gens qui allaient là où ils ont quelque chose à faire, et qui n'étaient pas seulement là pour regarder, grignoter et acheter.

— On laisse tomber le château.

Brigitte et Manu ont fait la tête.

— Et aussi le jardin zoologique.

— Mais tu avais dit...

— On va faire quelque chose de mieux. On va voler.

Je n'ai pas eu besoin de discuter pour les convaincre. Nous sommes retournés à Mannheim par le train et nous sommes descendus à l'aérodrome de Neuostheim. La petite tour, le petit bureau, la petite piste et les petits avions : Manu avait déjà vu tout cela en plus grand quand il avait pris l'avion de Rio de Janeiro à Francfort, mais il était ravi quand même. J'ai demandé un vol d'une demi-heure. On a appelé par téléphone le pilote amateur qui devait nous accompagner, et l'on a préparé son coucou à hélice, qui contenait quatre places. L'avion a pétaradé sur la piste et nous avons décollé.

Mannheim s'étendait à nos pieds comme une maquette, bien propre et alignée. Il aurait fallu que le prince électeur qui avait conçu ainsi son plan à damier voie sa ville comme ça. Le Rhin et le Neckar scintillaient dans le soleil, les cheminées des Usines chimiques rhénanes rejetaient des petits nuages blancs dans le ciel, et les fontaines dansaient dans les bassins près du Wasserturm. Manu a immédiatement reconnu le parc Louise, le pont de Kurpfalz et le Collini-Center où Brigitte possède son cabinet de massage. Le gentil pilote a décrit une large boucle pour que Manu puisse voir sa maison dans la rue Max-Josef.

— Vous pouvez faire un petit tour jusqu'à Viernheim ?

— Vous êtes de là-bas ?

— Je l'étais.

La question a intéressé Brigitte.

— Quand as-tu vécu à Viernheim ? Je ne le savais même pas.

— Après la guerre, pas longtemps.

À nos pieds, on voyait les blocs du Benjamin-Franklin-Village. L'échangeur de l'autoroute, le centre Rhin-Neckar, les rues étroites et tortueuses autour de la mairie et des églises, nous passions déjà les dernières maisons de Viernheim, et le pilote se déporta vers la droite.

Je lui ai indiqué la gauche.

— Je préférerais retourner par la forêt plutôt que par Heddesheim.

— Alors il faut que je remonte.

— Pourquoi ?

Il se dirigeait vers Weinheim en prenant de l'altitude.

— Les Américains. Ils ont un camp dans la forêt. Interdiction de photographier.

— Et si l'on vole plus bas, ils vont nous abattre ?

— Aucune idée. Qu'est-ce que vous voulez voir ?

— Pour être honnête, c'est justement le camp qui m'intéresse. En 45, il y accueillait les prisonniers et les internés. C'est comme ça que j'ai fait connaissance avec la forêt.

— On veut retrouver le bon vieux temps ? Dans ce cas, on va essayer.

Il a décrit une courbe, a cessé de monté et a accéléré. Je n'ai pas pu reconnaître le grillage. Mais j'ai distingué les bunkers camouflés sous des monticules herbeux, certains à terrain découvert, d'autres cachés entre les arbres ; j'ai revu les chemins goudronnés et les clairières où l'on avait garé de nombreux camions ou containers, recouverts d'un treillis de camouflage. Sur un autre terrain, le sol était pratiquement à nu et labouré par des traces de pneus de camions ou de chenilles de char.

Ensuite, à proximité de l'autoroute, j'ai vu des pelleteuses au travail, des tapis roulants mobiles pour évacuer les gravats de bitume, et des camions. On était en train d'enlever la terre sur une aire grande comme un terrain de tennis. Je n'ai pas pu voir à quelle profondeur on creusait, ni si on enterrait ou déterrait quelque chose. Tout autour, la forêt et les arbres se dressaient en vert clair et foncé. À l'autre bout du terrain, on avait entassé des squelettes d'arbres noirs et calcinés. Il y avait eu un incendie ici.

9

De vieilles histoires !

— Dis donc, tu n'y as jamais été interné, au camp de Viernheim ? Tu ne m'en as jamais parlé, m'a demandé Brigitte alors que Manu était déjà couché et que nous étions assis sur le canapé devant la télévision, comme un vieux couple.

— Non. J'ai dit ça pour mon enquête.

— Si tu veux savoir quelque chose sur Viernheim, j'ai une amie là-bas, une collègue. Et tu sais que nous, les masseuses, nous sommes au courant de tout, comme les coiffeuses et les curés.

— C'est prometteur. Tu peux m'arranger un rendez-vous ?

— Ah si je n'étais pas là !

Brigitte s'est levée pour appeler Lisa et l'inviter à venir prendre le café dimanche après-midi.

— Elle vit seule avec sa fille, et Sonia a le même âge que Manu. Ça fait longtemps qu'on voulait qu'ils se rencontrent. Et puis Lisa est assez curieuse de voir quel type j'ai…

—… ramassé.

— C'est toi qui le dis.

Brigitte a repris sa place à côté de moi. Dans le film, un vieil homme aimait une jeune femme. Elle l'aimait aussi, mais ils finissaient par renoncer à leur amour parce qu'il était vieux et elle jeune.

— Quel film idiot ! Mais nous avons passé une bonne journée, non ?

Elle me regardait.

Dans un premier temps, j'ai craint qu'un « oui » franc et clair ne soulève à nouveau la question du mariage et des enfants, et j'ai voulu me contenter de marmonner dans ma barbe. Ne jamais dire oui ou non si l'autre se satisfait d'un hum. Mais j'ai dit « oui » tout de même, et Brigitte s'est blottie au creux de mes bras, sans un mot, heureuse.

Le lendemain matin, à dix heures, j'étais à Viernheim, à l'église de la Résurrection. J'avais essayé en vain de me souvenir du nom du doyen de paroisse qui m'avait chargé il y a des années de retrouver le tableau de sainte Catherine. Après son sermon et les cantiques, il a fait passer la corbeille pour la quête, m'a reconnu et a hoché la tête. Dans son sermon, il avait évoqué les dangers de la tentation, dans les cantiques l'entêtement de la chair ; la quête était destinée à aider les drogués. J'étais prêt à mettre mon paquet de *Sweet Afton* dans la corbeille et à renoncer définitivement à la cigarette. Mais qu'aurais-je bien pu fumer après la messe ?

— Monsieur Selb, que faites-vous ici ?

Je l'avais attendu devant l'église, et il était tout de suite venu vers moi. La ligne de l'interrégional passait derrière nous.

— J'ai des questions dont vous connaissez peut-être les réponses. Je peux vous inviter à boire un verre ?

Nous sommes allés à *L'Agneau d'or*.

— Tiens, ce cher Weller ! On commence tôt, aujourd'hui !

Le patron nous a conduits à la table réservée aux habitués.

— Nous pouvons parler tranquillement. Les autres arrivent plus tard, m'a expliqué Weller.

Nous avons commandé deux pichets de réserve du patron.

— J'enquête sur une affaire de meurtre. Dans le porte-documents du mort, il y avait une carte avec la forêt au nord de Viernheim, la lande de Viernheim et la forêt domaniale de Lampertheim. Je ne pense pas qu'il ait été tué à cause de la carte. Peut-être à cause de la forêt ? On parle beaucoup et on écrit beaucoup de choses sur la forêt. Vous avez certainement lu l'article paru dans le *Viernheimer Tageblatt* en mars dernier.

Il a hoché la tête.

— Ce n'était pas le seul. Dans le *Spiegel*, il y a eu un papier sur les gaz de combat dans la forêt. Il y en a aussi eu un dans le *Stern*. Jamais rien de sûr, toujours des rumeurs. Et c'est moi qui devrais vous dire ce qui se passe ? Soyons sérieux, monsieur Selb.

Il a secoué sa tête grise.

Je me suis rappelé qu'il était tapissier de formation, qu'à l'époque il avait son propre magasin. Il se plaignait que les gens aillent chez *Ikea* acheter des canapés et des fauteuils bon marché qu'ils bousillaient en un rien de temps avant de les mettre à la décharge.

— Vous avez encore votre magasin ?

— Oui, et les affaires sont reparties. J'ai un tas de clients de Heidelberg et Mannheim qui viennent faire retapisser les vieux trucs de leurs grands-parents ou ceux qu'ils achètent dans les brocantes. Mais que voulez-vous que je vous dise à propos de la forêt ? Je ne m'en occupe pas. À quoi ça servirait ? Ils vont se débrouiller pour que rien ne filtre. Ça n'est pas à moi de leur dire ce qu'ils doivent faire. Et eux n'ont pas à me dire de ce que je dois faire. Et si quelque chose arrive, je veux dire que peut-être quelque chose pourrait arriver, faut-il pour cela que je déménage ? Que je quitte ma maison et mon magasin ? Juste parce que des journaleux veulent faire parler d'eux ?

Un homme de petite taille à l'air imbu de sa personne est venu vers nous, a frappé deux fois du poing sur la table, nous a salués et s'est assis.

— Monsieur Hasenklee, a dit Weller, le directeur de notre école.

Dès que Weller lui a résumé notre conversation, il m'a expliqué qu'un instituteur comme lui n'enseignerait jamais à des enfants dont la vie serait menacée.

— Et que feriez-vous ?

— À quoi rime cette question ? Je suis professeur depuis vingt ans maintenant, et je me consacre entièrement aux enfants.

D'autres habitués sont venus s'asseoir à notre table : un pharmacien, un médecin, le directeur de la Caisse d'épargne, un boulanger et quelqu'un qui dirigeait l'agence pour l'emploi. Du gaz de combat dans la forêt de Lampertheim ? De vieilles histoires ! Le directeur de l'agence pour l'emploi y a fait allusion, le directeur de la Caisse d'épargne l'a formulé clairement :

— Ce n'est pas un hasard si le bruit court à nouveau. La zone industrielle de Viernheim est soumise à une rude concurrence. D'un côté il y a Mannheim qui a besoin du moindre sou, d'un autre Weinheim qui élargit sa zone industrielle autour de l'échangeur de l'autoroute, et dès que nous trouvons un investisseur, nos collègues de Lampertheim lui font une offre plus intéressante. Derrière cette rumeur, il y a des intérêts importants, je vous le dis, des intérêts importants.

Les autres ont approuvé :

— Je suis content qu'ils se soient débarrassés du produit à Fischbach. Depuis, les histoires de gaz ne font plus une ligne dans les journaux.

— Ou alors c'est notre tour ? Viernheim à la place de Fischbach ?

— Foutaises ! On a lu partout que depuis l'opération Dragonn, il n'y a plus le moindre gaz de combat dans toute l'Allemagne.

— C'est incroyable que le *Tageblatt* ait fait passer cet article en mars.

— Vous avez vu, depuis quelques jours, il y a un reporter qui traîne par là.

— Et en plus, faut en plus être gentil avec ces types, sinon ils se vengent.

— Et puis n'oubliez pas les communistes, me chuchota à l'oreille Hasenklee, le directeur, qui était assis à côté de moi. Ça leur fait du grain à moudre.

— De nos jours ?

— En tout cas, le vieux Henlein qui distribuait des tracts à cause de la forêt dans les années soixante et soixante-dix, il était communiste. C'est vrai, maintenant on n'entend plus parler de lui, pas plus que de Marx et Lénine. Si vous voulez mon avis, notre rue Karl-Marx est un scandale. Vous vous rendez compte, Leningrad s'appelle à nouveau Saint-Pétersbourg, dans quelques années, il n'y aura plus une seule place ou rue Marx dans tous les pays de l'Est, mais il en restera une à Viernheim. Il faudrait l'appeler rue de Chemnitz. Marx doit bien ça à Chemnitz[1], je trouve, et ce serait un signal positif pour les investisseurs.

1. Lors de la création de la R.D.A., Chemnitz avait été débaptisée en Karl-Marx-Stadt.

J'ai encore demandé à la cantonade s'ils avaient entendu parler des camions-citernes de Strassenheim. Ils étaient tous au courant.

— Les camions orange du THW[1] ? Ils viennent toujours par ici pour faire des manœuvres.

J'ai pris congé. Les rues étaient désertes. Ils étaient déjà tous attablés devant le rôti du dimanche, et je me suis dépêché de retrouver les boulettes de pommes de terre vertes et le gigot de mouton sauce Thuringe que Brigitte gardait au chaud dans le four. Elle, c'est aux fourneaux qu'elle œuvre pour l'unification de l'Allemagne.

Je n'arrivais pas à savoir si tous ceux que j'avais rencontrés au café me racontaient des histoires ou si c'est ce qu'ils pensaient et croyaient. Le point de vue de Weller était clair. Même si du gaz de combat était entreposé dans la forêt et le menaçait, lui et tous les autres, est-ce une raison de changer de vie ? Qui aurait envie, à soixante ans, de repartir à zéro dans une cité de banlieue ? Personne, pas plus qu'à cinquante ans, d'ailleurs, ni à quarante. La seule différence, c'est que quand on est jeune, on a plus d'imagination. Je comprenais tout cela, et pourtant toute cette assemblée me faisait une drôle d'impression, avec sa manière d'inventer de mystérieux complots dans un café lugubre et enfumé.

L'après-midi, le temps s'est dégagé. Nous avons pris le café dans le jardin, Manu a fait honneur à son père brésilien et la cour à Sonia. Lisa était une jeune femme sympathique. Elle connaissait naturellement les histoires que l'on racontait sur les gaz de combat. Elle se souvenait également du vieux Henlein, un petit homme voûté qui se tenait tous les samedis sur la place des Apôtres pour distribuer des tracts. Elle nous a aussi parlé de

1. Services techniques.

patients qui se plaignaient parfois d'éruptions cutanées, de sinusites, de crampes d'estomac, de vomissements et de diarrhées. La fréquence de ces troubles était selon elle plus fréquente que ce qu'elle avait vu à Rohrbach, là où elle travaillait avant.

— Vous en avez parlé avec les médecins d'ici ?

— Oui, et ils savaient à quoi je pensais, mais personne n'est sûr de rien. Ils m'ont dit qu'il fallait mener des enquêtes sur des cohortes et faire des statistiques. Et puis il y a la sécurité sociale : c'est elle qui reçoit les feuilles maladies, elle seule a une vue d'ensemble. S'il se passait quelque chose d'anormal, elle serait au courant.

— Vous avez peur ?

Elle m'a regardé avec franchise.

— Bien sûr que j'ai peur. Tchernobyl, l'effet de serre, la destruction de la forêt tropicale, l'élimination de diverses espèces, le cancer et le sida, comment ne devrait-on pas avoir peur dans un monde pareil ?

— À Viernheim plus qu'ailleurs ?

Elle a haussé les épaules, et à la fin de la conversation je n'étais pas plus avancé qu'au début de la matinée. On était dimanche, et il n'y a aucune raison pour qu'on avance mieux le dimanche que les autres jours. Mais ce n'était pas une consolation.

10

Où les deux chants se fondent harmonieusement l'un dans l'autre

J'ai rapporté Turbo à la maison. Il avait brisé la nuque du rat de Rudi, et Rosa lui avait donné du thon en récompense. Je trouve qu'il commence à avoir des problèmes de poids.

J'ai consacré ma soirée à mon canapé. J'ai pris un rasoir, un vieux, un grand, sans enrobage de platine ni double lame montée sur ressorts, une lame solide dont on tient le manche bien en main. J'ai renversé le canapé, ouvert la couture sur le dessous à l'aide de la lame, j'ai passé mon bras dans le rembourrage à la recherche de la balle provenant du revolver de Lemke. L'autre balle, celle qui avait précipité la Béatrice de Dante en enfer, je l'avais jetée avec les morceaux du buste, troublé et énervé que j'étais après le passage de Lemke.

De toute façon, la balle que j'ai réussi à repêcher dans le canapé était en bien meilleur état que l'autre. Celle-ci avait certes fait éclater le marbre, mais elle avait été aplatie et rayée. Alors que la mienne avait été freinée en douceur par le rembourrage du canapé. J'ai montré à Turbo le projectile lisse, brillant, joli et méchant. Il n'a pas eu envie de jouer avec.

Le plus dur a été de recoudre. En fait, je considère la couture et le repassage comme une méditation active et j'envie toutes ces femmes qui jouissent de ce bonheur spirituel. Mais pour moi, cela s'est résumé à un combat difficile avec le cuir, l'aiguille, le dé à coudre et un fil qui n'arrêtait pas de casser.

Ensuite, j'ai remis le canapé à l'endroit, j'ai rangé la trousse à couture et je suis sorti sur le balcon. L'air était tiède. Les premiers papillons de nuit annonçant l'été venaient se cogner contre les vitres ou, trouvant le passage par la porte, voletaient autour du plafonnier. Je ne me plains pas de mon âge, mais il y a des soirées, au début de l'été où, si on n'est pas jeune et amoureux, on se sent pas à sa place. J'ai soupiré, fermé la porte et tiré les rideaux.

Le téléphone a sonné. J'ai décroché et je n'ai tout d'abord entendu qu'un bruit énorme et une petite voix lointaine que je ne comprenais pas. Ensuite la voix s'est rapprochée et éclaircie, mais il y avait toujours à l'arrière-plan ce bruit et l'écho de chaque mot prononcé.

— Gerd ? Allo, Gerd ?

C'était Léo.

— Où es-tu ?

— Je dois te dire… je veux te dire que tu n'as pas à avoir peur de Helmut.

— Et de toi ? Où es-tu ?

— Allô, Gerd ! Allô, je ne t'entends pas. Tu es encore là ?

— Où es-tu ?

La ligne était coupée.

J'ai pensé au plaidoyer de Tyberg en faveur des gens qui se contentent de faire leur métier. Je me suis imaginé Léo en Palestine ou en Libye, en compagnie de

Lemke. Quand nous étions ensemble, il me paraissait évident qu'elle ne songeait pas à faire carrière dans le terrorisme. Elle avait été embarquée dans une histoire idiote dont elle voulait sortir, si possible sans trop de dégâts, pour reprendre une vie normale. Il me semblait également que c'était la meilleure solution. Les enfants ne deviennent pas meilleurs en prison. Ni dans des camps d'entraînement de guérilla en Palestine ou en Libye.

Quand on a ce genre de choses qui tournent dans la tête, on ne dort pas très bien. Je me suis levé de bonne heure, et j'ai filé en vitesse chez Nägelsbach, à Heidelberg.

— On s'adresse de nouveau la parole ?

Il a souri :

— Nous travaillons sur la même affaire. J'ai entendu dire que votre nouvel employeur est le vieux Wendt. Mais à part ça, aucun de nous ne sait exactement où en est l'autre, non ?

— Mais chacun de nous sait quand même que ce que l'autre fait ne peut pas être complètement faux.

— J'espère.

J'ai posé la balle sur son bureau.

— Vous pouvez vérifier si elle vient du même revolver qui a tué Wendt ? Et pouvons-nous nous voir ce soir ? Dans votre jardin ou sur mon balcon ?

— Venez chez nous. Ma femme sera contente.

Il a pris la balle en la soupesant dans sa main.

— J'aurai le résultat ce soir.

Au *Rhein-Neckar-Zeitung*, j'ai trouvai Tiezke devant l'ordinateur. Sa façon d'être assis me rappelait les témoins de Jéhovah qui vendaient leur « Réveillez-vous ! » au coin des rues. La même droiture grise, sans joie ni espoir.

Je ne lui ai pas demandé sur quel sombre thème il était en train d'écrire.

— Un peu de temps pour boire un café ?

Il a continué à tapoter sans lever les yeux.

— Dans exactement trente minutes au *Schafheutle*. Une tasse de moka, deux œufs, un petit pain, beurre, miel, de l'appenzell ou de l'emmental. Ça marche ?

— Ça marche.

Il a pris son temps.

— Lemke ? Bien sûr que je le connais. Enfin, je le connaissais. En 67 et 68, c'était l'un des leaders. Vous auriez dû l'entendre dans l'amphi 13. Quand il entrait, les types de droite qui le haïssaient, entonnaient « Sieg heil, Lemke, sieg heil, Lemke », et lui, il dirigeait les chœurs qui scandaient « Hô Hô Hô Chi Minh ». Ça y allait. Quand les types commençaient doucement, il pouvait crier par-dessus, mais quand ils criaient plus fort, il se taisait et restait à sa chaire sans bouger, attendait un moment, puis, levant les mains, il frappait avec ses deux poings le rythme « Hô Hô Hô Chi Minh » sur la chaire. D'abord, on ne l'entendait pas dans les cris des autres, mais ensuite quelques étudiants se mettaient à taper avec lui, puis ils étaient de plus en plus nombreux. Il ne disait rien, mais au bout d'un certain temps, il ne frappait même plus le rythme sur sa chaire : il dirigeait, les mains en l'air, comme un chef d'orchestre, et parfois il faisait un numéro comique, et cela finissait dans des crises de rires. Même quand les types de droite étaient plus nombreux, c'était toujours le « Hô Hô Hô Chi Minh » qui l'emportait sur le « Sieg heil, Lemke ». Il avait un sens du timing épatant, il commençait pile au moment où les autres braillaient encore mais commençaient à perdre le souffle.

— Vous le connaissiez personnellement ?

— Je n'étais pas politisé à l'époque. Il était au SDS[1]. Je traînais chez eux de temps comme chez les autres, d'ailleurs. J'étais pour ainsi dire un frontalier. Cela dit, ce n'est pas là que j'ai fait sa connaissance, mais au cinéma. Vous vous souvenez ? 67, 68, c'était l'époque des westerns spaghettis. Chaque semaine, il en sortait un nouveau, un Leone, un Corbucci, un Colizzi ou un autre. Au bout d'un moment, les Ricains ont compris que c'était le nouveau style du western, et ils ont sorti des films pas mal. À l'époque, les films ne sortaient pas le mercredi, mais le vendredi. Tous les vendredis à 14 heures, il était assis avec quelques amis du SDS au *Lux* ou à l'*Harmonie*, au premier rang, à la première séance du nouveau western. Comme je ne pouvais pas non plus attendre la deuxième séance, comme il n'y avait personne d'autre que nous dans la salle, on a commencé à se parler. Pas de politique, mais de cinéma. Vous connaissez *Casablanca* ? La scène où les officiers allemands chantent *Die Wacht am Rhein* et les Français *La Marseillaise*, et où les deux chants se fondent harmonieusement l'un dans l'autre ? C'est ce qu'il voulait faire avec « Sieg heil, Lemke » et « Hô, Hô, Hô Chi Minh », m'avait-il dit un jour, et c'est la seule conversation vraiment politique que nous ayons eue. Vous savez, je l'aimais bien à l'époque.

— Et après, vous ne l'aimiez plus ?

— Après l'interdiction du SDS, il a travaillé au KBW, un parti structuré, avec comité central, secrétaire général et toutes ces foutaises. Il a d'abord été candidat, puis membre du comité central. Il habitait dans un immeu-

1. Alliance des étudiants socialistes allemands, mouvement d'extrême gauche très puissant dans les années qui ont précédé et suivi le « Mai 68 allemand ».

ble à Francfort, rédigeait le journal interne du parti et roulait dans une Saab noire, je sais plus si c'était avec ou sans chauffeur, ni si la voiture avait des rideaux. Je ne pense pas qu'il ait terminé ses études. Parfois, je l'ai rencontré au *Weinloch*, mais il n'allait plus au cinéma. Quant à moi, je n'avais pas envie de parler de la révolution mondiale et de la voie russe, chinoise et albanaise. Le KBW s'est dissous au début des années quatre-vingt. Certains sont passés chez les Verts, d'autres au DKP[1] ou chez les Autonomes, d'autres encore ont tout laissé tomber. Je ne sais pas ce qu'il est devenu, Lemke. J'ai entendu dire que, lors de la dissolution du parti, il avait pris un gros paquet de fric dans la caisse, qu'il s'était installé en Amérique et qu'il spéculait à la bourse. On a aussi dit que Lemke était Carlos, le roi du terrorisme. Mais tout ça, ce sont des rumeurs et des conneries.

— Vous l'avez peut-être revu récemment ?

— Non. J'en ai rencontré un autre qui était assis au premier rang au ciné, un théologien qui dirige maintenant l'Université protestante de Husum. On a parlé un peu du passé, il travaille sur le parcours de la génération de 68 à l'université. C'était tout. Bon, et maintenant il faut que je retourne à la rédaction, mais j'aimerais tout de même savoir en quoi ça me concerne, à part le café et les petits pains. C'est quoi, toute cette histoire ?

— J'aimerais le savoir.

1. Parti communiste allemand.

11

Sous le poirier

Nägelsbach a secoué la tête quand je lui ai désigné l'atelier.

— Il n'y a rien à montrer aujourd'hui. *Le baiser* de Rodin en allumettes, c'est fini. Une lubie. De toute façon, vous aussi aviez l'air gêné la dernière fois quand je vous ai chanté cet hymne idiot à la gloire de la sculpture en allumettes. Heureusement j'ai Helga.

Nous étions sur la pelouse, il avait passé le bras autour de sa femme et elle se pelotonnait contre lui. Avant leur dernière crise, je les avais toujours connus comme un couple heureux. Mais jamais à ce point.

— Il ne comprend rien, rit-elle, allez, on lui dit.

— Eh oui, ricana-t-il, lorsque le modèle est arrivé, en ruca avec du bronze, il est là-bas, Helga a dit que nous aussi nous devrions prendre la même pose pour que je sente mieux la sculpture. Et c'est ainsi que…

— …que tout est rentré dans l'ordre.

De l'autre côté, entre les buissons de rhododendrons en fleur, les amants de Rodin s'embrassaient. Nägelsbach était plus mince et sa femme plus ronde, mais Rodin se serait tout de même réjoui de cette copie. Nous nous sommes installés sous le poirier. Madame Nägelsbach avait préparé un punch aux fraises.

— La balle que vous avez apportée provient de l'arme qui a tué Wendt. Vous m'apportez aussi le meurtrier ?

— Je ne sais pas. Je vais vous dire où j'en suis. Le 6 janvier, quatre hommes et une femme ont commis un attentat à l'explosif contre une installation militaire des Américains dans la forêt de Lampertheim...

— À Käfertal, a-t-il rectifié.

— Ne l'interromps pas, l'a grondé sa femme.

— La femme et deux hommes ont pu s'échapper, le troisième a été tué et le quatrième arrêté. Les médias ont parlé de deux morts, le deuxième doit être un soldat ou un garde. J'ignore si c'est à la suite de l'explosion ou de l'échange de coups de feu. Ce n'est pas très important.

— J'ai entendu dire que c'était la bombe.

— La police a eu de la chance dans son malheur. Elle avait bien arrêté un Bertram X qu'elle a réussi à faire parler, mais il n'était pas vraiment au courant et ne savait pas qui étaient ses complices. Il connaissait madame Salger et le mort, Giselher Je-ne-sais-quoi, mais pas les deux hommes qui se sont échappés. Oh, ça n'était pas parce que les terroristes avaient constitué un commando dont les membres ne se connaissaient pas et ne pouvaient donc pas se trahir. C'est plutôt que l'attentat a été quelque peu improvisé. En tout cas, Bertram n'a pu décrire qu'approximativement les deux hommes. Il ne les connaissait pas, la nuit, tous les terroristes sont gris, surtout s'ils passent leur visage au charbon de bois. Les photos sur les avis de recherche sont des portraits-robots, n'est-ce pas ?

— Je ne travaille pas sur cette affaire. Mais quand on n'a pas les noms... Les médias n'ont pas dit qu'il s'agissait de portraits-robots ?

— Je n'ai pas dû l'entendre. Peu importe, l'attentat a eu lieu le 6 janvier, et les recherches officielles ont commencé en mai. On aurait pu le faire tout de suite après l'attentat. On aurait pu diffuser les photos après avoir fait parler le prisonnier, identifié madame Salger et décrit les deux hommes, en février au plus tard. À ce moment-là, madame Salger était déjà recherchée par la police. Mais lorsque les médias se sont mis à parler de l'enquête, ils n'ont livré quasiment aucune information sur l'heure, le lieu, les circonstances et les conséquences de l'attentat. Ne me dites pas que c'est normal.

— Je vous le répète, je ne travaille pas sur cette affaire. Mais quand les Américains nous demandent de traiter un attentat sur un de leurs terrains sans éveiller l'attention et d'effectuer des recherches discrètes, nous le faisons.

— Pourquoi les Américains nous le demanderaient-ils ?

— Aucune idée. Peut-être que l'attentat avait été annoncé par des Arabes qui voulaient se venger du soutien que les USA apportent à Israël ? Ou des Panaméens qui voulait faire pression pour libérer Noriega, ce qui auraient forcé les États-Unis à réfléchir à leur politique extérieure. Il y a des milliers de raisons.

— Et pourquoi les recherches officielles ont-elles commencé justement le jour de la mort de Wendt ?

— C'était le même jour ?

Madame Nägelsbach hocha la tête.

— Oui, je me souviens. Lorsque j'ai entendu le nom de Salger aux dernières informations, à la télévision, après votre dispute, j'ai fait un bond. Je me rappelle, le soufflé aux asperges était retombé parce que tu étais rentré plus tard que d'habitude, à cause de Wendt.

— C'était le même jour, parce que Wendt avait dans son porte-documents la copie d'une carte d'un secteur de la forêt de Lampertheim où sont stationnés les Américains et où a eu lieu l'attentat. Je sais, vous dites que l'attentat s'est produit à Käfertal, et que Viernheim ne relève pas de votre juridiction. Vous affirmez que c'est l'affaire de la police de Heppenheim et du procureur de Darmstadt, et que c'est le BKA[1] qui s'occupe des attentats terroristes. Mais quelqu'un chez vous a dû établir le lien et a expliqué aux responsables qu'il était grand temps de mettre la presse dans le coup. Parce qu'on ne pouvait pas courir le risque que Wendt ne soit que le premier d'une liste. Il avait raison.

Nägelsbach n'a pas bronché. Il l'avait peut-être établi lui, aussi, le lien ? Savait-il depuis le commencement que l'attentat avait eu lieu à Viernheim et nulle part ailleurs ? L'affaire était-elle si brûlante et secrète qu'il préférait passer pour un demeuré que de livrer la moindre information ? J'ai regardé sa femme. Jusqu'à présent, j'avais toujours pu constater qu'elle était renseignée sur tout ce qu'il faisait. « Il n'y a pas de secrets dans des couples sans enfants », aimait-il à dire. Elle le regardait, tendue.

— La balle qui a tué Wendt provient du revolver d'un des deux hommes que vous recherchez. Helmut Lemke, quarante-cinq ans, connu à Heidelberg. Je n'ai pas de photo récente de lui. Mais celle-ci est meilleure que votre portrait-robot, et les photographes du BKA sauront la vieillir de quinze ans.

Je lui ai donné une copie d'une photo de l'album de Léo.

— Pourquoi ?

— Pourquoi Lemke a tué Wendt ? Je ne sais pas, madame Nägelsbach. Nous savons seulement que Wendt

1. Bundeskriminalamt : Office fédéral criminel qui centralise les informations et assure la coopération entre l'État, les régions et les pays étrangers dans le domaine de la lutte contre le crime et des atteintes à la sûreté de l'État.

a été tué avec le revolver de Lemke. Je pensais que votre mari et moi nous pourrions avancer ensemble.

— Qu'est-ce que je peux vous apporter en contrepartie ? Vous en savez plus que moi. Nous nous sommes bien évidemment occupés de l'homme et de la Golf que madame Kleinschmidt a vus, nous avons interrogé les voisins et recherché les éventuels témoins. Mais il pleuvait des cordes, vous le savez, et personne n'a rien vu. En tout cas rien d'utile. Dans la maison devant laquelle la Golf était garée, les enfants attendaient leur mère et regardaient de temps en temps par la fenêtre. La fille dit que la Golf était rouge, le garçon dit noire, et ils n'ont pas relevé la plaque d'immatriculation.

Il a ri.

— C'est idiot, à chaque fois que je vois maintenant une Golf rouge ou noire, j'essaie d'apercevoir le conducteur. Vous connaissez ça ?

— Oui.

J'ai attendu, mais Nägelsbach n'est pas allé au-delà.

— Il semble que l'affaire Wendt soit classée.

— Honnêtement, nous ne savions pas ce que nous aurions pu faire de plus. Maintenant que vous nous avez fait progresser, on va continuer. Qui est Lemke ? Où vos chemins se sont-ils croisés ? Wendt était-il le cinquième homme ?

— Ça n'était pas lui.

— Ça aussi, vous me l'apportez sur un plateau. Et vous ne me direz pas de qui vous le tenez ?

— Si vous faites allusion au fait que je ne vous ai pas dit d'où provenait la balle, je veux bien me racheter.

Je lui ai raconté ma rencontre avec Lemke.

— Maintenant, c'est moi qui vous en ai dit plus.

Madame Nägelsbach m'a approuvé :

— Je trouve aussi que tu lui dois quelque chose.

Il n'était pas d'accord :

— Je le tiendrai au courant, ça, d'accord. Mais il avait une balle et moi l'autre. Il fallait que chacun apporte la sienne pour que nous puissions les comparer et prouver qu'elles provenaient de la même arme. Maintenant, chacun de nous va avancer. Moi, j'ai déjà dit ce que j'allais faire. Lui, demain matin, il va appeler son commanditaire pour annoncer son premier succès.

12

Sur les pierres et les cailloux

Effectivement, le lendemain, j'étais au rapport. Madame Büchler était contente. Non, pour le moment, je ne pouvais pas avoir monsieur et madame Wendt au téléphone : ils étaient avec leur fille à Badenweiler.

Il faisait frais, ce matin-là. J'ai passé un pull-over, un pantalon en velours et des bottes de marche. J'ai pris le pont Friedrich Ebert, la rue Friedrich-Ebert, puis le Käfertal et le Vogelstang, la déviation vers Viernheim où j'ai retrouvé une rue Friedrich-Ebert en empruntant la Niebelungenstrasse.

Lorsque j'ai aperçu, à ma gauche, le grillage du chemin de Lorsch, j'ai garé ma Kadett et je suis sorti. J'ai suivi le grillage en direction de l'ouest, à travers la forêt. Le sol était mou sous mes pieds, les oiseaux chantaient, le vent faisait bruire les arbres et il régnait une odeur de résine, de feuilles pourries et d'herbe verte. Je n'ai vu ni chiens de garde ni patrouilles militaires sur le chemin goudronné qui courait derrière le grillage. Il ne semblait pas avoir été endommagé ou remplacé ces derniers mois. Au bout d'un quart d'heure, le bruissement s'est accentué, ce n'était pas le vent, mais l'autoroute. Le grillage la longeait en direction du Nord. Les voitures filaient à toute vitesse à côté de moi, et une canette vide est passée à deux doigts de ma tête. J'ai été heureux lorsque le grillage a replongé dans la forêt.

Ensuite, j'ai changé d'idée. De toute évidence, je ne retrouverais plus la moindre trace des pneus de la voiture qui avait servi au groupe de Léo pour l'attentat. Mais je voulais voir quel chemin le véhicule avait pu emprunter. Franchir le talus ne posait aucun problème pour une voiture. J'ai aussi découvert un chemin forestier carrossable, qu'on pouvait facilement rejoindre de l'autre côté du talus. Il sortait de la forêt et aboutissait dans un paysage de lande avec des buissons ratatinés, de l'herbe séchée, des pieds de myrtilles et des fleurs des champs. Tout droit vers un petit bois : c'est le chemin que Léo avait décrit. Je suis passé par le terrain découvert, avant de me diriger vers l'endroit où devait passer le grillage, derrière les arbres. J'ai repéré le lieu où poussaient les buissons de ronces, à la lisière du bois ; on viendrait y récolter les mûres au mois d'août. Revenu dans la forêt, je n'ai pas tardé à retrouver le grillage.

Ici, il était neuf. J'ai dressé l'oreille, pour entendre les pelleteuses, les tapis roulants et les camions que j'avais vus de l'avion. Mais à part les oiseaux et le ronronnement lointain des voitures, on n'entendait rien. Ma montre indiquait dix heures. Les ouvriers faisaient peut-être la pause casse-croûte ? Je me suis assis sur une pierre et j'ai attendu.

J'ai d'abord été incapable d'identifier le bruit que j'ai entendu un peu plus tard. Les tapis roulants pouvaient peut-être faire un bruit comme celui-là. Ou les pelleteuses. Mais si c'était elles, il manquait le bruit des moteurs. Je ne pouvais pas croire que les gardes fassent leur ronde autour du grillage sur des vélos de cross. Pourtant, c'était un bruit dans ce genre-là. Ensuite, j'ai entendu des voix, une claire et une grave.

— Fais attention, ma petite Eva.

— Je fais gaffe, papi, je fais gaffe.

— Ne passe par sur les pierres et les cailloux ! Tu vas te casser le cou. Quand ça saute et cahote comme ça, je tousse toujours. Keuf keuf keuf.

— C'est pas les cailloux, grand-père, c'est la cigarette.

— Mais non, Eva, chez moi, les cigarettes ne vont pas aux poumons, elles me tombent dans les jambes.

La petite Eva, le visage tout rouge et en sueur, devait avoir dix-huit ans, le papi en fauteuil roulant entre quatre-vingts et cent. C'était un petit bonhomme tout sec avec de rares cheveux blancs et une barbe clairsemée comme les Chinois. Il était bossu, assis de travers dans sa chaise, s'agrippait des deux mains aux accoudoirs et appuyait sa jambe gauche, amputée sous le genou, contre le repose-pied remonté à bonne hauteur. La jambe droite était amputée aussi, mais au-dessus du genou. La petite Eva et son grand-père étaient tellement absorbés par leurs efforts qu'ils ne m'ont pas vu avant que je ne me lève. Ils m'ont regardé fixement, comme si je venais d'une autre planète.

— Bonjour. Belle journée.

Je n'ai rien trouvé de mieux à dire.

La petite Eva m'a rendu mon salut.

— Bonjour.

— Chut ! a fait le grand-père. Tu entends ? Ils y sont donc tout de même.

Nous avons dressé l'oreille. On entendait clairement, à présent, les pelleteuses, les bandes et les camions.

— Je suppose qu'ils ont fini de casser la croûte.

Ils ont eu l'air encore plus étonnés.

— Vous parliez des travaux derrière le grillage, le nouveau. Vous vous y intéressez ?

— Si je… Vous n'êtes pas d'ici ? Dans le temps, je prenais le chemin tous les jours. Quand j'ai été à la retraite, tant que j'ai eu mes deux jambes, je venais aussi souvent que je pouvais, mais au moins une fois par semaine. Maintenant, la petite m'y conduit quand elle peut. Si vous étiez d'ici, je vous connaîtrais. Vous me connaîtriez aussi. Keuf ! Personne ne passe par là d'habitude.

— J'ai entendu parler de vous, monsieur Henlein.

— Tu entends, ma petite Eva, on parle de moi. Vous êtes un Vert ? Vous voulez à nouveau vous occuper de la forêt ? J'en ai entendu parler. Vous voulez régler ça en vitesse. Ensuite, comme d'habitude, vous serez déçus, parce que rien ne marche quand on le fait en vitesse. Vous voulez améliorer le monde, et vous ne prenez même pas le temps d'écouter ce que j'ai à dire.

— Je ne savais pas que vous étiez encore actif. Où habitez-vous ? Où pouvons-nous nous rencontrer ?

— Vous n'avez qu'à aller à Mannheim, je n'habite plus à Viernheim. Chez les enfants, juste au coin, Keuf ! au E 6[1], dans la maison de retraite. Allez, ma petite Eva, il faut qu'on y aille.

Je les ai suivis du regard, tous les deux. Elle était adroite et savait par où il fallait passer. Mais elle ne pouvait éviter toutes les pierres et racines, elle avait besoin de toutes ses forces pour pousser le fauteuil roulant au-dessus des obstacles, avec Henlein qui n'arrêtait pas de jurer.

Je leur ai couru après.

— Je peux vous aider ?

1. Le centre de Mannheim a été aménagé aux XVIIe et XVIIIe siècles suivant un plan à damier constitué de nos jours de 144 blocs, chacun portant une lettre et un chiffre.

— On se débrouille tout seuls.

— Toi peut-être, papi, mais moi, je veux bien qu'on m'aide, dit la petite Eva.

Nous avons mis presque deux heures pour revenir sur la route. Henlein jurait, toussait et racontait. Il parlait des actions qu'il avait menées dans les années soixante et soixante-dix pour que l'on mène une véritable enquête sur cette histoire.

— Le gaz de combat des Ricains, c'est pas le pire. Ils sauront bien le surveiller. Mais les vieux trucs…

En 1935, il avait été interné en camp de concentration. En 1945, il avait été employé pour déplacer et enterrer les stocks de gaz de combat de la Wehrmacht.

— À Lossa, Sondershausen et Dingelstädt, j'ai écrit là-dessus par la suite, j'y suis allé aussi, en RDA, pour distribuer mes tracts, mais ils m'ont expulsé. Ah, c'étaient de beaux communistes ! Après, je me suis retrouvé ici à Viernheim. Là, il y avait déjà des trucs de la première guerre, ypérite, croix jaune, croix bleue, et on a ajouté du tabun et du sarin.

Une fois libéré des camps de concentration, Henlein avait roulé sa bosse à droite et à gauche. En 1953, il était arrivé à Mannheim pour travailler à la BBC, il s'était marié en 55 et avait construit une maison à Viernheim. Qu'il se soit installé ici, c'était une sorte de coup du destin, s'il en existait pour un communiste. Il s'est donné pour devoir et vocation de lutter contre la bombe à retardement qui risquait d'éclater dans la forêt domaniale de Lampertheim.

— Peut-être qu'elle est désamorcée depuis longtemps. Peut-être que les Ricains l'ont déterrée et enlevée. Mais vous y croyez, vous ?

J'ai invité le grand-père et la petite Eva à la *Petite Roseraie.* Ensuite, j'ai reconduit Henlein à sa maison de retraite. Sa chambre est remplie de classeurs. Il a constitué sa documentation depuis 1955. J'y ai découvert la manière de fabriquer, entreposer et utiliser du gaz de combat, ses effets, comment s'en protéger, où il est fabriqué et stocké en Allemagne. J'ai appris qu'on ignore toujours où le gaz a été entreposé après la Première et la Deuxième guerres mondiales. Henlein avait découpé chaque entrefilet des journaux locaux ou régionaux évoquant de près ou de loin la présence de gaz de combat dans la forêt de Lampertheim ou sur la lande de Viernheim. Il avait aussi relevé toutes les nouvelles concernant des projets locaux ou régionaux pour lesquels la bombe à retardement pouvait être particulièrement dangereuse. Les projets réalisés et avortés reflétaient l'histoire de la République fédérale : terrain de chasse, cité pavillonnaire, parcours de découverte, installations de retraitement, circuit détente, parc national, terrain de golf. On avait de grands projets pour la forêt et la lande, dès que les Américains les auraient rendues.

— Savez-vous si l'on a établi des cartes sur ces camps, en 45 ?

— Je le pense, et je crois aussi qu'à l'époque, ils avaient des cartes qui montraient où ils avaient enterré les gaz de la Première Guerre. Mais je n'ai pas vu la moindre carte. Vous vous rendez compte, si les produits sont là et si les Ricains abandonnent les terrains… ces cartes vaudront une fortune.

13

Les mensonges d'une vie

Une fortune suffisante pour justifier un meurtre ? La cité pavillonnaire sur la lande de Viernheim et dans la forêt de Lampertheim intéresserait certainement un roi de l'immobilier comme le vieux Wendt, en soi et pour les répercussions qu'elle pourrait avoir sur tout le marché de l'immobilier. Je n'avais pas fait preuve d'une habileté remarquable au cours des rares opérations spéculatives que j'avais menées à la bourse. Mais j'étais tout de même capable de comprendre que ces cartes promettaient des profits gigantesques. Si elles étaient rendues publiques au bon moment, elles pouvaient bloquer des projets ou les faire passer de force, faire grimper ou dégringoler les prix des terrains.

En quittant la maison de retraite, je me suis dirigé vers le boulevard extérieur où j'avais garé ma Kadett. J'ai acheté une cartouche de *Sweet Afton*, une cravate avec de petits nuages blancs sur fond bleu nuit et une glace à cinq boules. Je me suis installé dans le parc derrière le Wasserturm, j'ai mangé ma glace en écoutant le bruissement de la fontaine. Je me suis dit une fois de plus que j'aimerais bien habiter l'un de ces appartements qui couronnent les immeubles d'angle donnant sur l'allée Augusta. Le vieux Wendt pourrait-il me donner un coup de main ? Monsieur Wendt, je sais que vous avez utilisé les vieilles cartes pour vos magouilles immobilières, et que vous avez utilisé votre fils pour les obtenir. Il s'est fait tuer. Ce n'est pas vous qui l'avez fait, mais vous avez laissé faire. Alors voilà : vous me procurez un des deux appartements là-haut, et j'oublie toute l'histoire.

Les gens ne tuent pas simplement pour l'argent. Au fond, ils ne tuent jamais que pour une seule raison : parce que c'est la seule manière de sauver les mensonges sur lesquels ils ont bâti leur vie. Le meurtre par jalousie : si celle que j'aime est morte, elle est à moi. Personne ne peut me la prendre, ni l'autre, ni elle-même. Le meurtre du tueur à gages : il ne sait rien faire, il n'a rien, n'est rien, mais veut pouvoir garder son rang dans un domaine où le succès professionnel fait l'homme. Les tyrans tuent parce qu'ils veulent être plus grands qu'ils ne le sont, on les tue parce que quelqu'un veut rendre le monde meilleur qu'il n'est. On a pratiqué le meurtre collectif pour préserver les mensonges d'une vie, l'histoire de notre siècle en est pleine. Bien sûr, on pratique aussi le meurtre par cupidité. Mais son but n'est pas de prendre et d'amasser de l'argent. Lui aussi sert à sauver les rêves de grandeur et prestige. Depuis longtemps, le vieux Wendt ne se voyait plus dans ses rêves comme l'empereur d'un empire immobilier, mais comme un père qui s'est réconcilié avec son fils. Non, le vieux Wendt n'avait rien à voir avec le meurtre de Rolf.

Tant qu'on y est, Gerhard Selb : sur quel mensonge repose ton existence ? Où en est-on, de ton histoire avec Korten ? Mais je n'avais aucune envie de dialoguer avec Gerhard Selb.

Le répondeur de mon bureau m'informait que Peschkalek avait une idée et que Philippe me priait de le rappeler. D'autres avaient raccroché sans laisser de messages.

Ensuite, j'ai entendu un lointain brouhaha, un murmure, des bips et avant même qu'elle ne parle, j'ai su que c'était Léo : « Gerd ? Gerd ? C'est Léo. » Elle a fait une longue pause. « Helmut n'a pas tué Rolf, il faut que tu le saches. » Elle a marqué une deuxième longue pause avant de continuer. « Je suis loin. J'espère que tu vas bien. » Elle a raccroché. Comme si Lemke allait lui dire qu'il avait tué Wendt !

Quand je l'ai rappelé, Philippe a rouspété :

— Pourquoi n'es-tu jamais chez toi ? Au mois de mai, baise qui te plaît, c'est ça ? C'est le printemps, la sève remonte ?

— Arrête, j'étais chez Brigitte, mais…

— Tu n'as pas à t'excuser. Je comprends ça. Je t'envie même. Moi, mes jours sont comptés, c'est à toi de reprendre le flambeau.

— Qu'est-ce qui t'arrive ?

Qui pouvait bien arrêter Philippe, à part le sida ?

— Nous nous marions vendredi. Tu veux être mon témoin ?

Je ne veux pas dire que parce qu'il va vers ses soixante ans, Philippe est trop vieux pour se marier. Je ne veux pas dire non plus qu'il est trop jeune pour cela parce qu'il court après chaque jupon. Simplement, je ne peux pas l'imaginer marié.

— C'est une blague ?

— Pas d'insolences, s'il te plaît. Rendez-vous à dix heures moins cinq devant la mairie. Ensuite, on va au *Antalya Türk*. Prévois du temps, et viens avec Brigitte. (Il avait l'air pressé.) Avant le mariage, j'aimerais encore faire la fête avec toi. Mais si tu savais tout ce qu'il me reste à faire, bien que Füruzan soit en vacances… Cela dit, si nous allons faire une tournée ensemble après, elle n'y verra aucune objection.

Je croyais jusqu'ici que dans un couple turc, c'est l'homme qui tenait le manche. Manifestement, ça relevait du passé. Ou alors Füruzan s'était délibérément choisi un mari d'une autre nationalité ? Philippe était-il en train de commettre une erreur ? Était-ce vraiment à moi d'en faire un combattant de l'émancipation conjugale ?

Peschkalek n'avait pas seulement une idée. Il avait également une proposition dont il voulait me parler. Nous avons pris rendez-vous au sauna de la piscine de Herschel.

Lui aussi aimait bien le sauna brûlant et sec, sans ajout d'eau chaude. Lui aussi fumait entre deux portes. Il avait le même rythme : trois passages rapides au sauna, suivis d'une longue pause, puis de deux passages au hamam. Dans le grand bassin, nous nous sommes livrés à une bataille navale dans les règles de l'art édictées par l'amiral Pouchkine. Avec son ventre, sa calvitie et sa moustache fournie où perlaient des gouttes d'eau, il ressemblait à une gentille otarie. Enveloppés dans nos peignoirs blancs, nous nous sommes allongés sur les châlits, nous avons dormi, nous nous sommes réveillés et étirés. Nous nous sentions proches l'un de l'autre.

— À quoi rimait ce petit spectacle de l'autre jour, Peschkalek ? Vous avez voulu me faire croire que l'idée de rendre une visite au *Viernheimer Tageblatt* vous était subitement venue pendant le déjeuner. Et que vous n'aviez pas compris qu'il pouvait y avoir du gaz de combat dans le dépôt de munitions avant la conversation avec Walters. Vous la connaissiez depuis longtemps, cette histoire de gaz. Comme celle du dépôt de munitions, d'ailleurs, et encore plus celle de Strassenheim.

— J'avoue, Selb, j'avoue. Mon petit numéro était destiné à vous mettre l'eau à la bouche. Je me suis dit que je n'y arriverais pas tout seul. Je ne voulais pas courir le risque que vous ne preniez pas au sérieux cette histoire de gaz et que vous la laissiez tomber. J'ai besoin de votre aide.

Il tournait autour du pot.

— Ce qui nous amène à ma proposition. Nous allons chez les Américains pour qu'il nous disent ce qui s'est passé.

— Voilà une idée admirable !

— Pas d'ironie, s'il vous plaît. Évidemment, nous n'allons pas y aller comme ça. Mes respects mon colonel, je m'appelle Peschkalek, je vous présente monsieur Selb, auriez-vous l'amabilité de nous révéler les dessous de l'attentat en janvier dernier ? Non, nous allons nous rendre chez les Américains en mission officielle.

— Le *general* Peschkalek et le *sergeant* Selb des *Marines* ?

— Non, pas les *Marines*, mais la *Bundeswehr*. Et le grade de major me suffira bien. Je serai le seul militaire. Vous, vous serez envoyé par le cabinet de la Présidence fédérale. Nous expliquerons que le président veut décorer les pompiers qui ont éteint l'incendie et les gardes qui ont été blessés. Et que nous voulons parler au chef des pompiers, pour préciser le nombre de décorations, le noms des décorés et les textes qui accompagneront les médailles.

— Usurpation de fonctions, falsification de documents officiels, peut-être aussi port illégal d'uniformes et de décorations, ce n'est pas rien. Au mieux, on aura la certitude que l'attentat s'est bien déroulé à Viernheim et pas à Käfertal ou Vogelstang et qu'on y entrepose des gaz de combat, des anciens, des nouveaux ou les deux. Ça ne me fera pas avancer dans mon enquête sur Wendt.

— Vraiment ? La seule piste que vous ayez, c'est le fait que Wendt soit mêlé au mystérieux attentat qu'on cherche à étouffer. Si l'attentat n'a rien de mystérieux et qu'on n'essaye pas de le faire oublier, adieu la piste !

Il s'est redressé, la paume tendue devant la bouche, et a soufflé sur sa main.

— La liste des peines que nous encourons ne vous intéresse pas ?

— J'ai déjà préparé notre visite chez les Américains en veillant à ce que rien n'aille de travers.

Il m'a expliqué où il allait se procurer les uniformes, comment il allait établir les faux papiers et auprès de qui il obtiendrait nos noms d'emprunt, les renseignements sur ses grades, mon rang et nos compétences respectives. Mais il a compris que je n'étais pas encore persuadé.

— Quoi encore ? Vous avez peur que les Américains appellent nos supérieurs, qui ignoreront tout de notre existence ? Nous n'avons pas de supérieurs joignables. C'est ça, le fin mot de l'histoire. Les plus idiots des hommes mariés, quand il vont coucher ailleurs, inventent pour leur femme des voyages d'affaire, des rendez-vous, des réunions avec des collègues et des amis qui existent bien, mais pas à une telle fréquence. Un beau jour, tout ça s'effondre. Les plus rusés, eux, inventent de toute pièce des amis, des relations d'affaires ou des activités. Là où il n'y a rien, il n'y a rien à découvrir. Les Américains n'appelleront pas le président, c'est pour lui que vous travaillerez. Moi, je suis en détachement. Quant à mon service d'origine, j'en trouverai un qui n'existe pas, mais dont l'existence est plausible. Vous n'êtes toujours pas convaincu ? Laissez-moi faire, je prépare tout et vous appelle dans les jours qui viennent.

14

Une mauvaise impression

Il m'a rappelé deux jours plus tard, en début de matinée.

— Je fais un saut chez vous à neuf heures. Ça ne prendra pas plus de deux heures. J'apporte vos papiers d'identité, mettez un costume sombre.

— Et vos préparatifs minutieux ? En une journée, vous n'avez tout de même pas...

Il a rigolé.

— Honnêtement, cela fait un bout de temps que je prépare mon coup. Si je vous ai demandé votre accord, c'est parce que je savais que ça allait marcher. Et pour savoir que ça va marcher, il faut que j'aie tout préparé.

— Comment savez-vous que je marche dans votre histoire ?

— Vous marchez ? Parfait, j'ai déjà annoncé notre arrivée.

— Vous avez...

— J'espère que je ne vous presse pas ? C'est maintenant ou jamais. À bientôt.

J'ai passé mon costume sombre et chaussé mes lunettes de lecture. Ce sont des lunettes en demi-lune ; quand je les fais glisser un peu sur mon nez pour regarder par-dessus, je ressemble à un vieil homme d'État. Si je participais à cette expédition, ça n'était pas seulement pour savoir. Si je ne l'avais pas fait, j'aurais eu l'impression de laisser tomber Peschkalek.

Nous sommes allés à la gare. Son uniforme le serrait. Mais la mauvaise coupe des uniformes de la Bundeswehr était de notoriété publique. Enfin, c'est ce qu'il m'a expliqué.

— Récapitulons. Vous êtes envoyé par le cabinet présidentiel. Vous dites quelques généralités, moi je m'occupe des détails. Vous n'avez pas grand-chose à dire, juste que les pompiers et les gardes doivent être décorés en raison des services rendus le 6 janvier. Si votre anglais n'est pas à la hauteur, je prends le relais.

Depuis la gare, nous avons pris un taxi pour Vogelstang, comme si nous étions arrivés par le train de Bonn. Peschkalek a sorti de la poche de sa veste deux badges d'identité plastifiés, format carte de crédit, et les a fixés à nos revers. Ils avaient belle allure. Mon portrait en couleurs me plaisait ; Peschkalek m'avait pris en photo lors de l'enterrement de Wendt.

Malgré les encouragements de Peschkalek, j'avais peur de soutenir une conversation en anglais. Je me souvenais du temps où les plaisanteries à propos de l'anglais de Lübke[1] étaient à la mode. Il m'arrivait de ne pas les comprendre, ce que je gardais pour moi. Mais pour ce qui me concerne, je ne me suis jamais imaginé que mon anglais était acceptable. Est-ce que pour cela j'ai gardé un bon souvenir de Lübke ? Non, seulement je porte un regard indulgent sur tous les politiciens lorsqu'ils ne sont plus au pouvoir, qu'il s'agisse de Scheel, qui aimait chanter, de Carstens qui faisait de la randonnée, de Gromyko qui piquait des crises, ou de cette grosse légume

1. Président de la RFA de 1959 à 1963.

de la RDA qui souriait toujours comme Fernandel et dont plus personne ne se rappelle le nom.

— Sir !

Le soldat au portail, avec son casque et son ceinturon blancs, s'est mis au garde-à-vous.

Peschkalek a faut un salut militaire, moi j'ai porté la main droite à un chapeau imaginaire. Peschkalek a expliqué que nous avions un *appointement* avec le chef de la *fire brigade*. Le soldat a téléphoné, une jeep est venue nous chercher. Je me suis installé à côté du conducteur, le pied sur le rebord latéral en tôle, comme dans les films de guerre américains. Nous avons roulé sur une petite route bordée d'arbres et de prairies. Un groupe de femmes soldats vint à notre rencontre en sautillant. De loin, on voyait le grand hangar blanc en bois devant lequel étaient garées les voitures de pompier. Elles n'étaient pas peintes en rouge et or, comme je me l'étais imaginé, mais du même vert que tout le reste.

Le conducteur s'est arrêté devant un escalier extérieur et nous a guidés jusqu'aux bureaux, par l'escalier du garage. Un bel officier nous a salués, et Peschkalek a fait les présentations. Avais-je bien entendu ? Il m'a présenté comme M. Selb, sous-chef de cabinet à la Présidence. Nous nous sommes assis à une grande table ronde où l'on nous a servi du café léger. La grande fenêtre donnait sur les arbres, derrière le bureau se trouvait le drapeau américain, et le président Busch me regardait depuis le mur.

— Monsieur Selb ? L'officier m'a regardé d'un air interrogateur.

— Our president wants put on order on the brave men of the night of 6th janviery.

L'officier a continué à me regarder avec le même air interloqué. Peschkalek est intervenu. Il a parlé de Viernheim et de l'essor du terrorisme. Il a dit que le président ne voulait pas remettre une décoration mais seulement une médaille. Il a également parlé de *certificates*, d'un discours et d'une *reception*. Je ne comprenais pas pourquoi les hommes allaient recevoir une médaille au cours d'une *reception* ; moi, j'aurais plutôt organisé une cérémonie. Je n'ai pas eu plus de succès en proposant un *pathetic speech,* pensant que les soldats avaient besoin de compassion. Peut-être les soldats américains étaient-ils particulièrement sensibles, car le mot revenait souvent dans la conversation. J'ai tenté de tranquilliser l'officier : — *Make you no sorrows.* Mais lorsque j'ai voulu me jeter à l'eau et dissiper les inquiétudes que pourrait causer aux Américains l'énergie légendaire des Allemands, Peschkalek m'a coupé la parole. Il a demandé qu'on lui remette la liste de tous les noms pour les médailles et les certificats. Il a également demandé si tous les pompiers devaient être jugés de la même façon ou si on pouvait établir des distinctions et remettre des médailles de première classe aux uns, de deuxième classe aux autres.

L'officier s'est installé à son bureau, a tiré un classeur dans une pile de documents, l'a ouvert et l'a feuilleté. Je me suis penché vers Peschkalek.

— N'en faites pas trop.

Je considérais que notre mission était remplie depuis que nous avions parlé de l'attentat du 6 janvier sans que l'officier ne nous contredise. Peschkalek s'est lui aussi penché vers moi. Il a attrapé un pied de ma chaise et a tiré dessus. Je me suis retrouvé par terre. J'étais tombé sur la tête et sur le coude. Le bras me faisait horriblement mal et j'étais sonné.

L'officier s'est précipité pour me relever. Je me suis assis par terre. Ensuite, il m'a ensuite aidé à me mettre à genoux, puis sur la chaise. Peschkalek a émis quelques borborygmes censés exprimer sa compassion et ses regrets. Heureusement, il ne m'a pas touché, sinon je lui aurais tapé dessus, tordu le cou, et je l'aurais mis en pièces avant de jeter son corps aux vautours.

Mais il n'avait pas peur de moi. Il m'a pris le bras gauche et a ordonné à l'officier de m'attraper le droit. Peschkalek parlait sans arrêt. La jeep nous attendait en bas. Lorsque Peschkalek m'a aidé à m'extraire de la voiture, j'ai réussi à lui envoyer mon coude valide dans le plexus. Il en a eu le souffle coupé, mais après une courte pause, il s'est remis à parler à nouveau à l'officier.

Le taxi est arrivé. L'officier était *sorry*, Peschalek était *sorry*, j'étais *sorry* aussi.

— *But we must make us on the socks.*

L'officier m'a de nouveau regardé d'un air bizarre. Le soldat à la ceinture et au casque blancs nous a tenu la porte, nous sommes montés, il l'a refermée. J'ai ouvert la vitre pour dire un dernier mot. Mais l'officier et le soldat s'étaient déjà détournés.

— *That happens if you have an army with nothing to do.*

Si j'avais bien entendu la remarque que l'officier avait faite à voix basse au soldat, notre visite n'avait pas laissé une bonne impression.

15

Noir sur blanc

— Vous n'êtes pas bien ?

— Attendez, ahana-t-il, attendez.

Il avait demandé au chauffeur de taxi de nous conduire à la gare. En cours de route, il lui a ordonné de se dépêcher pour ne pas rater le train de 12 h 11, il a posé des questions sur tout et n'importe quoi, depuis quand Mannheim avait le tramway, que donnait le Nationaltheater, s'il y avait de l'eau dans le Wasserturm, tout en mentionnant que nous n'avions encore jamais été à Mannheim et que nous devions être rentrés à temps à Bonn. Je trouvais qu'il en faisait trop, que c'était inutile et gênant. J'ai pris ma tête entre les mains, j'avais des bourdonnements ; j'ai regardé par la fenêtre, j'espérais que le conducteur ne me reconnaîtrait pas si par hasard je tombais à nouveau sur lui en prenant un taxi.

Nous sommes entrés dans la gare par la porte principale et nous l'avons quittée par la porte latérale gauche.

— Enlevez votre veste. Depuis la station de taxis, on peut voir la rue Heinrich-von-Stephan.

J'ai obéi, une fois de plus. Quand nous avons été hors de portée, il a exulté :

— Je l'ai, je l'ai !

Il a jeté sa veste par terre et m'a tendu le classeur, d'un air triomphal. Dans la bousculade qui avait suivi ma chute, il l'avait pris sur le bureau et caché dans sa veste. Il avait agrippé mon bras ; il s'est mis à me secouer.

— Merde, Selb, faites pas la gueule ! Vous avez été fantastique, on a été fantastique. On l'a. Désormais, personne ne peut plus nous dire qu'il ne s'est rien passé.

Je me suis dégagé.

— Vous ne savez pas ce que vous allez trouver dans le dossier.

— Eh bien ! On va aller voir ça. Qu'est-ce que vous diriez d'un repas dans un resto chic ? On va fêter ça, je vous le dois bien. Je m'étais demandé s'il fallait que je vous prévienne, mais vous auriez été tellement tendu que vous auriez pu vous faire mal. En plus, vous auriez été moins convaincant.

Je n'avais aucune envie de manger avec lui. Je lui ai proposé de faire des photocopies dans la première boutique venue, mais ça ne lui plaisait pas. Il a hésité, mais il n'a pas pu refuser. Lorsque j'ai eu ma copie, nous nous avons pris froidement congé l'un de l'autre.

Je suis rentré à la maison et j'ai pris deux aspirines. Turbo se promenait à l'extérieur sur les toits. Dans le réfrigérateur, il y avait des œufs, du jambon de la Forêt-Noire, du thon, de la crème fraîche et du beurre ; au congélateur, un paquet d'épinards en branches. J'ai préparé une sauce béarnaise, réchauffé les épinards, j'ai fait cuire deux œufs pochés et revenir le jambon. J'ai plongé le thon dans un court-bouillon. Turbo l'aime aussi bien froid, mais je ne pense pas que ce soit sain. Je l'ai servi sur le balcon.

Avant de boire mon café, j'ai pris le dossier américain et un dictionnaire. Lorsque le grillage avait été endommagé, l'alarme s'était déclenchée chez les gardes. Ils avaient mis du temps avant de trouver l'endroit : le brouillard les avait empêchés de quadriller le terrain. À un moment, ils ont cru tenir les intrus, ils ont fait les sommations d'usage et tiré, selon l'article 937 LC 01/02 du règlement. Ensuite, il y a eu une première explosion, et lorsqu'ils se sont rendus sur les lieux, une deuxième. Un intrus et un garde ont été tués, un autre intrus blessé et arrêté. La deuxième explosion a mis le feu à des *chemicals* entreposés sur la base. Les gardes ont appelé la *fire brigade* et l'ambulance, et toutes deux sont arrivées immédiatement. L'incendie a été éteint en quelques minutes. D'après le rapport, aucune substance toxique ne s'était échappée ; on renvoyait au *report* 1223.91 CHEM O7 et 7236.90 MED O8. Le *report* 1223.91 CHEM O7 contenait également des recommandations pour le stockage futur des *chemicals*. À aucun moment, ils n'avaient fait appel à la police allemande qui s'était présentée à la porte principale du dépôt, ni à aucun autre service allemand. On y avait joint un bref rapport de la *fire brigade*. Il indiquait les unités de pompiers et de garde, ainsi que les noms des deux morts et de la personne arrêtée : Ray Sacks, Giselher Berger, Bertram Mohnhoff. Suivaient les signatures des différents officiers supérieurs.

Maintenant, je l'avais noir sur blanc. Je m'imaginais Peschkalek en train de jurer et de se demander par quel moyen il allait se procurer le *report* 1223.91 CHEM O7 et 7236.90 MED O8. Allait-il se déguiser en membre de l'équipe de nettoyage ? Se glisser dans la soutane d'un prêtre de l'armée américaine ? Moi en tout cas, je n'avais aucune envie de passer le costume de Donald et Daisy pour apporter un peu de divertissement aux gars du département chimique et médical.

16

Mönch, Eiger, Jungfrau et Mont Blanc

C'était encore le début de l'après-midi. Je roulais sur l'autoroute ; à l'échangeur de Waldorf, je me suis aperçu que j'étais allé trop loin. J'ai pris la sortie suivante et j'ai traversé des villages où je n'avais jamais mis les pieds. En montant la route tortueuse qui menait à l'hôpital psychiatrique régional, j'ai vu le vieux bâtiment scintiller à l'horizon. Les échafaudages étaient retirés, le nouveau crépi jaune était terminé.

Le bureau d'Eberlein était occupé par un directeur de tutelle venant de Stuttgart.

— Ce que j'ai à dire, je le dirai à la police et au procureur.

Cela ne faisait aucun doute : je n'étais pas le bienvenu.

— Quand le professeur Eberlein rentrera-t-il ?

— Je ne sais quand il reviendra. Ni même s'il reviendra un jour. Vous avez son adresse au Dilsberg ? Untere Strasse. Ma secrétaire vous donnera le numéro.

Et il m'a mis dehors. Il ne n'avait pas invité à m'asseoir, m'avait laissé debout devant son bureau, comme un officier recevant un caporal. Tandis que je me dirigeais vers la porte, il a demandé à sa secrétaire, par l'interphone, de me donner une carte de visite d'Eberlein. Je l'ai vue dès que j'ai eu franchi le seuil, raide, une petite enveloppe à la main. Le concierge allait-il me saluer ? Non, il lisait une revue et a tout juste levé la tête.

Je n'ai pas appelé Eberlein, je suis allé directement au Dilsberg, je me suis garé devant la porte de la ville j'ai trouvé la maison de la Untere Strasse. « Je suis au *Bellevue*. E. » : il avait collé le message sur la porte, avec un morceau de scotch. Je l'ai trouvé assis à la terrasse, au *Bellevue*.

— Tiens, le détective ?

— Vous attendez quelqu'un d'autre, je sais, le mot fixé à la porte ne m'était pas destiné. Permettez-moi de m'asseoir, je ne serai pas long.

— Je vous en prie.

Tout en restant assis, il a fait mine de s'incliner.

— Regardez !

Il m'a désigné le sud.

Dans cette direction, le Dilsberg descend doucement vers les collines de la Petite Forêt d'Oden. La vue était belle, l'auberge sur la terrasse de laquelle nous étions assis méritait son nom.

— Non, dit-il, regardez plus haut.

— Ce sont…

J'ai eu du mal à y croire.

— Oui, ce sont les Alpes. Le Mönch, l'Eiger, la Jungfrau, le Mont Blanc, je ne connais pas le nom des autres. Il y a quelques jours dans l'année où on les voit, seul un météorologue pourrait dire pourquoi. J'habite depuis six ans là-haut, et je les vois aujourd'hui pour la deuxième fois.

Au-dessus de la ligne d'horizon, le ciel était d'un bleu profond. Là où il devenait plus clair, un fin pinceau blanc avait dessiné la chaîne des sommets. À droite et à gauche, ils se perdaient dans la brume. Et par-dessus, la voûte d'un ciel clair de début d'été, le ciel habituel du Rhin et Neckar ne laissait rien deviner du miracle qui se produisait sur le versant sud du Dilsberg.

— Peut-être sommes-nous les seuls à les voir.

Personne d'autre que nous ne se trouvait sur la terrasse.

Il a ri :

— Ça le rend encore plus beau, non ?

Dans la magie de l'instant, j'avais oublié qu'il était psychiatre. Qu'allait-il conclure de ma remarque ? Que je suis incapable de partager ? Que je suis fils unique ? Que je suis devenu détective privé parce que je veux la vérité pour moi seul et que je ne la laisse pas aux autres ? Que je m'accroche comme un gamin à la chaise sur laquelle je suis assis ?

— Monsieur Selb, je suppose que vous voulez me parler de Rolf Wendt. La police m'a appris que vous travaillez pour son père. Où en êtes-vous ?

Il m'a regardé attentivement. Bronzé, détendu, la chemise ouverte, le pull-over par-dessus les épaules, la canne au pommeau d'argent appuyé contre la balustrade comme s'il n'en avait plus besoin : si les dernières semaines l'avaient secoué, il n'en laissait rien paraître. En tout cas, pas à moi.

Je lui ai livré mes informations : la balle qui avait tué Wendt provenait du revolver de Lemke, qu'il connaissait sous le nom de Lehmann. Je ne savais pas si Lemke avait assassiné Wendt, ni pourquoi il l'avait fait. Tous les meurtres sont commis pour sauver une existence fondée sur un mensonge. Il m'aurait fallu connaître tous les mensonges essentiels de toutes les personnes concernées. Or ce n'était pas le cas.

— C'était quoi, le mensonge de Wendt ? C'était quel genre d'homme ?

— Je comprends ce que vous voulez dire par mensonge essentiel, mais je ne pense pas qu'il existe des mensonges essentiels au sens où vous l'entendez. Il existe des idées essentielles, et l'idée de Wendt était de bien faire.

— Quoi ?

— Tout. Je n'ai jamais pu accorder pareille confiance à personne d'autre. Qu'il s'agisse des soins des patients, de l'accueil de la famille, des publications collectives ou des paperasseries administratives, il n'arrêtait pas jusqu'à ce que la mission qu'il s'était fixée soit achevée, et bien achevée.

— Cela explique son air surmené.

Il a hoché la tête.

— Et pour se protéger du surmenage, le perfectionniste doit se restreindre, fragmenter, ménager ses tâches et ne pas vivre en se dépensant pleinement. Dans notre métier, cela peut se gérer correctement. Mais la vie privée devient souvent triste. Parce qu'il veut bien faire avec ses amis, le perfectionniste n'arrive pas à être heureux avec eux ; parce qu'il veut bien faire avec les femmes, il n'arrive pas à les aimer. Wendt n'était pas heureux. Mais il est tout de même parvenu à dégager de son malheur la sensibilité au malheur d'autrui.

— Comment devient-on perfectionniste ? Comment Wendt est-il...

— Quelle question idiote, monsieur Selb ! Nous autres Souabes, nous avons le perfectionnisme dans le sang ; les protestants sont des perfectionnistes lorsqu'il s'agit d'aller au ciel, et les enfants le deviennent si c'est ce que les parents attendent d'eux. L'explication vous satisfait ? Wendt était un jeune homme intelligent, sensible, travailleur et sympathique, et il n'y avait aucune raison d'analyser son perfectionnisme. Il n'était pas heureux. Mais où est-il écrit que nous sommes là pour être heureux ?

Il a saisi sa canne et frappé le sol pour marquer le point d'interrogation.

J'ai attendu un moment.

— Connaissez-vous le dessous de l'histoire de Léo Salger ? Et les liens qu'elle avait avec Wendt ?

Il a ri.

— C'est pour cela qu'on m'a mis à la porte, j'en sais donc quelque chose. En fait, je savais à quoi madame Salger était mêlée. Je l'ai assumé, comme j'assume tout ce en quoi sont impliqués mes patients : drogue, relations, travail. Il était clair que madame Salger voulait s'en sortir. Il était aussi clair que cet ami d'enfance et d'adolescence, Lemke, Lehmann, cet archange saint Michel, jouait un rôle funeste. Vous savez que Wendt le connaissait ? Au début des années soixante-dix, lorsque Wendt faisait parti du Collectif des patients socialistes et que Lemke organisait son parti de cadres, ils étaient en contact, tous les deux.

Je ne comprends rien à la psychiatrie et aux hôpitaux psychiatriques. Je sais que l'idée d'un asile avec des fous qui crient et se déchaînent derrière des portes et fenêtres grillagées n'a plus rien à voir avec la réalité. D'ailleurs, je m'en réjouis. La vie que l'on menait à l'asile quand Eberhard s'y trouvait ne me satisfaisait pas. Mais je ne voyais pas ce que Léo avait à faire à l'hôpital. Suivre une thérapie avec Wendt, son ami, qui était même amoureux d'elle ? Avec un homme qui, en plus, connaissait ce Lemke auquel elle espérait justement échapper en suivant cette thérapie ? Tout cela me paraissait peu professionnel. Cela ressemblait fort à un alibi thérapeutique.

Il s'agissait en réalité de cacher Léo à la police. Et cela sous les yeux d'Eberlein. Je comprenais pourquoi son administration de tutelle avait décidé de le suspendre de ses fonctions.

Je lui ai fait part de mes doutes.

— Lorsque madame Salger est arrivée chez nous, elle était en phase dépressive avancée. C'est vrai, elle connaissait déjà Wendt, Wendt connaissait Lemke et elle aussi. Mais tout cela, je l'ai appris plus tard, petit à petit. Vous avez raison, ce ne sont pas des conditions optimales pour une thérapie. Mais d'un autre côté, il est toujours problématique d'interrompre une thérapie en cours. Lorsque nous avons posé le problème, Wendt a fait ce qu'il fallait faire. Il a rapidement achevé sa thérapie et a mis fin au séjour de madame Salger.

J'avais dû lui lancer un regard sceptique.

— Vous n'êtes pas convaincu ? Vous pensez que j'aurais dû remettre madame Salger aux mains de la police ?

De sa main gauche, il a fait un geste résigné.

Les Alpes avaient disparu.

17

Trop tard

Le soir, en me couchant, j'espérais rêver des Alpes : m'élancer dans les airs sur le versant du Dilsberg pour survoler dans le battement serein de mes grandes ailes la forêt d'Oden, la Kraichgau et la Forêt Noire jusqu'aux Alpes, tournoyer autour des sommets et me poser sur un glacier.

À peine endormi, le téléphone a sonné. La ligne grésillait encore. Mais j'ai clairement entendu sa voix ; à l'autre bout du fil, apparemment, elle percevait la mienne.

— Gerd ?

— Ça va ? Je me fais du souci pour toi.

— Gerd, j'ai peur. Je ne veux pas rester avec Helmut.

— Alors ne reste pas avec lui.

— Je crois que j'aimerais partir pour l'Amérique. Qu'est-ce que tu en penses ?

— Pourquoi pas ? Si tu aimes le pays et les gens... et puis tu y allais volontiers quand tu étais lycéenne.

— Gerd ?

— Oui.

— Tout se paye vraiment, dans la vie ?

— Je ne sais pas, Léo. Dis moi, tu savais qu'il y avait du gaz de combat dans le camp américain ?

— Je dois te laisser. Je te rappellerai.

Elle a raccroché.

J'étais dans mon lit, éveillé, j'écoutais les cloches de l'église du Saint-Esprit égrener les quarts d'heure. Je me suis endormi au lever du jour. Le téléphone m'a de nouveau réveillé. Cette fois-ci, c'était Nägelsbach.

— Un mandat d'amener contre vous vient de m'être transmis par ordinateur.

— Quoi ?

J'ai regardé ma montre. Il était huit heures et demie.

— Soutien à une organisation terroriste, complicité, vous auriez averti la petite Salger et en plus, vous l'auriez aidé à passer la frontière. Bon Dieu, Selb…

— Qui dit ça ?

— Ne jouez pas au chat et à la souris avec moi. Un appel anonyme, suivi d'une enquête du BKA. Quelqu'un vous aurait vu avec elle à Amorbach, et aussi un aubergiste à Ernsttal. Ne niez pas.

— Je peux m'attendre à ce qu'une voiture de patrouille de Mannheim vienne me chercher ?

Je me suis alors rappelé qu'à dix heures, le matin même, je devais être témoin au mariage de Philippe

— Je vous en prie, dites à votre ordinateur que vous m'avez arrêté. Je vous promets de venir ce soir chez vous. Philippe se marie aujourd'hui avec Füruzan, l'infirmière. Vous les avez rencontrés le soir du Nouvel An. Je suis son témoin. Laissez-moi cette journée, jusqu'à ce que j'aie livré l'infirmière à son époux.

Il est resté silencieux un long moment.

— C'est donc vrai ?

Je n'ai pas répondu.

— Ce soir à six heures. Ici.

J'ai mis ma cafetière en marche, je me suis précipité sous la douche, puis dans mon costume bleu marine. J'étais déjà sur le palier lorsque j'ai pensé à ma petite valise. Pantalons en velours, pull-over, chemise de nuit, dentifrice, brosse à dents, shampooing et eau de toilette. La cellule puerait probablement la sueur et la pisse de rats. J'ai pris un livre de Gottfried Keller, un jeu d'échecs de voyage et les parties de maîtres de Keres. Turbo se promenait sur les toits au lieu de venir me saluer.

Madame Weiland a promis de s'occuper de lui.

— Alors, on part en week-end ?

— C'est à peu près ça.

J'ai mis la petite valise dans la voiture. J'avais la tête remplie de questions idiotes. Y avait-il un parking pour prisonniers ? Longue ou courte durée, comme à l'aéroport ? Était-il bon de souscrire une assurance-prison qui verserait une indemnité journalière au détenu et le prix d'une cellule individuelle à l'état ? Sur le trajet de la mairie, je me suis arrêté pour acheter un parasol. Philippe n'en avait pas : jusqu'à présent, il s'asseyait rarement sur son balcon. Cela allait changer. Füruzan ferait du crochet, Philippe astiquerait ses instruments chirurgicaux, de temps en temps ils feraient la conversation avec les voisins, et les géraniums fleuriraient dans les jardinières fixées à la rambarde.

Füruzan attendait avec sa famille à l'entrée de la mairie, sous le balcon soutenu par deux géants de pierre. Elle portait un ensemble abricot, une rose blanche dans ses cheveux noirs, elle était ravissante. Sa mère avait tiré de sa corpulence une dignité qu'on rencontre d'ordinaire chez les empereurs, les reines et les chanceliers. La petite sœur maigre comme un clou ricanait. Le frère avait l'air de descendre de son cheval après une longue chevauchée dans les montagnes sauvages du Kurdistan.

— Mon père est mort il y a trois ans.

Füruzan avait vu que je cherchais quelqu'un des yeux. Elle a désigné son frère.

— C'est lui qui va me marier à Philippe.

Les cloches de la mairie ont sonné à dix heures. J'ai essayé de faire la conversation. Mais la mère ne parlait que le turc, la sœur répondait à toutes mes questions avec le même rire idiot et le frère ne desserrait pas les dents.

— Il fait des études de paysagiste à l'école supérieure technique de Karlsruhe.

Füruzan tentait de jeter un pont entre son frère et moi : nous aurions pu discuter des jardins suspendus de Sémiramis et du parc Louise. Mais il n'a pas desserré les dents.

Parfois, la mère lançait une longue phrase en turc, rapide et vive comme un éclair. Füruzan ne réagissait pas. Elle surveillait la place du marché, le regard fixe et dédaigneux. Sous ses aisselles, l'ensemble abricot se teintait de taches sombres.

Moi aussi je transpirais. La vendeuse du stand le plus proche vantait ses belles bettes. Un camion de livraison klaxonnait dans la Breite Strasse et le tramway faisait retentir sa cloche. Des flâneurs matinaux avaient pris place à la terrasse du café *Journal*, profitant du soleil. Le serveur ouvrait les parasols. Quand de grandes catastrophes surviennent, je garde mon calme. Ce qui m'achève, ce sont les petites catastrophes, les récifs sournois dans le large fleuve de la vie.

Avant même de l'apercevoir, j'ai lu dans les yeux effrayés et blessés de Füruzan que Philippe arrivait. Il se tenait droit, impeccablement habillé : costume en soie bleu sombre, chemise rayée blanc et bleu avec un col blanc, cravate Paisley et épingle en or. Il marchait à grands pas, heurtant parfois un stand, écartant quelqu'un de son chemin parce qu'il n'arrivait pas à le contourner.

Il nous a vus, nous a fait de grands signes en affichant un sourire tordu.

— Je suis en retard, dit-il en haussant les épaules en guise d'excuse. On ferait mieux d'aller tout de suite chez *Antalya Türk*, non ? Je veux dire, c'est déjà bien qu'on se connaisse ou qu'on se rencontre, c'est déjà une raison de faire la fête, pas besoin de…

— Philippe…

Il baissa les yeux.

— Je suis désolé, ma petite Füru. Je n'y arrive pas. J'ai bu toute une bouteille du truc que Gerd boit toujours, mais je n'y arrive pas. J'aimerais, mais ça ne…

Il leva les yeux.

— Ça ira peut-être mieux dans un moment. Tu sais, avec tout l'alcool que j'ai dans le sang, le mariage risquerait de ne même pas être valable.

La mère a laissé échapper une remarque cinglante, et Füruzan a répondu sur le même ton. Le frère a levé la main et l'a giflée. Elle a posé sa main sur sa joue, étonnée, incrédule, a prononcé quelques mots qui ont fait pâlir son frère, et l'a frappé à la bouche du revers de la main.

Je regardais la lèvre que la bague de Füruzan avait ouverte et qui saignait, et pas la main où brillait un couteau.

— Doucement, jeune homme, doucement.

Philippe s'est placé entre le frère et la sœur pour les calmer et a reçu un coup de couteau dans le flanc gauche. Lorsque le frère l'a retiré pour donner un nouveau coup, je suis parvenu, juste à temps, à le repousser avec le parasol. Il a été plus étonné que blessé, mais il a laissé tomber le couteau, et lorsqu'il s'est penché pour le ramasser, je lui ai marché sur les doigts. Philippe s'est effondré, couché sur le couteau, et le frère s'est contenté de cracher aux pieds de sa sœur, de faire demi-tour et de partir.

— Il faut que tu fasses un bandage, a dit Philippe en pressant sa main gauche sur sa blessure, d'une voix douce, mais forte. Une rate, ça pisse le sang. Déchire ta chemise.

J'ai retiré ma veste et ma chemise, j'ai essayé de la déchirer en tirant dessus, et j'ai fini par la tendre à Füruzan qui a mordu dedans pour faire céder le tissu et y découper des bandes.

— Plus fort, a ordonné Philippe lorsqu'elle a serré le bandage.

Des passants se sont arrêtés pour savoir ce qui s'était passé et offrir leur aide.

— Est-ce que ta sœur est capable d'arrêter de rire bêtement et d'aller chercher un taxi à la Paradeplatz ? Oui ? Alors appelle l'hôpital, Gerd, alerte le service, qu'ils préparent le bloc. Merde, il a aussi touché le poumon.

Philippe parlait la bouche pleine de sang.

La petite sœur partit en courant. De la cabine téléphonique, j'ai vu qu'elle était de retour avec un taxi. Le pansement était posé, Füruzan a aidé Philippe à monter dans le taxi. Le chauffeur a dû penser qu'il était ivre. Il ne voyait pas de sang, juste un costume en soie bleu sombre qui avait l'air mouillé. Füruzan est montée avec lui. La mère a chassé les passants. Je ne sais pas ce que Füruzan a dit au chauffeur, mais il est parti sur les chapeaux de roues.

18

La paix dans les cœurs

— Tout devrait à peu près refonctionner. Nous avons enlevé la rate et rafistolé le poumon.

Le médecin qui avait opéré Philippe a enlevé son bonnet vert, l'a froissé et jeté dans la corbeille. Il m'a vu tirer sur ma cigarette.

— Vous en avez une pour moi ?

Je lui ai tendu le paquet et le briquet.

— Je peux le voir ?

— Si vous voulez. Vous devriez prendre une blouse. Il va mettre du temps à retrouver ses esprits. Son amie vous remplacera quand elle viendra.

À mon arrivée au service, Füruzan n'était pas encore là. Peut-être était-elle en train de tuer son frère ? Ou de se réconcilier avec lui ? Assis près de son lit, j'écoutais sa respiration lourde et le léger sifflement de la pompe dont partait un tuyau qui s'enfonçait entre les côtes, sous sa chemise de nuit. Un autre tube allait du goutte-à-goutte au dos de sa main. La transpiration lui collait les cheveux sur le front. Je n'avais encore jamais remarqué qu'ils étaient si minces et clairsemés. Mon ami Philippe, ce vaniteux, était-il un champion du brushing ? Ou alors je ne le regardais jamais de près… On ne lui avait pas nettoyé le sang autour de la bouche ; les traces étaient brunes et formaient de petites croûtes aux commissures des lèvres. Ses paupières tressaillaient parfois. Le soleil et les jalousies dessinaient dans la pièce des rayons qui grimpaient progressivement le long du sol en linoléum, puis sur la couverture du lit et le mur. Lorsque l'infirmière a changé le goutte-à-goutte, Philippe s'est réveillé.

— Maria les belles oreilles !

Puis il m'a reconnu.

— N'oublie pas ça, Gerd, à la forme des oreilles on connaît celle des seins.

— Docteur ! s'est exclamée Maria, l'air complice.

— Je ferais mieux de ne pas parler, a chuchoté Philippe, avec difficulté.

L'infirmière avait terminé. Elle a refermé doucement la porte. Au bout d'un moment, Philippe m'a fait signe d'approcher.

— Ils ont enlevé la rate ? Et allumé la pompe ? J'ai parfois rêvé de mon agonie. Je suis à l'hôpital, dans une chambre, un lit comme ici, et je fais mes adieux à toutes les femmes de ma vie.

— À toutes ? chuchotai-je également. Elle font la queue dehors, dans le couloir et les escaliers ?

— Chacune m'avoue qu'elle n'a jamais rencontré un homme comme moi.

— Hum…

— Et moi je dis à chacune que je n'ai jamais rencontré une femme comme elle.

— Alors il te faut une chambre à deux portes, une devant, une derrière. Il ne faut pas que les femmes avec qui tu as parlé rencontrent celles qui attendent. Imagine, si ces dames se mettent à murmurer, dans la file d'attente : Philippe dit à chacune qu'il n'a jamais rencontré aucune femme comme elle.

Philippe a soupiré et s'est tu un instant.

— Tu ne comprends rien à l'amour, Gerd. Dans mon rêve, elles se rencontrent de toute façon après. Elles quittent mon lit de mort pour aller au *Canard bleu.* Je leur ai fait préparer un banquet pour qu'elles mangent et boivent en pensant à moi.

Je ne sais pas pourquoi Philippe me rendait triste. Parce que je ne comprends rien à l'amour ? Je lui ai pris la main.

— Allez, tu as encore le temps. Tu ne vas pas mourir.

— Non.

Il lui était de plus en plus difficile de parler.

— Je ne pourrais pas les voir dans mon état, je suis trop faible.

Il s'est endormi

Füruzan arriva vers cinq heures. J'ai constaté que son frère l'avait battue. Elle m'a dit qu'ils s'étaient réconciliés.

— Est-ce que Philippe va me pardonner ?

Je ne comprenais pas.

— Le coup de couteau m'était destiné.

J'ai renoncé à lui faire un cours sur l'émancipation de la femme.

— Mais oui, il te pardonnera certainement.

Je n'ai pas attendu que Philippe se réveille. À six heures, j'étais chez Nägelsbach, à sept dans la prison du Fauler Pelz. Nägelsbach était peu loquace, et moi également. Mais il m'a quand même expliqué que l'heure du repas serait passée au moment où j'arriverais, et il a fait les courses avec moi. Des bretzels, du camembert, une bouteille de *barolo* et des pommes. J'ai repensé aux bettes du marché. J'aime bien ce légume qu'on dédaigne tellement, surtout en gratin ou même en salade, il suffit de le préparer chaud avec du vinaigre et du sel, et de le faire dégorger quelques heures.

La dernière fois que j'avais mis les pieds au Fauler Pelz, c'était en tant que procureur. Après plus de quarante ans, je ne reconnaissais plus la topographie de la prison, juste l'odeur et l'écho des bruits : les pas des gardiens, le cliquetis des trousseaux de clés, l'ouverture des portes. Lorsque le gardien a fermé la porte et l'a verrouillée pour repartir avec Nägelsbach, j'écoutais l'écho de leurs pas. Ensuite, j'ai mangé les bretzels, le fromage et les pommes en buvant le *barolo* et lisant Gottfried Keller. J'avais pris les *Nouvelles zurichoises*. Le bailli de Greifensee m'y apprenait que l'on peut avoir envie de rassembler autour de soi ses anciennes amours. Philippe cherchait-il également la fin édifiante et charmante d'une histoire ridicule ainsi que la paix dans les cœurs ?

J'allais bien jusqu'au moment où je me suis allongé pour dormir. Les murs épais dégageaient un froid engourdissant. Le vent d'été apportait un peu d'air chaud par les interstices de la fenêtre. Il apportait aussi les bruits des ivrognes qui allaient de bistro en bistro, des « bonjour » et des « salut », des rires sonores des hommes et retenus des femmes. Le silence s'installait pour de brefs instants, interrompu par des pas et des voix au loin qui se rapprochaient, devenaient plus forts puis s'évanouissaient. Parfois je chipais, au vol, des morceaux de conversation. Parfois, un couple s'arrêtait sous ma fenêtre.

Et tout d'un coup, j'ai eu la nostalgie de la vie chaude, claire et colorée du dehors, comme si j'étais enfermé dans cette cellule depuis des années et des années. Des années dans la cellule, est-ce cela qui m'attendait ? J'ai réfléchi à la vanité qui précède la chute et à la chute du vaniteux. J'ai songé aux succès que j'avais désirés dans ma vie et aux échecs que j'avais récoltés. J'ai pensé à Korten. Étais-je en train de vivre la victoire du principe de l'injustice compensatoire ?

Le matin, j'ai essayé de faire quelques pompes et flexions. On peut lire ici et là que ce genre d'exercice permet de supporter une longue solitude. Mais mes membres me faisaient mal.

19

Une procédure en suspens

À neuf heures et demie, on est venu me chercher pour l'interrogatoire. Je pensais revoir Bleckmeier et Rawitz. Au bout du compte, je me suis retrouvé devant un jeune homme au visage intelligent et aux mains soignées qui s'est présenté comme le procureur Franz, du Parquet fédéral. D'une voix claire et agréable, il m'a lu les chefs d'accusation. Tout y était, depuis le soutien à une organisation terroriste jusqu'aux manœuvres destinées à entraver l'exercice de la justice. Il me demanda si je souhaitais obtenir l'assistance d'un avocat de mon choix.

— Je sais, vous êtes juriste. C'est aussi mon cas. Il n'empêche que je ne règle jamais moi-même mes problèmes de vente ou de location. Ne jamais plaider sa propre cause, c'est un vieux et bon principe de juriste. En plus, en ce qui vous concerne, il s'agira surtout de la longueur de la peine ; et de ce point de vue, il faut des connaissances et une expérience dont vous ne disposez pas.

Son sourire était sympathique.

— Vous avez parlé de madame Salger… Rappelez-moi à propos de quels faits je suis censé l'avoir soustraite à l'exercice de la justice ?

— Je n'ai encore rien dit. Les faits sont constitués par un attentat contre des installations militaires américaines qui a eu lieu le 6 janvier à Käfertal.

— Käfertal ?

Il a hoché la tête.

— Mais parlons plutôt de vous. Vous vous êtes rendu à Amorbach pour prendre madame Salger et la faire passer en France. Oubliez les infractions à la législation en matière de passeports, monsieur Selb, nous passons l'éponge là-dessus. Racontez-moi en revanche ce que vous avez fait après la frontière.

Il affichait immuablement le même sourire sympathique.

Après avoir refermé le livre de mon voyage avec Léo, à mon retour à Mannheim, je n'y avais plus touché. La question du procureur l'a rouvert d'un seul coup. Un bref instant, j'ai oublié où j'étais, je ne voyais plus la table en formica, ni les murs jaunes et sales, ni les barreaux aux fenêtres. Je me suis laissé porter par une vague de souvenirs : le visage de Léo, la lune sur le lac de Murten et l'air des Alpes. Puis la vague m'a déposé sur le rivage, en face du procureur Franz. Son sourire s'était figé en grimace. Non, je n'allais certainement pas rouvrir à son intention l'album de mon voyage avec Léo. Et puis qu'est-ce que c'était que cette accusation ? Si je l'avais soustraite à l'exercice de la justice, cela supposait qu'un délit avait effectivement été commis et qu'il était répréhensible. S'il n'y avait pas eu d'attentat le 6 janvier à Käfertal, il n'y avait pas de délit d'entrave à l'exercice de la justice. Sans attentat, pas d'organisation terroriste que j'aurais pu soutenir. Quel tour prenait leur dossier si, à la place d'un attentat à Käfertal, il y en avait eu un dans la forêt de Lampertheim ?

Lorsque je lui ai posé la question, il a eu l'air perplexe.

— Un attentat à la place d'un autre ? Je crains de ne pas comprendre.

Je me suis levé.

— Je voudrais retourner dans ma cellule.

— Vous refusez de déposer ?

— Je ne sais pas encore si je refuse ou non. Je voudrais d'abord réfléchir.

Il s'est apprêté à répondre, mais je savais déjà ce qu'il allait me dire.

— Oui, je refuse de faire une déposition.

Il a haussé les épaules, appuyé sur le bouton et, sans dire un mot, a fait signe au gardien de m'emmener.

Dans la cellule, je me suis assis sur la couchette, j'ai fumé une cigarette, incapable d'ordonner mes pensées. J'ai essayé de me souvenir du nom du professeur chez qui j'avais étudié le droit pénal, comme si cela avait une grande importance. Puis j'ai revu des images du temps où j'étais procureur : des interrogatoires, des audiences, des exécutions auxquelles j'avais assisté. Aucune de ces images qui déferlaient sur moi n'aurait pu m'apporter la moindre information sur la nature du délit d'entrave à la justice, ni sur la situation juridique dans laquelle je me trouvais.

Lorsque le gardien est revenu, c'était pour me conduire au parloir.

— Brigitte !

Elle pleurait, elle était incapable de parler. Le gardien n'a rien dit lorsque nous nous sommes serrés dans les bras. Lorsqu'il s'est mis à s'agiter et à se racler la gorge, nous nous sommes assis à une table, face à face.

— Comment as-tu su que j'étais ici ?

— Nägelsbach a appelé hier soir. Et ce matin, un autre de tes amis m'a appelée, Peschkalek, un journaliste. C'est d'ailleurs lui qui m'a conduite ici. Lui aussi veut te parler.

Elle me regardait fixement.

— Pourquoi tu ne m'as pas appelée ? Tu ne voulais pas me dire que tu allais en prison ?

Nägelsbach lui avait confié que ma situation était grave. Elle s'était aussitôt mise en quête d'un bon avocat. Comme les malades qui préfèrent être soignés par un chef de clinique, elle tenait à ce que je sois défendu par un professeur en droit, et elle avait appelé tous les professeurs de Heidelberg.

— Les uns m'ont dit qu'ils n'y connaissaient rien, on aurait dit des généralistes qui refusaient de pratiquer une opération. Les autres semblaient s'y connaître, mais ne comprenaient pas bien mon histoire. Et j'en ai eu aussi qui ne voulaient pas se mêler d'une procédure en suspens. C'est comme ça que ça se passe ? Les avocats de la défense n'ont pas le droit de se mêler d'une procédure en suspens ? Je pensais qu'ils étaient là pour ça.

— Tu en as trouvé un ?

Elle secoua la tête.

— Ça ne fait rien, Brigitte. Je n'en aurai peut-être pas besoin. De toute façon, j'en connais un ou deux. Qu'est-ce qu'il a dit, Manu, quand il a su que j'étais en prison ?

— Il trouve ça super. Il te soutient. Nous te soutenons tous les deux.

Peschkalek m'a lui aussi assuré de son soutien. Il tripotait sa moustache, soucieux. Il m'a demandé ce que je désirais :

— Ce soir, peut-être un menu du *Chevalier*. C'est juste à côté.

Il avait déjà apporté une cartouche de *Sweet Afton*.

— Comment avez-vous appris mon arrestation ? C'est dans le journal ?

Si je devais sortir rapidement, il ne fallait pas que madame Büchler perde confiance en moi.

— Comme vous n'étiez pas chez vous, j'ai appelé votre amie qui m'a tout raconté. Non, il n'y a encore rien dans le journal. Je pense que cela paraîtra au milieu de la semaine prochaine dans la presse régionale et nationale. Mais c'est pendant le procès que ça fera vraiment du bruit. L'ancien procureur sous le feu des interrogatoires : vous serez la star du procès. Et ce jour-là vous passerez à l'offensive. D'accusé vous deviendrez accusateur, vous les harcèlerez jusqu'à leur faire avouer le lieu exact de l'attentat, les dégâts et les conséquences, et finalement, vous ferez éclater la bombe : l'attentat a eu lieu dans la forêt de Lampertheim, il a touché un camp où étaient stockés des gaz de combat, et il a fallu étouffer l'affaire parce que c'est un sujet tabou. C'est un rôle magnifique ! En fait, je vous envie.

Il rayonnait, enthousiasmé par le scénario qu'il avait conçu, et par le rôle que j'allais y jouer.

— Et puis nous aurons la *touch of romance*, je ne sais pas si cela intéressera le juge, mais le lecteur aimera. Le tic-tac des bombes et le battement des cœurs, le vieil homme et la jeune fille, du matériau en or pour un bon feuilleton. Le vieil homme et la jeune fille… (il savourait ses propres mots) ce serait un bon titre, non ? Si ça ne suffit pas pour un feuilleton, ça ferait au moins un épisode.

— Vous me dépecez, vous me faites mariner, rôtir, vous me découpez en tranches, mais je vis encore, Peschkalek. Et à mon âge, les vieux cerfs sont protégés.

Il a rougi, ébouriffé sa moustache, tapoté son crâne chauve et a éclaté de rire :

— C'est lamentable ! Les vautours de la presse, les hyènes : je dois vous confirmer tous les préjugés sur les reporters ? Parfois, je m'effraie moi-même : je ne peux plus rien voir ou entendre sans me demander si ça ferait un bon article. La réalité n'est réelle que dans la boîte — il a frappé de la main son flanc où pendait d'habitude son appareil photo —, ou une fois qu'elle a été imprimée ou diffusée. Je vous l'ai déjà dit. Qui se soucie de ce qui n'est n'écrit dans aucun journal et ne passe pas à la télévision ? Et ce dont personne ne se soucie est sans effet. Seul ce qui produit des effets est réel. C'est aussi simple que ça.

J'ai laissé à Peschkalek ses considérations suffisantes sur les médias. Je ne lui en voulais pas non plus de ne voir dans mes mésaventures qu'un scénario pour un bon papier. Il m'a demandé de comprendre sa *déformation professionnelle*[1], a demandé des nouvelles de ma santé, et m'a de nouveau lancé un regard de bonne otarie. Non, je ne lui en voulais pas. Mais j'ai préféré confier à Brigitte le soin de me rendre service que j'avais prévu de lui demander. Et je l'ai aussi priée de ne pas en parler à Peschkalek.

1. En français dans le texte.

20

Comme si

La première nuit avait été mauvaise. La deuxième a été plus dure encore. Et la peur que les choses empirent de nuit en nuit a commencé à s'emparer de moi.

Dans mon rêve, je devais composer la une d'un journal. À chaque fois que je pensais avoir trouvé une bonne disposition pour les articles et les photos qu'on m'avait donnés, quelque chose ne marchait pas. À chaque fois, je me heurtais à une tâche insoluble ; la page était pleine, et il n'y avait plus de place pour d'autres articles. Mais je recommençais, je changeais tout de place en pensant être arrivé au bout, et je constatais à nouveau que j'avais oublié un article ou une photo. J'étais à la fois inquiet et obstiné. Ensuite, j'ai compris que je n'avais même pas pris le temps de regarder ce qu'on m'avait confié, et j'ai décidé de m'y attarder un peu. Les articles portaient tous le même titre idiot : *« Selbst ist der Selb »*, « Selb est lui-même » et les photos me présentaient toujours avec le même sourire lourdaud et les yeux écarquillés. Mais je ne me réveillais pas pour autant. Je continuais mon travail, je mélangeais les articles et les photos, et je ratais à chaque fois. Cela a duré jusqu'à ce que le soleil me réveille.

— Un interrogatoire du dimanche... nous aimerions vous parler encore une fois avant que vous ne soyez présenté au juge.

Franz affichait à nouveau son sourire sympathique. Il était flanqué de Nägelsbach, qui avait l'air malheureux, de Bleckmeier, renfrogné, et de Rawitz qui avait encore grossi et retenait son ventre avec ses mains jointes.

— À la suite d'une erreur stupide, votre arrestation n'a pas été enregistrée vendredi, mais samedi. En conséquence, le juge n'a pas été informé dès hier, mais seulement aujourd'hui. Nous apprécierions que vous considériez avoir été arrêté samedi.

Nägelsbach s'était-il trompé sur le protocole de mon arrestation ? Était-ce pour cela qu'il avait l'air si abattu ? Je ne voulais pas lui faire d'ennuis, et l'audition par un juge n'était pas à un jour près. Mais à quoi rimait cette comédie ? Depuis quand les procureurs pratiquent-ils la philosophie du « comme si » ?

— Je vais être convoqué par le juge comme si j'avais été arrêté hier. On m'accuse de complicité comme si l'on me reprochait un délit censé avoir été commis par madame Salger. On traite un attentat à Viernheim comme s'il s'était passé à Käfertal. Vous ne trouvez pas qu'il n'y a pas un peu trop de « comme si » dans toute votre histoire ?

Rawitz a desserré les mains et s'est tourné vers Franz :

— Ça ne sert à rien. Laissez-le dire au juge ce qu'il veut. Si le juge le libère, on le remettra en prison. Et ne craignez rien, ses foutaises sur Viernheim et Käfertal, nous arriverons bien à les lui sortir de la tête d'ici au procès.

— Non mais enfin, vous avez arrêté quelqu'un et vous voulez le faire passer en jugement. Vous voulez le condamner pour un délit qu'il n'a pas commis ? Vous voulez...

— Le délit, le délit, m'a interrompu Franz avec impatience, quelle idée bizarre vous vous faites du délit. C'est l'accusation qui fait le délit. C'est l'accusation, et elle seule, qui fait le tri dans ce flot d'événements, d'actes et d'effets pour en tirer ce que nous appelons un délit. Quelqu'un tire ici, un autre s'effondre là, dans le même temps les oiseaux chantent, les voitures roulent, le boulanger fait son pain et vous allumez une cigarette. L'accusation sait ce qui compte, transforme le coup de feu et le cadavre en meurtre, et laisse tomber tout le reste.

— Quelqu'un tire ici, dites-vous, et un autre tombe là. Justement : l'attentat n'était pas à Käfertal, mais à Viernheim. Käfertal, ce n'est ni ici, ni là.

— Ah bon, a ironisé Rawitz. Käfertal n'est ni ici, ni là ? Et c'est où, alors, Käfertal ?

Bleckmeier s'est mêlé à la conversation :

— Le lieu est une chose, ce qui s'y passe en est une autre. Ce qui est jugé, ce n'est pas le lieu, mais ce qui se passe. — Il a lancé un regard incertain à la ronde et, en l'absence de toute réaction, il a ajouté : — Pour ainsi dire.

— Le lieu n'est ni ici ni là, ce n'est pas le lieu qu'on juge. Je vais supporter toutes ces âneries encore longtemps ? Nous sommes dimanche. Je veux rentrer chez moi.

— Âneries ?

Bleckmeier n'a pas digéré ce terme-là.

— Chers collègues, a lancé Franz pour calmer le jeu, laissons de côté les questions philosophiques sur le temps et sur l'espace. Vous aussi, monsieur Selb, vous avez des problèmes plus importants. Vous avez raison, nous avons arrêté quelqu'un. Il a avoué l'attentat à Käfertal et il l'avouera à nouveau devant le tribunal. De plus, nous aurons également les dépositions des fonctionnaires allemands et de nos amis américains. Laissons ces préliminaires qui ne mènent à rien, et venons-en à vous et madame Salger.

— Pouvez-vous faire chercher la lettre qu'on a déposée ce matin pour moi ?

J'avais demandé au gardien qui m'avait conduit à la salle d'interrogatoire si Brigitte avait apporté la lettre que je lui avais demandée. Elle était arrivée, mais elle ne me serait remise que le lendemain, après le contrôle du juge.

— Si c'est vous seul qui l'ouvrez et la lisez, nous n'aurons pas besoin de juge.

Après quelques hésitations, Franz s'est fait apporter la lettre, l'a ouverte et en a sorti une copie des documents américains.

— Lisez.

Il a lu, et sa bouche s'est crispée. Une par une, il a fait passer les pages à Rawitz, qui les a remises à Bleckmeier, puis à Nägelsbach. Il y a eu dix minutes de silence total dans la pièce. Par la petite fenêtre, j'ai aperçu un petit bout du château de Heidelberg. Parfois, une auto passait. Au loin, quelqu'un faisait ses gammes au piano. Ils se sont tus jusqu'à ce que Nägelsbach ait lu la dernière page.

— Il nous faut l'original. Faisons une perquisition.

— Il ne va pas laisser traîner l'original chez lui.

— Peut-être que si, ça vaut le coup d'essayer.

— Pourquoi n'allons-nous pas discuter avec les Américains ?

Lorsque Nägelsbach s'est mis à parler, il m'a regardé avec des yeux tristes.

— Toute cette histoire ne me plaît pas non plus. Mais il n'y a pas un mot là-dedans sur un attentat à Viernheim qui aurait provoqué des fuites de gaz de combat, du gaz américain ou du gaz provenant des vieux stocks allemands.

— Il y a eu des fuites de gaz ?

— Nos amis américains... a commencé Bleckmeier, mais un regard de Rawitz l'a fait taire aussitôt.

J'ai reposé la question.

— Même s'il n'y a pas eu fuite de gaz, si le procès tourne autour de ça et si la presse en parle, ça va faire du bruit. Même si on peut éviter la panique, Viernheim sera une ville marquée. Les gens parleront de Viernheim comme de Tchernobyl. Il ne faut pas que les terroristes puissent se vanter d'avoir provoqué de tels dégâts et fait peser de telles menaces. Et la population n'a pas mérité la peur que leur infligent les terroristes.

— Vous voulez justifier le fait que...

— Non, m'a interrompu Franz, c'est le contraire qui est vrai. Le fait que le procès ne puisse pas se dérouler dans ces conditions ne justifie pas que les auteurs de l'attentat soient remis en liberté. Nous avons cette double responsabilité. D'une part envers les gens de la région. Et d'autre part à l'égard de l'application de la loi. Et ce n'est pas tout : il faut ménager les Américains, les relations germano-américaines, il faut penser aux problèmes des réparations qui doivent trouver une solution adéquate et globale. S'il y a de la glace à Viernheim, alors nous sommes face à la pointe de l'iceberg. Notre rôle est de le tailler en petits morceaux, et non pas l'escalader. Vous savez aussi bien que moi que...

Je n'écoutais plus. J'étais fatigué de parler, j'en avais assez de ces grands mots, double, triple, quadruple et quintuple responsabilité, et de ce marchandage où je jouais ma tête. D'un seul coup, je ne pensais même plus à la menace que je faisais peser sur le procès de l'attentat à Käfertal, ni même à ma libération éventuelle pour éviter le procès. Je voulais retourner dans ma cellule, sur mon lit, et ne plus m'occuper de rien ni de personne.

Franz me regardait. Il attendait une réponse. Qu'avait-il demandé ? Nägelsbach est venu à mon secours :

— Lorsque monsieur Franz parle d'arrangement réciproque, il entend d'une part votre rôle dans la procédure et d'autre part la question de la culpabilité et de la peine…

Ils m'observaient, pleins d'espoir.

Je n'aimais pas le rôle qu'on avait prévu de me faire jouer. Je le leur ai dit. Ils ont appelé le gardien, qui m'a reconduit dans ma cellule.

21

Un peu bégayé

J'étais libre à la fin de l'après-midi. Il n'y avait pas eu d'autres interrogatoires et le juge d'instruction ne m'avait pas entendu. Le gardien m'avait apporté un plateau avec une soupe au chou-fleur, une brochette de côtelettes de porc, de la macédoine de légumes, des pommes de terre et un pudding à la vanille. À part ça, j'étais resté tout seul, et avec l'aide de Keres, j'ai réussi à mettre Alekhin échec et mat. Jusqu'à ce que le gardien arrive pour me dire que je pouvais m'en aller, et me raccompagne à la porte. Les prisons n'imitent pas les hôpitaux, qui ne laissent pas sortir leurs malades le week-end, même s'ils sont guéris. Je ne m'en plaignais pas

Je me suis retrouvé avec ma petite valise devant la porte de la prison, respirant l'air de la liberté et la chaleur du soleil. En m'approchant du Neckar, j'ai même humé avec plaisir l'odeur de poisson mort, d'huiles de moteur et de vieux souvenirs. Une péniche venait d'entrer dans l'écluse du Karlstor. Sur le pont, on avait disposé une couverture et installé un parc où jouait un petit enfant.

— Vous m'emmenez ?

Le batelier a remarqué que je lui criais quelque chose, mais il ne me comprenait pas. J'ai désigné sa péniche du bout du doigt, puis j'ai battu des bras pour lui montrer le cours du Neckar. Il a haussé les épaules en riant, j'ai considéré ça comme un accord, j'ai descendu rapidement le talus et j'ai sauté du bord de l'écluse dans la péniche. Il faisait plus sombre qu'en haut, plus froid aussi, et une ouverture de la porte arrière de l'écluse faisait jaillir une eau bouillonnante et menaçante. En s'ouvrant devant nous, la porte avant offrait un beau spectacle, le fleuve, le Vieux Pont et la silhouette de la vieille ville.

— Vous n'auriez pas dû faire ça.

La femme du batelier tenait son enfant dans les bras et me regardait avec un air de reproche et de curiosité.

J'ai hoché la tête.

— Si au moins j'avais apporté des gâteaux ! Mais quand je suis passé devant la pâtisserie, j'ignorais encore que j'allais me retrouver là avec vous. Votre mari va-t-il me jeter par-dessus bord ?

Évidemment, il ne l'a pas fait, et sa femme m'a donné une part de sablé qu'elle venait de préparer. Je me suis assis, j'ai laissé balancer mes pieds au-dessus de l'eau, en mangeant le gâteau et en contemplant la ville qui défilait. Le Vieux Pont renvoyait en écho les petits cris que poussait l'enfant quand la mère lui embrassait le ventre ; en passant sous le Nouveau Pont, je me suis souvenu de l'ancien pont en bois qui, après la guerre, enjambait le Neckar, et la vue de l'île a éveillé en moi un désir enfantin de protection et d'aventures. Puis nous avons navigué sur le canal, et j'ai aperçu le pont de l'autoroute. Du quai, j'aurais pu voir l'endroit où j'avais trouvé Wendt.

J'avais élucidé, sans avoir vraiment mené l'enquête, une histoire qui m'avait plongé dans la confusion. Une poignée de jeunes organise un attentat. La police veut étouffer cette histoire, mais punir les terroristes tout de même. Une idée de génie lui vient alors : il suffit de déplacer le lieu de l'attentat. De le transférer, pour ainsi dire, comme dirait Bleckmeier. Mais pour cela, il faut procéder avec précaution et doigté, et éviter que l'on ne parle de son enquête à tous les coins de rue. Impossible de les rechercher pour un attentat à Käfertal s'ils doivent ensuite évoquer un attentat à Viernheim devant les caméras et un parterre de reporters. Par conséquent, la police enquête en cachette, jusqu'à la mort de Wendt. Celle-ci, par un biais ou par un autre, est liée à l'attentat. Impossible de faire traîner les recherches plus longtemps. La police rend son enquête publique. Le coupable qu'elle a arrêté lors de l'attentat joue le jeu : il avoue l'attentat à Käfertal en échange d'une réduction de peine. Il bénéficiera peut-être aussi du traitement carcéral réservé aux repentis. La police court le risque que les autres parlent trop ou refusent de jouer à ce jeu-là. Mais le bavardage est un défaut qui se corrige. Et pourquoi ne joueraient-ils pas le jeu ?

Je savais que la mort de Wendt avait un lien quelconque avec l'attentat. Mais je n'en savais pas plus. À sa mort, Wendt avait une carte de Viernheim sur lui. Il avait été tué par une balle provenant du pistolet de Lemke. Il connaissait Lemke depuis longtemps, c'est celui-ci qui lui avait fait faire la connaissance de Léo. Et c'est Wendt qui a aidé Léo après l'attentat. Était-ce lui, le cinquième homme embauché par Lemke pour s'attaquer à la base ? L'homme que Léo n'avait pas reconnu ? Il serait revenu avant elle à l'hôpital psychiatrique ?

Je suis descendu de la péniche à l'écluse de Schwabenheim. Je me suis promené le long du Neckar jusqu'au parc du Schwabenheimer Hof et me suis installé dans le jardin de l'auberge *À l'Ancre*. De nombreuses familles étaient venues à pied ou à vélo de Ladenburg, Neckarhausen ou Heidelberg. L'heure du thé était passée, les pères en étaient à la bière, et les enfants pleurnichaient parce qu'ils voulaient encore quelque chose mais n'arrivaient pas à se décider. Dans la niche d'un mur, on avait disposé une madone vêtue d'une robe bleu ciel et d'une capuche bleu sombre. Deux tables plus loin était assise une femme d'âge moyen qui lisait le journal en buvant du vin, heureuse. Elle m'a plu. On a beau parler d'émancipation et de féminisme, aller seul dans une auberge et savourer le temps qui passe avec le journal et un verre de vin, c'est une habitude d'homme et non de femme. De temps en temps, elle levait les yeux. Nos regards se sont croisés deux ou trois fois. Lorsque le taxi que le patron m'avait commandé est arrivé, je me suis dirigé vers sa table, je me suis assis, je lui ai dit combien elle me plaisait, je me suis levé et je suis parti au moment où elle me remerciait du compliment avec un sourire étonné. Je crois que j'ai un peu bégayé.

Dans le taxi qui me ramenait à Heidelberg, j'étais tout d'abord fier de moi. En fait, je suis un timide. Mais ensuite, l'agacement m'a pris. Pourquoi m'étais-je sauvé ? Pourquoi n'étais-je pas resté assis ? Son regard n'avait-il pas exprimé une invitation, son sourire une promesse ?

J'ai voulu demander au chauffeur de faire demi-tour. Mais je ne l'ai pas fait. Il ne faut pas en demander trop à la fois. D'ailleurs, cette promesse, elle ne l'avait peut-être faite qu'avec la certitude de ne pas devoir la tenir.

22

Écrivez un article !

Peschkalek était chez Brigitte :

— Nous voulions vous rendre visite tous les deux quand le commissaire principal Nägelsbach a appelé. Félicitations ! Vous êtes libre jusqu'au procès ?

— Je ne sais pas. Il est possible que je n'aille même pas jusqu'au procès. Quand vous tenez un vieux bonhomme têtu qui ne veut pas démordre du fait que l'attentat a eu lieu à Viernheim et pas à Käfertal, il vaut peut-être mieux ne pas lui faire de procès.

Peschkalek a froncé les sourcils.

— Vous leur avez dit que l'attentat avait eu lieu à Viernheim ?

J'ai hoché la tête.

— Je crois qu'on m'a libéré parce que…

Peschkalek m'a coupé la parole, hors de lui.

— Non mais vous êtes devenu fou ? Je vous avais pourtant dit comment ça devait se passer. C'est au procès que vous deviez faire éclater la bombe. Là, c'était une bombinette que personne n'a vue ni entendue. Et le procès, maintenant ?

Il a poursuivi, furibard :

— Mais qu'est-ce que vous vous êtes imaginé ? Vous avez saboté tout mon travail ! Maintenant, je peux tout reprendre à zéro, maintenant. Ça ne vous intéresse plus, de savoir que la police a maquillé un attentat ? Ça vous est égal, que le procès devienne une farce ?

Il criait. Je ne comprenais pas.

— Mais qu'est-ce qui vous arrive ? Faire éclater des bombes, c'est votre affaire, pas la mienne. Écrivez un article !

— Un article ! (Il a fait un geste de la main, qui n'exprimait plus l'énervement, mais la fatigue.) Il est fou. Nous étions tout près du but, nous avions le rapport des Ricains, vous alliez passer en procès, et flop, tout s'arrête.

Le regard de Brigitte allait et venait entre Peschkalek et moi.

— Le rapport que j'ai...

Je ne lui ai pas laissé finir sa phrase. Tant que je ne savais pas pourquoi Peschkalek faisait un tel foin, il devait ignorer que j'avais montré le rapport à la police. Je suis donc passé à l'attaque :

— Comment ça, « tout s'arrête » ? Qu'est-ce que c'est que cette histoire ? Vous, vous touchez au but, et moi je passe en procès ? C'est quoi, votre but ?

Mais il a fait un nouveau geste de la main et s'est levé. Son sourire était tourmenté.

— Désolé d'avoir crié. Ça n'a rien à voir avec vous, c'est un héritage paternel. Si ma mère supporte mon père, c'est qu'elle a un appareil auditif. Elle l'éteint quand il se met à crier.

Brigitte l'a persuadé de rester à dîner. Après le repas, il a aidé Manu à faire sa rédaction. De son sujet, « Une visite au planétarium », il a tiré un reportage sensationnel, et Manu était aux anges. Brigitte était touchée, elle aussi. Lorsqu'il nous a aidés à faire la vaisselle à la cuisine, il lui a proposé de la tutoyer. Après, en buvant un verre de vin, elle a estimé que nous devions aussi nous tutoyer, lui et moi, et il m'a été difficile de refuser.

— À ta santé, Gerd !

— À la tienne, Ingo !

Nous avons trinqué. Mais je n'étais pas très à l'aise.

23

RIP

Le lendemain, j'ai pris ma voiture pour me rendre à Husum. C'est au bout du monde ; après Giessen, les montagnes et les forêts sont monotones, après Cassel les villes sont misérables et à partir de Salzgitter, le paysage est plat et désertique. Si l'on avait des dissidents à bannir, dans notre pays, on les enverrait à la mer de Steinhuder.

J'avais appelé l'Université protestante. Au secrétariat, on ne pouvait pas me passer le directeur, dont Tiezke m'avait dit qu'il était un ancien compagnon de Lemke : il animait un atelier intitulé « Menacé-opprimé-concerné. Comment affronter le danger dans un monde qui bouge ». Mais je pouvais m'asseoir dans la salle et venir lui parler pendant une pause. J'ai trouvé la salle et je me suis installé sur la dernière chaise libre. Le conférencier annonçait qu'il approchait de sa conclusion. Il y est effectivement parvenu, mais avec un certain retard. J'ai compris que l'oppression était une attitude passive, tandis que l'être concerné devenait actif, et que dans ce monde qui bouge, il ne fallait pas se laisser écarter, mais s'affirmer. J'ai également découvert la loi de l'entropie ; si on la prend au pied de la lettre, le monde finira mal. Un barbu d'une cinquantaine d'années a remercié le conférencier : dans son exposé, a-t-il expliqué, il avait tendu une main chaleureuse et ouverte que nous serrions bien volontiers. Il a ajouté que la discussion reprendrait à quatorze heures trente après le déjeuner. Était-ce lui, le directeur, qui s'asseyait avec Lemke au premier rang des cinémas, en 1967, 1968, pour regarder des westerns spaghettis ? Pour l'instant, il était entouré par les participants à l'atelier. Lorsqu'ils se sont dispersés et ont emmené le conférencier, le directeur est resté dans la salle pour écrire.

Je l'ai salué et me suis présenté.

— J'ai une question qui n'a rien à voir avec le *workshop*. Je suis détective, j'enquête sur un meurtre et vous connaissez peut-être le principal suspect, ou en tout cas vous l'avez connu. Vous étiez étudiant à Heidelberg en 1967-1968 ?

Il était sur ses gardes. Il m'a demandé de présenter ma carte d'identité, il a appelé le secrétariat de l'agence immobilière Wendt et s'est fait confirmer par madame Büchler que j'enquêtais bien pour le compte du vieux Wendt sur le meurtre de son fils. Quand il a raccroché, il était livide.

— C'est une effroyable nouvelle. Quelqu'un que je connais est victime d'un crime. C'est certainement votre lot quotidien dans votre métier. Mais dans mon univers, cela me fait l'effet d'une profonde menace.

Il était bouleversé. J'ai donc renoncé à lui tendre la main et à lui recommander de se sentir concerné plutôt qu'oppressé.

— Quand avez-vous été en contact avec Rolf Wendt ?

— Vous rappelez-vous l'époque où existait le SPK, le collectif des patients socialistes à Heidelberg ? Quand ça s'est terminé, Rolf a cherché une nouvelle voie, une nouvelle direction. Il a fait notre connaissance. Pendant un certain temps, il a été pour nous une espèce de petit frère. Il devait avoir dix-sept ou dix-huit ans à l'époque.

— Vous avez dit « nous ». Vous voulez dire : vous-même et Helmut Lemke ?

— Helmut, Richard et moi, tous les trois, on était beaucoup ensemble.

Il a eu un instant de rêverie sur le bon vieux temps. Et puis il a repris :

— Vous savez, la nouvelle de la mort de Rolf m'a d'abord bouleversé, mais à la réflexion, je constate que Rolf mort n'est pas plus mort que les deux autres, qui vivent certainement encore, mais dont je n'ai pas eu de nouvelles depuis des années. Pourtant, nous n'avons plus jamais vécu aussi intensément qu'à cette époque. Nous vivions le jour présent, avec toute notre pensée, avec tous nos sentiments. Malgré la révolution mondiale... peut-être à cause d'elle. Quand on se fait vieux, le cœur veut se souvenir du passé tandis que la raison se soucie de l'avenir. Et l'on ne croit plus que les amitiés soient faites pour durer l'éternité.

Je me demande bien à quoi l'on peut encore croire, lorsqu'on passe sa vie à découper en petits morceaux les questions qui touchent le destin du monde pour en faire des thèmes de *workshop*. Il s'est levé.

— Allons nous asseoir à l'extérieur. Cela fait des jours que je n'ai pas pris l'air.

Il s'est penché en arrière, sur le banc devant la maison, et a offert son visage au soleil. Je lui ai demandé quelles étaient les relations entre Lemke et Wendt. Il m'a expliqué que tous avaient une relation particulière avec Lemke.

— On le vénérait ou on lui rentrait de dedans. Ou les deux à la fois. On n'avait pas avec lui de rapports d'égal à égal, ce n'était pas possible. Je vous ai dit que nous étions les grands frères de Rolf ; ce n'est pas tout à fait vrai. C'est Helmut que Rolf admirait particulièrement.

— Admiration, friction, impossibilité de le fréquenter d'égal à égal, et pourtant, dans votre souvenir, c'est l'âge d'or ?

Il s'est redressé et a levé les yeux vers moi. Il avait le front lisse pour un homme d'une cinquantaine d'années ; mais l'âge se lisait dans ses yeux fatigués. C'était le regard d'un homme qui, de par son métier, doit aimer les gens, même s'ils l'énervent. Dans son métier de pasteur ou de thérapeute, qu'est-ce que j'en savais, il avait donné plus de conseils de réconfort et de pardon qu'il n'en avait en réserve.

— L'âge d'or ? Ce n'est pas ce que j'ai dit ; et je ne le dirais pas non plus. Dans mon bureau, vous verrez une photo de l'époque. J'y retrouve tout : les jours heureux quand nous étions heureux, les conflits, notre façon de vivre au jour le jour. Je peux vous la montrer tout à l'heure, si vous voulez.

— Combien de temps a duré votre bande des quatre ?

— Jusqu'à ce que Helmut commence à faire carrière au sein du KBW. Alors il n'avait plus le temps de jouer au baby-foot ou de voir des westerns spaghettis, juste pour la politique, mais seulement quand il s'agissait du KBW. C'est bizarre, aucun de nous ne l'a suivi au KBW. Et une fois qu'il a été loin de nous, nous nous sommes dispersés aux quatre vents. Peut-être ne voulait-il pas de nous. Il n'a jamais cherché à nous convaincre. Il a disparu d'un seul coup, comme ça.

— Et il a abandonné Rolf à lui-même, du jour au lendemain ?

— Oui. Je crois qu'ils se sont disputés. Richard est le seul qui ait maintenu le contact avec Helmut et avec qui Helmut cherchait encore le contact. J'ignore combien de temps ça a duré. La dernière fois que j'ai vu Richard, c'était après mes examens ; j'attendais le train à la gare de Heidelberg, pour aller à Pforzheim rejoindre mon poste. Il ne travaillait plus comme laborantin, mais pour un avocat, un spécialiste des divorces. Je me suis demandé si c'était vraiment un avocat spécialisé dans les divorces et non dans le terrorisme, l'un de ceux qui avaient fait cause commune avec leurs clients. Richard avait toujours été triste de devoir se contenter de regarder les westerns, sans les vivre pour de bon. Grands propriétaires terriens, généraux corrompus, prêtres cupides d'un côté et pauvres paysans mexicains en pyjamas blancs et révolutionnaires avec les cartouches en bandoulière sur la poitrine... Il aurait aimé voir tout cela ici.

Le déjeuner était terminé. Les participants aux différents ateliers se dégourdissaient les jambes en marchant dans le parc. Lorsqu'un groupe nous a remarqués et s'est dirigé vers nous, il s'est levé.

— Ils vous prennent pour le prochain conférencier. Ou alors ils veulent me parler. Venez, ça va recommencer, il faut encore que je vous montre la photo.

Elle était dans son bureau. Je m'étais imaginé une photo de la taille d'une carte postale, mais c'était un agrandissement en noir et blanc, au format d'une affiche, sous verre dans un cadre noir. Elle représentait un pique-nique : une prairie, une nappe blanche avec des fruits, du pain et du vin, à côté, Lemke et Wendt qui se faisaient face ; derrière, déjà barbu, le futur directeur de l'université qui se penche et cueille des fleurs, et à quelques pas, une Borgward avec le toit ouvert et à la place des trois lettres sur la plaque d'immatriculation la mention RIP. Lemke parle avec des gestes à Wendt, et lui, la tête dans la main et le bras posé sur son genou, l'écoute. Mais au moment où l'on a pris la photo, il lève les yeux, et même le futur directeur, qui s'est baissé pour cueillir des fleurs, redresse la tête. Sans doute est-ce eux qui ont planté un petit drapeau rouge sur un minuscule morceau de bois ; en tout cas, au moment où est prise la photo, une pie s'envole en emportant le bâton et le drapeau.

— C'est... vous n'allez pas me dire que c'est un instantané ?

— À cause de la citation de Manet ? Non, nous n'avions aucune intention en nous plaçant ainsi. Nous n'avons pas fait venir la pie non plus. Mais juste avant, elle nous avait déjà volé une fourchette en argent. Richard avait à peine enfoncé le petit mât du drapeau, pour qu'elle puisse l'attraper. Toute la journée, il a tourné autour de nous avec son appareil, de loin, de près, avec et sans téléobjectif, et il a fait des dizaines de photos. Celle-là, c'était la dernière. Elle vous plaît ?

Je la trouvais belle. Mais elle m'attristait aussi. Lemke en veste sombre, chemise blanche et cravate étroite et sombre, avait l'air d'un jeune homme démodé, mais énergique et conscient de soi. Le visage de Wendt était déjà surmené. Un visage enfantin et craintif qui voulait rire de l'oiseau qui s'envolait, mais n'osait pas vraiment.

— Pourquoi cette magnifique Borgward devait-elle reposer en paix ?

Il n'a pas compris ma question.

— RIP, *requiescat in pace*, ce n'était pas pour la voiture ? C'était pour le capitalisme ou...

Il a ri.

— Ce n'était pas sur la voiture. Richard a fait des retouches. Dans les photos qu'il trouvait réussies, il cachait ses initiales quelque part. RIP, c'est pour Richard Ingo Peschkalek.

24

Après l'automne vient l'hiver

L'aurais-je compris tout seul ? Évidemment, la question était oiseuse. Mais elle m'a occupé jusqu'à Göttingen. Je me suis rappelé notre conversation à la prison, le moment où Peschkalek avait parlé de Léo et de moi, du vieil homme et de la jeune fille. Moi, je ne lui avais rien dit sur cette histoire ; était-ce Lemke qui le lui avait appris ? J'ai aussi noté qu'il était venu chez Brigitte alors que je ne lui avais jamais parlé d'elle. Est-ce qu'il m'avait espionné ? Et si notre première rencontre sur l'autoroute n'avait pas été le fruit du hasard, mais une de ses mises en scène ? Me suivait-il déjà à cette époque ?

Tout s'emmêlait encore plus. Si Peschkalek avait entendu parler de mes relations avec Léo par Helmut, pourquoi voulait-il découvrir la vérité sur l'attentat commis par Lemke ? C'est peut-être la police, et non Lemke, qui l'avait informé de mon escapade avec Léo ? Il lit dans le *Viernheimer Tageblatt* un article qui éveille sa curiosité, fait une enquête, apprend par un type de la police à qui il graisse la patte que je mène mon enquête de mon côté, et me suit à la trace ? Et derrière toute l'histoire, comme par hasard, on retrouve Lemke, son vieux copain ? Il y avait trop de coïncidences pour moi dans cette affaire.

En arrivant le soir à Mannheim après une longue route, j'avais le dos en compote, mais aucune réponse à mes questions. Je savais seulement où chercher mes réponses. L'annuaire m'a informé que l'appartement et l'atelier de Peschkalek se trouvaient dans la Böckstrasse. J'ai appelé Brigitte, je lui ai dit que j'étais encore sur la route et que j'arriverais vers huit heures, je lui ai demandé d'inviter Peschkalek à dîner pour cette heure-là, et me suis garé juste à temps dans la Böckstrasse. Peu avant huit heures, il est sorti de la maison, il est monté dans sa Golf et il est parti. Il n'avait même pas jeté un coup d'œil dans la rue. J'ai lu les noms aux sonnettes et je suis entré dans l'immeuble.

L'entrée était sombre et lugubre. Le couloir tournait à gauche après quelques mètres et donnait sur l'escalier conduisant aux appartements. Si l'on continuait tout droit, on arrivait dans la cour. La sonnette de Peschkalek était installée un peu à part des six autres. L'hypothèse de l'atelier dans l'arrière-cour m'a donc paru la plus vraisemblable. Une fois que je me suis habitué à l'obscurité, j'ai distingué le panneau : il fallait suivre la flèche, c'était tout droit.

Un vieil orme se dressait dans la cour, et un hangar de deux étages en bois s'appuyait contre le mur mitoyen de l'immeuble voisin. À côté de l'escalier extérieur qui montait à l'étage, j'ai de nouveau croisé le panneau « Atelier Peschkalek ». J'ai suivi la flèche, je suis monté. Le perron était suffisamment large pour que Peschkalek puisse l'utiliser comme balcon et installer une table avec deux chaises longues. La porte n'avait qu'un œil-de-bœuf, la fenêtre accessible du perron était équipée de barreaux. J'ai sorti de mon sac un grand anneau avec une centaine de clés, et je les ai essayées l'une après l'autre. Mis à part le bruissement du vent dans les branches de l'orme, on n'entendait pas le moindre bruit dans la cour.

J'ai mis du temps à trouver la clé qui tournait, s'enclenchait et ouvrait la serrure. La porte donnait sur une grande pièce. Le mur du fond était le mur mitoyen de l'immeuble voisin, nu, sans crépi. À droite, trois portes donnaient sur une minuscule chambre à coucher, une cuisine grande comme un placard et une salle de bain qui servait aussi de chambre noire et où les nécessités de l'hygiène avaient capitulé devant celles du développement des pellicules photo. À gauche, deux grandes fenêtres ouvraient sur la cour voisine. Un trou entre les immeubles de la Hafenstrasse permettait même d'entrevoir les halles et les grues du port de commerce, ainsi que le filet rouge du coucher de soleil sur un ciel pâle.

La nuit tombait, il fallait que je me dépêche. La pièce était remplie de lampes qui auraient pu l'éclairer comme en plein jour. Des stores noirs étaient là pour obturer les fenêtres. Mais l'un d'eux était coincé. Il m'a donc fallu me contenter d'un rapide coup d'œil dans la pièce. En revanche, je me suis penché de plus près sur ce qui pouvait m'intéresser dans la salle de bain, où aucune fenêtre ne risquait de me trahir.

J'ai constaté très rapidement que, malgré le chaos entre les lampes, les rideaux, les paravents, les fauteuils vénitiens, le tabouret de piano, l'horloge comtoise, la colonne en polystyrène et le juke-box, Peschkalek était un homme d'ordre. Dans l'un des tiroirs de son bureau, il conservait le papier à en-tête, dans un autre le papier sans en-tête, dans un troisième les enveloppes triées par taille, et dans le quatrième les ustensiles de bureau, de la perforatrice aux ciseaux. Le courrier à traiter et les factures impayées étaient entassés dans une petite corbeille sur la table. Tout ce qui ne nécessitait pas un règlement rapide devait être amassé dans les classeurs qui remplissaient les murs entre les portes. Ils ne portaient pas de titre, juste des numéros, de 1.1 à 1.7 puis quatorze autres séries comportant de deux à onze sous-séries. Le premier chiffre indiquait des thèmes : portraits, nus, mode, politique, crimes, publicité, etc., les seconds regroupaient des projets de grande envergure ou même tous les petits projets sur un an. C'était simple. Au numéro 15, Peschkalek avait classé ses grands reportages, le premier sur des fabricants de contrebasse italiens, le deuxième sur la fermeture d'aciéries lorraines et les trois suivants sur le football, le cor alpestre et la prostitution enfantine en Allemagne. Le classeur 15.6 était consacré à l'attentat de Viernheim.

Avant de m'asseoir sur les toilettes de la salle de bain, j'ai appelé Brigitte et je lui ai raconté que j'étais coincé dans un embouteillage dû à un chantier sur l'autoroute.

— Ingo est déjà là ? Je n'arriverai pas avant dix heures, ne m'attendez pas.

Ils avaient déjà mangé la soupe et venaient d'attaquer le saumon.

— On te le garde au chaud.

Comme dans les autres classeurs, celui-ci contenait d'abord les photos et ensuite les textes. Il m'a fallu un certain temps pour comprendre ce que représentaient les photos. Elles étaient sombres, et j'ai d'abord cru qu'elles étaient ratées. En réalité, elles avaient été prises la nuit. Une voiture, des visages masqués dans une forêt, des hommes en uniformes, une explosion avec deux corps projetés en l'air, un feu, des gens qui courent. Des photos de l'attentat de Viernheim.

Les textes commençaient par une lettre adressée à la presse régionale et nationale. Le groupe « Après l'automne vient l'hiver » y revendiquait l'attentat contre le camp où étaient stockés des gaz de combat, dans la forêt de Lampertheim, et lançait des menaces contre le capitalisme, le colonialisme et l'impérialisme. Dans une lettre ultérieure, Peschkalek parlait d'un terroriste qui voulait quitter l'organisation et qui s'était confié à lui, lui avait remis sa confession et un film vidéo de l'attentat contre le camp dans la lande de Viernheim. Peschkalek voulait louer les documents. Pour en prouver la qualité, il joignait des extraits du film vidéo et les aveux des terroristes. Il demandait un million de marks pour l'ensemble. La lettre était adressée à la ZDF[1]. La troisième feuille du classeur était une liste des destinataires des envois suivants : les différentes stations de radio, le *Spiegel*, puis, après les hebdomadaires célèbres, les journaux à scandale et enfin la presse à grand tirage. Puis venaient les réponses. Dans le meilleur des cas, elles faisaient part d'un certain étonnement : le matériel avait l'air très intéressant, mais il n'avait jamais été question d'un attentat contre un camp stockant des gaz de combat dans la lande de Viernheim. Un rédacteur en chef avait répondu sur un ton suffisant que la police n'avait jamais entendu parler d'un attentat : celui-là avait au moins tenté de vérifier l'information. La plupart des autres refus étaient des lettres types. Dans le classeur, j'ai aussi trouvé les aveux des terroristes, un manuscrit de 80 pages qui sortait visiblement de la même imprimante que les lettres de Peschkalek, ainsi que le rapport américain, conservé dans une pochette plastique. J'ai renoncé à visionner le film vidéo qui portait le numéro 15.6, les extraits me suffisaient.

1. Zweites Deutsches Fernsehen : deuxième chaîne de télévision allemande.

J'ai mis du temps avant d'être en état de me rendre chez Brigitte. J'ai empoché quelques photos, j'ai éteint la lumière dans la salle de bain, rangé le classeur, je me suis assis dans le fauteuil vénitien et j'ai regardé par la fenêtre. Sur le balcon en face, trois personnes jouaient aux cartes — au skat, plus précisément. J'entendais les enchères, les mises et parfois un poing qui frappait la table. Une lumière rouge clignotait au-dessus du port pour signaler aux avions une grue de construction.

Lemke et Peschkalek avaient-ils mis en scène un spectacle à l'attention des médias ? J'aurais pu découvrir bien plus tôt que Lemke ne croyait plus à aucun combat politique, qu'ili était sorti du circuit. Un fanatique, un terroriste, cela ne cadrait pas avec son image. Il était capable d'endosser le rôle et de le jouer avec conviction. Mais c'était tout. Lemke était un joueur, un stratège, un spéculateur. En compagnie de quelques jeunes gens idiots, il avait monté une mise en scène terroriste. Les médias devaient s'arracher le document. Il y avait même eu des morts. Ils n'étaient sans doute pas prévus, mais ils avaient accru la qualité du spectacle et donc le prix des photos et de la vidéo. Seulement voilà, personne n'avait joué le jeu : ni les Américains, ni la police, ni les médias. Et le million qu'ils comptaient encaisser s'était volatilisé !

25

Bizarre

Je n'ai pas appelé Nägelsbach. Je suis allé chez Brigitte. Je l'ai retrouvée en compagnie de Peschkalek et de Manu. Ils buvaient du chocolat, du café et du *Sambuca*, et disputaient une partie de *Conquête du monde*. Leur bonne humeur m'inspirait un certain malaise. Mais compte tenu de la longue route que j'avais faite, ils ont reconnu que je devais être fatigué. Je les ai regardés jouer en mangeant les restes.

La partie était acharnée. Après avoir longtemps vécu à Rio, Manu veut conquérir et défendre l'Amérique du Sud à tout prix. Pour assurer la protection de l'Amérique du Sud, il cherche à occuper l'Amérique du Nord et l'Afrique, et se fiche du reste du monde. Brigitte joue à *Conquête du monde* parce qu'elle ne veut pas être rabat-joie, mais dès qu'elle détient l'Australie, elle rêve d'une vie harmonieuse avec les aborigènes et aucune autre conquête ne l'intéresse plus. Peschkalek a donc pu sans difficulté s'emparer de l'Europe et de l'Asie. Mais sa mission était de libérer l'Australie et l'Amérique du Sud, et contrairement à Manu et Brigitte, il prenait son rôle très au sérieux. Il s'est empêtré dans un conflit désespéré sur deux fronts différents, et n'a abandonné qu'au moment où Manu et Brigitte l'ont battu à plate couture. Ils étaient contents, tous les deux, et il a ri lui aussi. Mais cela le chagrinait. Il n'était pas bon perdant.

— C'est l'heure d'aller au lit, dit Brigitte en frappant dans ses mains.

— Non, non, non !

Manu était excité, il courait dans tous les sens entre le salon et la cuisine. Il a allumé la télévision. La Yougoslavie se démantelait. La ville de Rostock était en faillite. On avait retrouvé dans une cabine téléphonique à Leverkusen un bébé enlevé à l'hôpital de Lüdenscheid. Le Français Marcel Croust avait battu le Russe Victor Krempl dans le tournoi des candidats à Manille, devenant ainsi le challenger du champion du monde d'échecs. Le parquet fédéral annonçait que les terroristes présumés Helmut Lemke et Léo Salger avaient été arrêtés dans un village espagnol et extradés vers l'Allemagne. La télévision les montrait menottes aux poings au moment où des policiers les faisaient monter dans un hélicoptère.

— Ce n'est pas...

— Si.

Brigitte avait vu Léo sur la photo posée contre mon lion, sur mon bureau. Elle a secoué la tête. Cette Léo-là avec des cheveux crasseux et raides, un visage défait et une chemise à carreaux sale, n'obtenait pas son assentiment.

— Tu vas la revoir ?

Elle a posé la question d'un air détaché. Quand je lui avais parlé de mon voyage avec Léo à Locarno, elle n'en avait pas fait toute une histoire non plus. Mais à cette époque, déjà, je n'avais pas cru à son indifférence.

— Je ne sais pas.

Peschkalek regardait la télévision sans dire un mot. Je ne pouvais pas voir son visage. Après les informations, il s'est raclé la gorge.

— C'est fantastique, les résultats qu'on obtient aujourd'hui avec la coopération entre les polices européennes.

Il s'est tourné vers moi et a commencé un petit exposé sur Interpol, les accords de Schengen, la Police judiciaire européenne et l'ordinateur central des ministères de l'Intérieur.

— Tu vas essayer d'entrer en contact avec eux, je suppose ?

— Je n'ai pas trop le choix, non ?

—...et les persuader de tenir le rôle que je n'ai pas voulu jouer ?

Il s'est demandé quelle question je pourrais lui poser une fois qu'il aurait répondu à celle-là. Il n'était pas sûr de lui. Il a donc éludé la première.

— On verra.

— Qu'est-ce que tu as à leur offrir ?

— Je ne comprends pas.

Il était dans ses petits souliers.

— C'est simple, le parquet fédéral peut laisser tomber des chefs d'accusation, exiger des peines moins lourdes, approuver des demandes de grâce pour préserver la fiction de l'attentat à Käfertal. Qu'est-ce que tu peux offrir ? De l'argent ?

— Moi, de l'argent ?

— On gagne pas mal d'argent avec un bon reportage, non ?

— L'histoire n'est pas aussi extraordinaire que cela. (Il s'est levé.) Je dois partir.

— Pas aussi extraordinaire ? On peut en tirer des centaines de milliers de marks, sans doute plus avec les bonnes photos et les vrais textes. Qu'est-ce que tu dirais d'un million ?

Il m'a regardé, déconcerté. Il aurait aimé savoir si j'avais dit cela par hasard ou si je lui lançais un message précis. Mais son instinct de fuite a été le plus fort :

— Bon, il faut que j'y aille.

Brigitte nous avait regardés, interloquée. Lorsque Peschkalek s'est en allé après lui avoir fait la bise, elle a voulu savoir ce qui se passait.

— Vous êtes en froid ?

J'ai évité de répondre. Plus tard, au lit, elle a posé sa tête sur mon bras et m'a regardé.

— Dis ?

— Quoi ?

— Quel est le prix que tu as payé pour sortir de prison ? Tu leur as dit où ils pouvaient retrouver leurs deux fuyards ?

— Brigitte, pour l'amour de Dieu…

— Moi, je n'ai rien contre. Je ne connais pas la fille, mais elle se balade avec lui, et lui, il t'a tabassé. C'était bien lui ? Celui que j'ai rencontré le soir où je suis arrivée chez toi et où tu étais couvert de sang ?

— C'était lui. Mais je ne savais absolument pas qu'ils étaient en Espagne. Léo a appelé une ou deux fois, le son semblait venir de loin, mais c'était tout.

— Bizarre.

Elle s'est tournée, s'est pelotonnée dos contre moi et s'est endormie.

Je savais ce qu'elle trouvait bizarre. Comment un policier, dans un village reculé d'une province espagnole, a-t-il l'idée de s'occuper de terroristes allemands ? Il ne le fait pas sans un indice quelconque. Je me suis d'abord imaginé le touriste allemand qui, à l'étranger, avait pu se rendre au commissariat de police pour déclarer que son voisin de bungalow était un terroriste recherché. Mais ensuite, j'ai trouvé l'indice qui avait conduit Bleckmeier et Rawitz sur ma piste, et moi en prison. Ce n'était pas un touriste qui le leur avait livré. Pas plus que l'indice qui avait fait découvrir à Tiezke le cadavre de Wendt. Quelqu'un avait mis la police sur ma piste, quelqu'un qui m'avait vu par hasard et reconnu, un habitant de Mannheim qu'une belle journée estivale avait poussé dans la forêt d'Oden et à Amorbach. C'était le meurtrier qui avait mis la police sur la piste du cadavre de Wendt.

26

Un menton pointu et des hanches larges

Philippe n'était pas dans sa chambre.

— Il est dans le jardin.

L'infirmière s'est approchée avec moi de la fenêtre. Il se promenait en robe de chambre autour du petit étang rond, posant un pied devant l'autre comme s'il marchait sur une fine couche de glace. Je le regardais. C'est ainsi que marchent les hommes âgés. Bien sûr, il retrouverait bientôt son état normal. Mais un jour ou l'autre, ce serait sa démarche habituelle. Et la mienne.

— J'en suis déjà au troisième tour. Non, merci, je n'ai pas besoin de ton bras, je ne prends pas non plus la canne qu'ils veulent me donner.

Je marchais à ses côtés, résistant à la tentation d'avancer avec autant de précautions que lui.

— Combien de temps vont-ils encore te garder ?

— Quelques jours, une semaine peut-être, les médecins ne te disent jamais rien. Ils rient quand je leur dis que ce n'est vraiment pas la peine qu'ils me racontent des histoires. J'aurais dû m'opérer moi-même, je serais fixé.

Je me suis demandé si la chose était possible.

— Il faut que je sorte d'ici.

Il s'est mis à battre des bras. Les infirmières, aussi jeunes et jolies soient-elles, lui donnaient du fil à retordre.

— C'est fou, je les ai toujours aimées, les gentilles comme les revêches, les sèches et les molles. Je ne fais pas partie de ces hommes qui ont besoin de gros seins ou de cheveux blonds. Quand elles étaient jeunes, quand elles avaient ce regard, ce regard vide qui ne révèle pas si elles comprennent tout ou si elles ne comprennent rien, quand elles avaient ce parfum que seules ont les jeunes femmes, j'étais bien. Maintenant — il secouait la tête —, elles ont beau être gentilles et me faire de beaux yeux, je ne vois plus la jeune femme qu'elles sont, mais la vieille qu'elles seront un jour.

Je ne comprenais pas.

— Une espèce de regard radiographique ?

— Appelle ça comme tu voudras. Par exemple, le matin, l'infirmière s'appelle Senta, visage tendre, peau douce, menton pointu, petits seins et hanches larges, l'air sévère, mais elle aime rire ; avant, ça aurait fait des étincelles. Maintenant, je la regarde et je vois le jour où sa sévérité lui donnera des plis de mauvaise humeur au coin des lèvres, où des veines éclateront sur ses joues, où les bourrelets de graisse déborderont de sa taille. Au fait, tu as déjà remarqué que toutes les femmes avec un menton pointu avaient des hanches larges ?

J'ai tenté de me représenter les mentons et les hanches des femmes que je connaissais.

— Ou Verena, l'infirmière de nuit. Une femme racée, mais ce qui paraît émoustillant aujourd'hui sera délabré demain. Avant, je m'en serais fichu. Maintenant, je le vois, et le feu s'éteint en moi.

— Qu'est-ce tu as contre les femmes délabrées ? Je croyais que tu distinguais une Hélène en chaque femme.

— Mais c'était le cas. J'ai toujours aimé ça, et j'aimerais que ça continue.

Il avait l'air triste.

— Mais ça ne marche plus. En chaque femme, je ne vois plus que Xanthippe.

— C'est peut-être tout simplement parce que tu es malade. Tu n'as jamais été malade, non ?

Il avait déjà réfléchi à cette explication. Mais il l'avait rejetée.

— C'était un de mes vieux rêves, d'être patient à l'hôpital et de me faire gâter par les infirmières.

Je n'ai pas réussi à lui remonter le moral. En retournant dans son service, il s'appuyait sur mon bras. L'infirmière qui l'a aidé à se recoucher s'appelait Eva. Elle portait bien son prénom. Il ne lui a pas accordé un regard. Au moment où je m'en allais, il m'a retenu le bras.

— Le moment est-il venu d'expier parce que j'ai aimé les femmes ?

Je suis parti. Mais trop tard. Ses tristes ruminations m'avaient contaminé. Cet homme avait fait des femmes le sens de sa vie, il les avait préférées aux satisfactions éphémères que sont la gloire et l'honneur, aux bonheurs illusoires que sont l'argent et la fortune, au savoir trompeur et à la vanité du pouvoir. Et cela ne lui avait servi à rien. Il se retrouvait en dépression, comme n'importe qui. Je n'arrivais même pas à trouver quel crime Philippe pouvait commettre pour sauver le mensonge sur lequel était fondée son existence.

J'ai appelé madame Büchler :

— Je connais le meurtrier. Mais j'ignore ses mobiles et je n'ai pas de preuves. Peut-être monsieur Wendt en sait-il plus que moi ; je crois qu'il faut vraiment que je lui parle.

— Rappelez dans quelques heures. Je vais voir ce que je peux faire.

Je suis allé nourrir les canards au parc Louise. À trois heures, j'ai de nouveau eu madame Büchler au téléphone.

— Soyez demain matin à votre bureau. Il ne sait pas encore quand il va passer mais il passera. (Elle a hésité un instant.) C'est un homme habitué au pouvoir, il peut être brusque et grossier. Mais il est aussi sensible. Je vous prie de le ménager si vous avez des choses douloureuses à lui dire sur son fils et sa mort. Et ne lui remettez pas la facture, envoyez-la-moi.

— Madame Büchler, je…

Elle a raccroché.

27

Les bœufs avant la charrue

À neuf heures du matin, j'étais à mon bureau. J'ai arrosé mon palmier d'intérieur, vidé les cendriers, nettoyé la poussière sur ma table et sur l'armoire métallique, j'ai rangé mes stylos et mes crayons bien en ordre les uns à côté des autres.

Le téléphone a sonné. Le chauffeur m'a averti par son téléphone de voiture que Wendt serait chez moi dans une demi-heure.

Il est arrivé en Mercedes. Le chauffeur lui a ouvert la porte. Avant que Wendt ne descende, il a pris le temps d'observer l'immeuble et mon bureau, la porte en verre fumé, la vitrine de l'ancien débit de tabac et l'inscription en lettres dorées : « Gerhard Selb, enquêtes privées ». Il s'est extirpé de la voiture et il est resté immobile, prudent, tâtonnant, comme si son corps massif devait trouver l'équilibre : un éléphant qui balance son corps, sa tête et sa trompe, dont on ignore s'il a oublié comment faire usage de sa force ou s'il va avancer en piétinant tout sur son passage. Il s'est dirigé vers la porte d'un pas lourd. J'ai ouvert.

— Monsieur Selb ?

Il avait une voix de stentor.

Je lu ai souhaité la bienvenue. Il avait froid malgré la température estivale, et il a gardé son manteau.

Lorsque nous nous sommes assis à mon bureau, face à face, il en est venu directement au fait :

— Qui l'a tué ?

— Vous ne le connaissez pas. Votre fils et lui étaient amis, dans le temps. Ensuite, ils se sont perdus de vue durant des années. Il y a un certain temps, leurs chemins se sont à nouveau croisés. Je ne sais pas encore s'il a fait chanter votre fils ou si c'était l'inverse, ni ce qu'il voulait de votre fils ou votre fils de lui. Aviez-vous des contacts avec votre fils les jours ou les semaines précédant sa mort ?

— Qu'est-ce que vous croyez ? Nous sommes père et fils. Il a fait des études, a passé des diplômes, il est devenu médecin. Il m'arrivait de ne pas comprendre ce qu'il disait ou ce qu'il faisait. Et il était fréquemment incapable de suivre la marche de mes affaires. Mais il m'a toujours respecté, toujours.

Le vieux Wendt était en colère. Mais son visage restait figé. Un visage anguleux avec des os saillants aux tempes, aux joues et au menton, malgré la graisse ; il avait les yeux exorbités sous un front large et des sourcils épais, mais ses pupilles ne tremblaient pas, ses paupières ne tressaillaient pas ; seule la bouche remuait lorsqu'il parlait, d'une voix proche du grondement.

— Monsieur Wendt, vous connaissez la région située entre Viernheim et Lampertheim, la forêt où les Américains ont un camp ?

— Pourquoi ?

— Votre fils a été mêlé à un attentat qui y a été commis. Pour être exact, il était mêlé aux gens qui ont commis l'attentat. Dans sa serviette, il portait le plan de la région. La police ne vous a rien dit ?

Il a secoué la tête :

— Quel plan ?

— Rien d'excitant. On y voyait l'échangeur autoroutier de Viernheim et les quelques kilomètres voisins, avec des numéros de limites et de parcelles, une photocopie noir et blanc format A 4.

— Rolf…

Il s'est arrêté de parler.

— Oui ?

— J'aurais aimé faire plus pour mon fils. Vous savez où il habitait, et dans quelles conditions. Il aurait pu en avoir, pourtant, des appartements ! À quoi cela m'a-t-il servi de travailler toute ma vie ?

Je ne pouvais pas lui répondre. J'ai attendu.

— J'aurais pu tout lui donner, tout. Mais la carte…

— Quelle carte ?

Il a regardé fixement le plateau du bureau qui nous séparait, a attrapé un crayon et s'est mis à le tourner et le retourner entre ses mains boudinées.

— Je ne voulais pas que tout recommence. Je ne sais pas à quel point il y avait été mêlé à l'époque. En tout cas, il avait eu du mal à s'en sortir. Lorsqu'il a commencé à travailler, ça a failli recommencer. Mais ces derniers mois, il y était presque, il allait avoir son propre cabinet ou son propre hôpital, il ne fallait pas qu'il replonge.

— Quel rapport existe-t-il entre les histoires politiques de votre fils au début des années soixante-dix et la carte dont vous avez parlé ?

Le crayon s'est brisé, et Wendt a jeté les deux moitiés sur la table.

— Je ne vous ai pas engagé pour que vous me fassiez subir un interrogatoire.

Je n'ai pas répondu.

Lui aussi s'est tu, me regardant comme si j'étais une potion amère : devait-il avaler ou recracher ? J'allais reprendre la parole, mais il m'a fait un signe de la main et m'a tout raconté. Quelques jours avant sa mort, Rolf avait voulu récupérer la carte représentant la lande de Viernheim et la forêt de Lampertheim. Elle mentionnait les lieux où des gaz de combat avaient été enterrés à la fin de la guerre. Cette carte, il l'avait déjà demandée dans le passé.

— Il était encore au lycée. Il venait d'avoir un accident avec une voiture volée qu'il conduisait sans permis. J'ai remué ciel et terre pour étouffer l'affaire, et je venais d'y arriver lorsqu'une nuit, je l'ai surpris dans mon bureau ; il avait ouvert mon coffre-fort et cherchait la carte. Je lui ai mis une trempe. Peut-être…

L'inquiétude se lisait à présent dans ses yeux.

— Ensuite, tout est rentré dans l'ordre. Il a passé son bac, ses diplômes, il a eu son doctorat. C'est donc bien que les coups avaient servi à quelque chose, non ? Je ne lui en ai pas voulu de ne pas devenir chirurgien, chacun suit sa voie. Quant au fait qu'il ne m'ait pas beaucoup parlé… je ne sais pas ce qu'on vous a raconté, mais avec le temps, les choses se seraient améliorées. Parvenus à un certain âge, les fils ont des problèmes avec leur père. Mais ça passe.

Il a recommencé à me regarder fixement.

— Pourquoi votre fils voulait-il la carte ?

— La première fois, je ne lui ai pas vraiment laissé le temps de s'expliquer, je pense, et la deuxième, il n'a rien voulu dire. Est-ce que le meurtrier de mon fils voulait la carte ? Vous voulez dire que mon fils serait encore en vie si je lui avais donné la carte ?

Il s'est levé.

— Je me faisais du souci pour lui, vous comprenez, pour lui. Que toutes ces foutues histoires politiques s'arrêtent une fois pour toutes. Si ça n'avait tenu qu'à moi, il aurait pu l'avoir, cette carte, je n'en avais plus besoin.

Je ne pouvais pas lui apporter la garantie qu'il aurait aimé entendre. Je ne savais pas ce qui avait précédé la mort de Rolf par cet après-midi pluvieux sous le pont de l'autoroute. Mais même si la carte valait un meurtre, je ne pouvais m'imaginer que quelqu'un ait tué Rolf pour la lui extorquer. Je l'ai dit à Wendt.

— Est-ce que la carte justifierait un assassinat ?

— Aujourd'hui ? Dans le passé, peut-être. Regardez donc la région Ludwigshafen-Mannheim-Heidelberg : si l'on voulait créer une ville nouvelle, une vraie ville, alors la seule zone envisageable était la région entre Lampertheim, Bürstadt, Lorsch et Viernheim. Elle était desservie par l'autoroute et le train, elle se trouvait à vingt minutes de Francfort par le train à grande vitesse, à vingt minutes de Heidelberg en voiture. Et tout autour la nature, la forêt d'Oden et du Palatinat au pied des maisons, beau programme, non ? C'était même un très beau programme dans les années soixante et soixante-dix. Mais aujourd'hui, on ne pense plus et on ne planifie plus comme cela. Aujourd'hui, on donne à nouveau dans le petit, le coquet, avec jolies tourelles et encorbellements. On a juste construit le train à grande vitesse entre-temps. Si vous voulez savoir, tout aurait été mieux si on avait mis les bœufs avant la charrue.

— À cette époque, les Américains voulaient partir ?

— C'est ce qu'on disait. Et on a commencé à acheter. Les prix ont grimpé à Neuschloss, et un agent immobilier de Francfort qui se croyait particulièrement malin a proposé un demi-million pour l'ancienne maison du garde forestier sur la route de Hemsbach.

Il a éclaté de rire en se tapant sur la cuisse :

— Un demi-million !

— Et avec la carte, vous connaissiez les endroits qui valaient le coup d'être achetés et ceux où il valait mieux ne pas mettre un pied.

— Non, impossible de toucher au terrain militaire, les Américains y sont et y resteront. Mais s'ils étaient partis sans faire le ménage eux-mêmes, et si on avait construit la ville, alors la carte aurait valu de l'or. Avec des si... Mais ça n'a jamais été une affaire garantie.

— D'où tenez-vous la carte ?

— Je l'ai achetée.

Je lui ai lancé un regard interrogateur.

— Pas dans une librairie, évidemment. Un jeune homme l'avait trouvée dans les papiers de son père qui venait de mourir, et il était assez intelligent pour deviner sa valeur dans les affaires immobilières. J'ai dû payer une jolie somme.

Je lui ai montré la photo du jeune Lemke, sortie de l'album de Léo. Il l'a regardée et a hoché la tête. Je ne pensais pas que Lemke avait obtenu la carte par son père. Léo avait parlé du stage que Lemke avait fait chez son père, au ministère de la Défense, c'est à cette époque qu'il avait dû tomber sur la carte et la voler. Puis il l'avait vendue au vieux Wendt, et avait demandé au jeune Wendt de la lui récupérer. Il voulait certainement refaire le même coup avec un autre magnat de l'immobilier, pour la caisse du KBW ou pour son propre compte.

— Monsieur Wendt, avez-vous dit à votre fils comment vous aviez obtenu la carte ?

— Probablement.

— C'est ça qui l'a aidé, pas vos coups. Lemke, qui vous a vendu la carte, a fait en sorte que votre fils vous la vole à nouveau. Il ne lui a pas dit qu'il vous avait vendu la carte, il n'a certainement pas parlé d'argent, mais d'objectifs politiques. Il était l'idole politique de votre fils. Votre fils a cru en lui, jusqu'à ce qu'il s'aperçoive que Lemke le manipulait.

— C'est lui qui a… ?

— Non, il n'a pas tué votre fils.

Il a pris les deux morceaux du crayon cassé et a essayé de le reconstituer.

— Puis-je avoir la carte ?

— Elle vous serait utile dans votre travail ?

— Je pense que oui.

Il est resté silencieux et m'a dévisagé. Sans rien me demander, il a pris mon téléphone et appelé son chauffeur pour lui demander de passer le prendre. Il s'est levé, s'est appuyé sur le bureau, a trouvé son équilibre, s'est approché de la fenêtre et a attendu que la voiture soit avancée. À la porte en bas, il m'a dit sans se retourner :

— Vous aurez de mes nouvelles.

28

Entourées en rouge

La réponse de Wendt ne s'est pas fait attendre longtemps. Madame Büchler m'a appelé juste après ma conversation avec Brigitte. Elle m'a dit qu'elle m'envoyait un coursier, que monsieur Wendt aimerait que je fasse bon usage du contenu du paquet, qu'il ne voulait pas le récupérer et qu'après la fin de mon enquête, il désirait un rapport écrit et détaillé.

— Votre rapport, c'est à moi que vous l'adresserez, avec la facture. Je vous souhaite beaucoup de succès, monsieur Selb.

J'ai attendu le coursier en regardant par la fenêtre. Les promeneurs sont rares sur l'allée Augusta. Il y a quelques écoles dans les environs, mais les enfants prennent les rues adjacentes pour s'y rendre. Il y a aussi quelques bureaux, des petits et des grands, mais ceux qui y travaillent prennent leur voiture. J'observais la femme policier qui réglait la circulation. Ensuite, je n'ai plus vu personne pendant un bout de temps, jusqu'à ce que deux hommes en costume clair arrivent, s'arrêtent, discutent et repartent, l'un, énervé, marchant devant, l'autre soucieux derrière. Une jeune femme poussait une voiture d'enfant. Un petit garçon courait avec le cartable sur le dos. J'ai allumé une cigarette.

Le coursier est arrivé à moto. Il n'a pas coupé le moteur, a monté les escaliers qui conduisent à ma porte, m'a tendu une grande enveloppe jaune et m'a fait signer le registre. Avant de filer, il m'a salué en posant l'index contre son casque.

J'ai dû ranger mon bureau pour déplier la carte. Elle avait l'air parfaitement anodin. On voyait de petits « 1 » et « 2 » en vert qui symbolisaient la forêt de pins et de feuillus, quelques courbes de niveau brunes à l'ouest d'un fossé bordé de taillis ; tout le terrain était couvert de laies grises et découpé en rectangles. En onze emplacements, il y avait à côté des laies des surfaces d'environ deux centimètres de long, étroites comme une allumette, entourées en rouge. Certaines étaient entourées d'un trait épais, d'autres avaient en plus un point d'interrogation. Est-ce là que l'on avait enterré les gaz de la Première Guerre mondiale ? Ou du moins l'endroit supposé ? La carte n'avait pas de légende. Pas de titre non plus, juste un nombre à quatre chiffres, l'échelle, un tampon avec l'aigle impérial et la croix gammée, et une mention manuscrite indéchiffrable.

J'ai replié la carte. Je possède un petit coffre-fort, mais personne n'a encore jamais fracturé mon armoire métallique. J'ai posé la carte sur l'étagère du milieu, sous le revolver d'alarme. Existait-il des copies de la carte ? Je supposais que Lemke en avait fait préparer, à l'époque, pour préparer l'attentat. Il était même possible que la carte lui ait donné l'idée de l'opération. Car ces copies ne servaient à rien, ni par le passé ni maintenant. Aucune entreprise immobilière ne paierait pour l'avoir, aucun journal ne s'y intéresserait.

Ensuite, j'ai observé le jeu d'ombres que produisaient le soleil et les lettres dorées de ma porte vitrée sur le sol. De longues lettres légères qui s'étiraient élégamment vers le haut. Je n'avais rien à faire jusqu'au soir. Mais je n'avais pas non plus envie de faire quoi que ce soit. Je voulais en terminer avec cette affaire.

J'ai mangé à la *Petite Roseraie*, une escalope de veau à la sauce au citron. Je suis allé au cinéma, à la séance du début de l'après-midi. Une histoire d'amour compliquée : au début, elle l'aime, mais pas lui. Ensuite, c'est l'inverse. Après, personne n'aime plus personne. Et ils finissent par tomber amoureux quelques années plus tard, après s'être rencontrés par hasard. Je suis allé transpirer, nager et dormir au sauna et à la piscine de Herschel. Je me suis réveillé au moment où Peschkalek et Brigitte m'apportaient un gâteau d'anniversaire dont je devais souffler les bougies. Mais je n'y arrivais pas. Ils se tenaient tous les deux à mes côtés, me parlaient et me tapaient sur l'épaule. Leurs mains se touchaient sans arrêt. Lorsque j'ai senti qu'ils les avaient jointes, j'ai voulu me retourner. Mais je ne pouvais pas. Ils m'avaient mis dans un étau.

J'ai enlevé ma serviette pour jeter un coup d'œil sur ma montre. Il était l'heure.

29

Deux choses différentes

J'avais repéré la clé. La porte s'est ouverte immédiatement.

J'ai regardé autour de moi. Il fallait que je me débrouille en une heure et demie ; je ne pouvais pas faire attendre plus longtemps Brigitte, qui avait bien accueilli mon idée et à nouveau invité Peschkalek. Je l'ai appelée :

— Je suis désolé, mais...

— Tu vas encore être en retard ?

— Oui.

— Ça n'est pas un drame. Manu n'est pas encore rentré. Tu seras là vers quelle heure ?

L'horloge a sonné.

— Il est huit heures. Je devrais être là d'ici neuf heures et demie, au plus tard. Allez, bon appétit, et gardez-moi quelque chose.

— Ce sera fait.

Il a fait jour un peu plus tard que la dernière fois. Je voyais encore bien. Cette fois-ci, je ne me suis pas contenté de jeter un coup d'œil au bureau, j'ai fouillé chaque étagère et chaque tiroir pour trouver le pistolet. J'ai aussi regardé derrière les classeurs. J'ai inspecté la chambre à coucher, l'armoire, des pulls aux chemises et des sous-vêtements aux chaussettes, tâtant chaque veste et pantalon. Je n'ai pas trouvé ses chaussures. Il n'y avait pas d'armoire ni d'étagère pour les ranger, et elles n'étaient pas dans la pièce. Un homme sans chaussures, c'était impossible. Lorsque je me suis attaqué au lit en soulevant le matelas, j'y ai trouvé un tiroir aménagé par-dessous, rempli de chaussures bien cirées et classées par couleurs. Dans cette petite chambre, j'ai eu du mal à le tirer entièrement pour examiner le fond. J'y suis parvenu tout de même, en rampant sous le lit et en passant ma main entre le mur et le tiroir. Rien.

Le lit était bas, j'ai voulu me dégager. Mais il était plus facile de passer dessous que d'en sortir. J'ai appuyé mes mains contre le mur et je me suis mis à gigoter des pieds, mais je ne bougeais pas beaucoup. Je m'étais servi des pieds pour me glisser sous le lit. Ils ne m'étaient d'aucune utilité pour en sortir. J'ai constaté une fois de plus qu'entrer et sortir sont deux choses différentes. J'ai pensé au couvent et au mariage, à la Légion étrangère et à une mauvaise passe. Je me suis aussi rappelé le réservoir d'eau dans lequel j'avais sauté quand j'étais petit. Je venais tout juste d'apprendre à nager. Après deux aller-retour, j'ai constaté qu'il avait des parois en béton lisse et qu'il était impossible d'en sortir. J'étais prisonnier. J'ai fini par gagner quelques centimètres en me débattant, en poussant et en tirant. Lorsque mes fesses ont été dégagées, ça allait déjà mieux. Ensuite, j'ai réussi à libérer les épaules et la tête. Je respirais. J'ai fermé les yeux un instant et j'ai roulé sur le dos. Plus moyen de me relever.

Quand j'ai rouvert les yeux, Peschkalek se tenait au-dessus de moi. Il avait une main dans sa poche, l'autre jouait avec sa moustache. Il me regardait d'en haut.

— Ça fait longtemps que tu es là ?

Ce n'était pas un bon début. J'aurais dû le laisser parler en premier et me lever tranquillement.

— Tu aurais peut-être voulu que je t'aide à t'en sortir ? Que je m'excuse d'avoir un lit aussi bas ? Et que je t'invite à continuer à fouiller ? Alors, où aimeriez-vous fourrer votre nez maintenant, monsieur le détective ?

Il a fait une révérence ironique.

— Qu'est-ce que tu viens faire ici ?

Ça non plus, ça n'était pas une bonne entrée en matière. J'avais les idées embrouillées. Je me suis levé tout de même.

Il a ricané.

— J'ai entendu sonner mon horloge, tout à l'heure, quand tu as téléphoné.

Le ricanement s'est chargé de haine.

— Et devine pourquoi j'ai entendu ton appel ? À ton avis, pour quelle raison avais-je la tête aussi près de ta Brigitte ? Hein ?

Il a sorti la main de sa poche et a serré les poings. Je ne sais pas s'il espérait ou s'il redoutait que je lui tape dessus. Je ne me suis pas posé la question. Je me suis redressé et j'ai pris mon temps.

— Alors ?

Il frétillait.

— Où as-tu rangé le pistolet ?

Il s'est raidi.

— Le pistolet ? De quoi parles-tu ?

— Allez, Ingo. À part toi et moi, il n'y a personne ici. Pas de commissaire dans l'armoire et pas de micro dans mon épingle à cravate. Tu sais de quoi je parle, et moi je sais que tu sais, alors pourquoi continuer ce cirque ?

— Je ne comprends vraiment pas comment…

— Tu as raison, ma question, c'était aussi du cirque. Pourquoi me dirais-tu où tu as caché le pistolet ? À moins que tu ne l'aies jeté ?

— Ça suffit, Gerd. J'ai dit à Brigitte que j'allais chercher mon appareil en vitesse. C'est ce que je vais faire. Ensuite, je prendrai les photos de Manu, comme elle me l'a demandé, et je mangerai le soufflé aux pommes de terre qui est en train de cuire au four. Allume la lumière, continue à chercher le pistolet, et ferme la porte en partant, je te prie.

Il s'est retourné pour passer dans la pièce voisine. Il était bon. Bien meilleur que je ne le pensais. Le naturel avec laquelle il parlait de Brigitte, de Manu et du soufflé, me touchaient plus que ses allusions vulgaires à un tête à tête près du téléphone. Je l'ai regardé mettre deux appareils et un flash dans une sacoche de cuir.

— À ta place, j'emmènerais aussi le dossier 15.6, le classeur et la vidéo.

Il a fait coulisser lentement la lanière dans la boucle, a introduit l'ardillon dans le trou et tiré sur la lanière. Il a jeté un bref regard à l'étagère.

— Tout est encore là.

Son sac était prêt. Mais il a eu un instant d'hésitation. Il se tenait là, les mains sur la sacoche de cuir, regardant par la fenêtre.

— Au fait, j'ai la carte que tu avais demandée à Rolf.

Il savait encore moins ce qu'il devait faire. Était-ce un appât que je lui lançais ? Ou une offre ? De sa main gauche, il tapotait un rythme fou sur sa sacoche.

— Lemke n'est-il pas un danger tout de même ? Tu estimes qu'il va jouer le jeu et se taire. Ensuite, il pourra se donner en spectacle au procès, et toi tu pourras publier ton histoire dans les médias. Quand il sortira de prison, il touchera la moitié de la somme avec les intérêts cumulés. Mais avant, il aura tiré huit ou dix ans. Le prix est élevé, mais maintenant qu'il est arrêté et qu'il va être condamné, à quoi cela lui servirait-il de parler ?

La main de Peschkalek tapotait maintenant un rythme lent et régulier.

— Note bien, réflexion faite, ça pourrait lui servir à quelque chose. Il pourrait te faire payer le fait que tu l'aies dénoncé.

Il se tourna vers moi.

— Dénoncé ? Je ne comprends pas...

— Je ne sais pas si on peut vraiment le prouver. Enregistrements, comparaison des voix, il existe une foule de moyens de nos jours, mais la police ne va pas se donner cette peine.

J'ai secoué la tête.

— Lemke n'aura pas besoin de preuves. Quand je vais le mettre sur la voie, il saura aussi bien que moi que la balance, c'était forcément toi. Et pas le touriste allemand en Espagne ou je ne sais quelle personne pour laquelle tu t'es fait passer.

Peschkalek me regardait comme s'il attendait le coup suivant.

J'ai continué :

— Le pire pour toi, c'est que Lemke peut en tirer bien plus qu'une vengeance. S'il se met à tout déballer, il peut sauver sa peau. S'il bénéficie de la loi sur les repentis, il s'en tirera peut-être avec quatre à cinq ans seulement. Alors pourquoi se retenir ? Il se met à table et raconte toute l'histoire. Et il la raconte si bien que la conclusion s'impose : c'est toi qui as machiné toute cette histoire. C'est toi qui as eu l'idée, qui as tout préparé et tout mis en œuvre. C'est toi qui as tiré, à Viernheim et ensuite à Wieblingen. C'était toi.

30

Tout y est encore

Il a capitulé. Je pouvais l'appâter, lui faire une proposition, le menacer : quel que soit le jeu proposé, il n'osait plus continuer. Pourtant, il aurait bien aimé poursuivre la partie, il ne voulait pas abandonner. Mais entrer dans mon jeu, c'était renoncer au sien.

— Tu ne crois tout de même pas pour de bon que j'ai tué Rolf Wendt !

Peschkalek me fixait, l'air épouvanté.

— C'est toi qui l'as fait chanter. C'est toi qui avais le pistolet de Lemke. C'est toi qui as averti les journaux. C'est toi...

— Mais comment ?

— Comment ? (Je lui criais au visage, à présent.) Tu veux savoir comment on va le prouver ? Tu peux être sûr que la police trouvera des preuves dès qu'elle aura la piste. Et ce qu'elle ne saura pas, elle l'apprendra de Lemke.

— Non, je veux dire, comment est-ce que je pouvais le tuer si je voulais le faire chanter ?

— Ça ce n'est pas mon affaire !

— C'était un accident. Rolf...

— Le coup de feu, un accident ? Je t'en prie, Ingo...

— Écoute-moi au moins, puisque je parle.

Il me regardait, désespéré et furieux à la fois. Je n'ai plus rien dit.

— Je sais bien que ça paraît fou. Rolf et moi, on s'était disputé parce que je voulais la carte et qu'il ne refusait de me la donner. Je l'ai menacé d'avertir la police qu'il avait caché Léo à l'hôpital. Il m'a attrapé, je me suis dégagé et je l'ai repoussé. C'est alors qu'il est tombé en arrière.

— Et ensuite ?

— Il est resté par terre. D'abord, j'ai pensé qu'il plaisantait. Ensuite, qu'il était évanoui. Puis, j'ai eu une drôle d'impression, et j'ai pris son pouls. Il était mort.

Peschkalek s'est assis dans le fauteuil vénitien, a posé les bras sur les dossiers, a levé les mains et les a laissées retomber. J'ai attendu. Il m'a lancé un bref coup d'œil avec un sourire tordu.

— J'avais emporté le revolver pour l'impressionner, et comme il était déjà mort… Enfin, bref, j'ai tiré.

— Tout ça pour vendre ton histoire ? Tu as pensé que…

— Je ne me suis pas contenté de penser. Ça aurait marché pour de bon si tu ne t'étais pas mêlé de tout ça. Dans ce cas-là, le reporter aurait précédé la police sur les lieux, c'est lui qui aurait trouvé la petite carte, il se serait demandé à quoi ça rimait. Et moi, j'aurais pu l'aider à comprendre. Cela dit, même comme ça, toute l'affaire s'est mise en branle et les médias en ont parlé.

— C'est Lemke qui t'avait donné le revolver ?

— Lui, me donner quelque chose ? (Il riait.) Helmut est de ceux qui prennent. Et moi, pendant des années, j'ai été de ceux qui donnent. J'étais fier d'en être, et je me suis laissé commander. Les filles devaient faire du café et des spaghettis ; moi, j'étais responsable des circuits électriques, des appareils et des voitures. C'est pour cela que Helmut voulait que je vienne avec lui quand il a monté son histoire *new-age* en Espagne, avec groupes de travail, séminaires, bains nus et sources chaudes. Lorsque l'affaire a coulé et qu'il est revenu, il a continué de la même façon. Je devais être dans tous les coups, ça voulait dire que je devais organiser tout l'aspect technique. Mais j'avais tiré la leçon.

Peschkalek avait appris que rien n'est jamais donné : comme on fait son lit, on se couche, et personne n'est là pour vous border. Tout ça, c'était l'idée de Lemke.

— Il faut offrir quelque chose aux gens, c'était son slogan. Tout comme les matchs de foot, les mariages de personnalités, les accidents et les crimes, le terrorisme postmoderne est un événement médiatique. Il faut donc l'organiser et le vendre comme n'importe quoi d'autre.

Pour occuper ce créneau, Lemke avait besoin de Peschkalek. Cette fois, son motif n'était pas seulement qu'il était plus commode de ne pas s'occuper soi-même de la technique. Non cette fois, il aurait été totalement incapable de s'en sortir tout seul : il avait besoin d'un cameraman.

— Il avait besoin de moi. Mais il ne voulait pas faire moitié-moitié. Il ne m'accordait qu'un tiers des bénéfices. J'ai tenté de le convaincre, mais ça n'a servi à rien. Il est... d'une certaine façon, on n'arrive pas à lui parler. Alors je me suis dit : attends, mon gars, mon heure viendra.

Elle est venue. Et dans un premier temps, elle lui a valu une sacrée trouille.

— La matinée qui a suivi... tu ne peux pas t'imaginer ce que c'est. On écoute la radio, toutes les heures, il y a les informations, à chaque fois, on se dit : c'est maintenant. Mais on n'entend rien. Alors qu'on avait deux morts à offrir, ça n'est pas une bagatelle.

Il n'y a rien eu non plus les jours suivants, et sa déception s'est transformée en inquiétude sur le sort de Bertram et de Léo : qu'avait-il dit après son arrestation, avait-elle été arrêtée, elle aussi, ou s'était-elle cachée quelque part ? Mais Beltram ne pouvait rien révéler d'important : Helmut et Ingo ne lui avaient pas dit grand-chose. Quant à Léo, Helmut était certain qu'elle ne parlerait pas de son propre gré. Alors ils se sont mis au travail, ils ont écrit aux chaînes de télévision et aux journaux. Mais ça n'a rien donné, et Helmut a voulu tout abandonner.

— C'est à ce moment-là qu'il a fait appel à tes services, pour que tu cherches la petite. Il m'a expliqué que cela nous permettrait d'accentuer la pression, sans craindre qu'elle ne dévoile le fond de l'histoire un jour ou l'autre. C'est avec mon argent qu'il t'a payé. Mais je crois que c'était juste pour récupérer la gamine. Il avait déjà d'autres choses en tête.

C'est là que Peschkalek est intervenu. Il m'a suivi. Ça lui a presque permis de trouver la piste de Léo. C'est lui qui m'a collé Rawitz et Bleckmeier aux basques. Comme le coup de feu tiré sur Wendt n'avait pas suffi à ameuter la presse, Peschkalek m'a accusé ; ensuite, ça a été le tour de Helmut et Léo.

— Helmut est toujours resté en contact avec moi. Il n'a pas pensé qu'il pourrait se casser le nez lui aussi, un jour ou l'autre.

À force de parler, Peschkalek s'était échauffé. Il m'a lancé un regard où se mêlaient l'espoir et l'inquiétude.

— Tout est encore dans le dossier, Gerd. Au moment du procès, lorsque Helmut affirmera qu'il n'y a jamais rien eu à Käfertal et parlera de Viernheim, ça va faire l'effet d'une bombe, les télés et les journaux qui n'ont rien voulu savoir de mon histoire se l'arracheront. Avec la carte que tu détiens, l'histoire sera encore meilleure, et vaudra encore plus cher. Ça nous rapportera facilement un demi-million chacun. Au bas mot.

Il a fouillé en vain dans les poches de son blouson et de son pantalon.

— Tu as une cigarette ?

Je m'en suis allumé une, je lui ai lancé le paquet et le briquet, et je me suis adossé aux étagères.

— Oublie toute cette histoire. Ça ne rapportera plus rien maintenant. Mais tu pourrais me donner le matériel.

— Pour faire quoi ?

— N'aie pas peur, pas pour l'argent. Il me permettrait peut-être de faire sortir Léo.

— Tu es fou. Je travaille sur Viernheim depuis six mois. Et tout ça pour des clopinettes ?

— C'est fini, maintenant. La police sait que la balle qui a tué Wendt provenait de l'arme de Lemke. Si elle le dit à Lemke, il saura que tu lui as pris le pistolet pour tirer sur Wendt. Il ne voudra pas payer pour un meurtre qu'il n'a pas commis. Il donnera ton nom à la police. Il n'a pas d'autre choix. Laisse tomber, Ingo.

J'ai pris le 15.6 sur l'étagère, le classeur et la cassette. Il s'est levé d'un bond et les a attrapés. J'ai essayé de les retenir, mais je n'avais pas la moindre chance. Il était jeune, costaud, et en colère. Il n'a pas eu de mal à les récupérer.

Peschkalek me regardait fixement, l'air méchant, aux aguets.

— Tu n'arriveras pas à passer avec ça.

Comme par jeu, il a levé sa main droite pour me frapper. J'ai reculé. Il a posé le classeur et la cassette pour libérer sa main gauche et s'est approché. Je n'avais aucune idée de ce qu'il avait derrière la tête. Il a esquissé quelques coups, tantôt du gauche, tantôt du droit, et j'ai continué à reculer. Est-ce qu'il devenait fou ? Alors, son poing m'a atteint, je suis tombé à la renverse par la porte ouverte de la salle de bain, entraînant des bouteilles, des verres et des bassines dans ma chute, et je me suis retrouvé par terre, dans les débris de la chambre noire.

J'ai essayé de me redresser. Cela sentait les produits chimiques. Avec un léger « pouf », comme quand on allume un four, ma cigarette, que j'avais laissée tomber dans ma chute, a mis le feu à une flaque au pied de la baignoire. Je me suis précipité dans la grande pièce, passant devant un Peschkalek médusé. Derrière moi, il y a eu un second « pouf », et un troisième, j'ai senti la chaleur du feu, je me suis retourné et j'ai vu les flammes jaillir de la salle de bain avant de s'attaquer au tapis et aux étagères. Peschkalek a enlevé son blouson pour étouffer l'incendie. Mais il n'avait aucune chance.

— Dehors !

Je criais. Le feu se propageait. Le lit et l'armoire de la chambre à coucher étaient la proie des flammes.

— Dehors !

Le blouson dont il se servait pour éteindre le feu s'est enflammé à son tour. Je l'ai pris par les épaules, mais il a réussi à se dégager. Je l'ai rattrapé et l'ai tiré jusqu'à la porte, que j'ai ouverte d'un grand coup. L'air frais s'est engouffré dans l'appartement, toute la chambre s'est embrasée. La fournaise nous a chassés sur le palier. Peschkalek s'est immobilisé, le regard rivé à la chambre en flammes. Lorsque je l'ai vu se diriger, comme un somnambule, vers la porte et les flammes, je l'ai poussé dans les escaliers et me suis précipité à sa suite. Il a trébuché, s'est rattrapé, a trébuché à nouveau, puis il est tombé.

Il est resté couché au pied de l'escalier, sans bouger.

31

Rawitz rigole

On avait allumé les lumières et ouvert les fenêtres dans les immeubles voisins. Les gens se penchaient à l'extérieur et se criaient ce que chacun voyait : il y avait le feu. L'ambulance a emporté Peschkalek, qui n'avait pas repris connaissance. Les pompiers sont arrivés ensuite. Avec une vitesse étonnante, les hommes en uniformes bleus, casques brillants, hachette au ceinturon, ont tiré les tuyaux dans le couloir de l'immeuble et ont ouvert l'eau. Il n'y avait plus grand-chose à éteindre.

Ensuite, j'ai pataugé dans la gadoue chaude et noire. Avant même que l'officier des pompiers ne m'ait ordonné de partir, j'ai compris que les recherches étaient inutiles. Plus rien là-dedans ne ressemblait, même de loin à un classeur ou à une cassette vidéo.

Lorsque la police a relevé les noms des témoins, j'ai discrètement quitté la cour. J'aurais préféré aller à la *Petite Roseraie* ou à la maison plutôt que chez Brigitte. Mais je ne pouvais pas la laisser attendre. Je lui ai donné une version édulcorée et enjolivée de ma rencontre avec Peschkalek. Elle s'en est contentée. Moi, j'ai été heureux de ne pas apprendre à quoi rimait cette histoire de tête à tête. Tard dans la soirée, nous avons appelé l'hôpital municipal où se trouvait Peschkalek. Il avait un traumatisme crânien, une jambe et un bras cassés, mais la liste des dégâts s'arrêtait là.

Ensuite, je me suis couché, et j'ai passé en revue les décombres qu'avait laissés toute cette affaire. J'ai pensé à la mort de Rolf Wendt, qui aurait pu habiter dans un appartement chic et avoir son propre hôpital, à Ingo Peschkalek, le pitoyable meurtrier, et à la vie instable de Léo, prise entre la fuite et la prison. Je craignais de ne pas pouvoir fermer l'œil. En fait, j'ai dormi comme un loir. Dans mon rêve, je devais monter et descendre des escaliers raides, courir dans des couloirs, poursuivi par des flammes. Mais ma course s'est rapidement transformée en vol ; assis en tailleur, vêtu d'une chemise de nuit qui battait au vent, je filais dans les escaliers et les couloirs, laissant loin derrière moi les flammes, jusqu'à ce que je freine pour atterrir en douceur sur une prairie verte au beau milieu de fleurs de toutes les couleurs.

Pour revenir chez moi, depuis l'appartement de Brigitte, le plus court est de prendre la passerelle sur le Neckar vers le centre Collini, de passer derrière le Nationaltheater et de traverser la place Werder. Le matin à six heures, on ne rencontre personne, juste quelques voitures dans la Goethestrasse et l'allée Augusta. La nuit n'avait pas rafraîchi l'atmosphère et le matin chaud annonçait une journée torride. Dans la Rathenaustrasse, j'ai croisé un chat noir. Un peu de chance ne me ferait pas de mal.

J'ai rédigé le rapport pour le vieux Wendt, en y consignant tout ce que je savais pour le moment. Le dernier chapitre ne faisait que commencer.

J'ai appelé le ministère de la Défense, je suis tombé tantôt sur les bonnes personnes, tantôt sur les mauvaises, et j'ai finalement eu au bout du fil un fonctionnaire chargé des camps stockant des gaz de combat des deux guerres. Il me déclara qu'il ne voulait et ne pouvait rien me dire, mais que naturellement, il était intéressé par tout ce qui pouvait servir à éviter des accidents et à assurer la sécurité. Viernheim ? Des cartes des services de la Wehrmacht et ensuite du ministère de la Défense ? Une récompense pour sa remise ? Il me répondit qu'il allait examiner l'affaire. Comme je ne voulais pas lui donner mon numéro de téléphone, il m'a remis le sien, celui de son bureau, de son service et de son domicile.

Nägelsbach, lui non plus, n'a rien voulu ou rien pu me dire.

— Comment va madame Salger ? L'instruction suit son cours, et on nous a ordonné de ne rien divulguer. Il y a peu de chances qu'on fasse une exception, surtout en ce qui vous concerne.

Le ton était aussi sec que sa phrase. Mais Nägelsbach était disposé à organiser une rencontre avec Franz, du Parquet fédéral.

C'est ainsi que je les ai retrouvés un après-midi au parquet de Heidelberg, l'élégant Franz, l'inévitable Rawitz et Bleckmeier, qui était pour ainsi dire de très mauvaise humeur. Nägelsbach était présent, mais n'avait pas installé sa chaise près de la table où nous étions, il était près de la porte, comme s'il voulait partir très vite ou empêcher l'un d'entre nous de s'en aller.

— Vous vouliez me parler ?

— J'ai des faits à vous révéler, et une offre à vous faire.

— Oh mon Dieu, a dit Rawitz, l'air accablé. On va marchander avec lui maintenant ?

— Je commence par les faits, cela vous convient ?

Franz a hoché la tête. Je lui ai tout raconté : le terrorisme postmoderne de Lemke, la première rencontre entre Wendt et Peschkalek il y a des années, et leur dernière sous le pont de l'autoroute à Wieblingen. Je leur ai parlé de ma visite chez Peschkalek, de sa documentation et de la carte. Grosso modo, je ne me suis pas beaucoup éloigné de la vérité. J'ai seulement affirmé que j'avais sauvé des flammes le classeur et la cassette vidéo.

— Vous voulez dire que le meurtrier de Wendt est à l'hôpital et attend pour ainsi dire son arrestation ?

— Pour ainsi dire. Mais je n'ai pas dit qu'il avait assassiné Wendt. Je pense que sa version est crédible.

— Tu parles ! s'est esclaffé Rawitz.

— Et quelle offre avez-vous à nous faire ? a demandé Franz, qui affichait à nouveau son sourire sympathique.

Je le lui ai rendu et les ai fait attendre un peu pour faire monter la pression.

— Je garde les documents de Peschkalek, je les mets en sécurité et je vous garantis que ni les médias ni son défenseur n'apprendront leur existence. Vous pouvez dire à Peschkalek et à Lemke qu'ils ont brûlé.

— Et que voulez-vous en échange ? a demandé Rawitz en ricanant.

— Ce n'est pas tout. Je vous donne aussi la carte.

— On ne fait pas de géographie.

— Attendez, Rawitz. Si elle est utilisable, ce n'est pas rien.

J'ai donné à Franz le numéro de téléphone de mon contact au ministère de la Défense, et il a envoyé Bleckmeier téléphoner.

— Et ensuite ?

— Vous libérez madame Salger et vous lui épargnez un procès.

— Manquait plus que ça ! a rigolé Rawitz.

— C'est donc ce que vous souhaiteriez… a dit Franz en hochant la tête. Et qu'en pense votre commanditaire ?

— L'une des dernières tâches que son fils a remplies a été de prendre soin de madame Salger. Il l'a cachée à Amorbach et avant à l'hôpital psychiatrique. Mon commanditaire tient beaucoup à ce que son fils a été et a fait.

Rawitz s'était remis à rire. Franz lui a jeté un regard noir.

— Nous aurons des copies des documents de Peschkalek ?

— Non.

— Pourquoi pas ?

— Je ne tiens pas à ce que vous preniez connaissance de ce qu'ils contiennent, ni à ce que vous vous débrouilliez pour le neutraliser.

— Mais nous avons le droit d'y jeter simplement un coup d'œil.

— Même un coup d'œil, cela n'élimine pas le risque.

— Il nous faut donc l'acheter les yeux fermés ?

— Vous pouvez voir les documents que Peschkalek a envoyés à la presse. De toute façon, ils sont publics. Et je vous ai apporté quelques échantillons.

J'ai déposé sur la table des copies de photos que j'avais mises dans ma poche lors de ma première visite chez Peschkalek.

— On peut lui faire confiance ? (Franz s'est tourné vers Nägelsbach.) Pouvons-nous lui faire confiance pour qu'il garde tout ça pour lui, quoi qu'il arrive ?

— Qu'il garde tout... mais qui nous garantit qu'il l'a en sa possession ? Si ça se trouve, tout a brûlé, et son histoire est du bluff. Il est aussi possible que Peschkalek et Lemke aient gardé des copies.

Rawitz marmonnait. Mais il gloussait parfois entre deux mots, comme pour ravaler un rire.

Nägelsbach nous a regardés, moi d'abord, puis Franz.

— Moi, je lui ferais confiance. Nous verrons bien s'il existe encore des copies en observant la réaction de Peschkalek et de Lemke quand nous leur annoncerons la nouvelle de l'incendie.

Franz a chargé Nägelsbach d'organiser l'arrestation de Peschkalek. Bleckmeier est rentré, et Franz m'a demandé d'attendre dehors. Lorsque Nägelsbach est revenu, nous nous sommes retrouvés tous les deux dans le couloir, un peu gênés.

— Merci.

— Vous n'avez pas à me remercier.

Il est entré dans le bureau.

Je les ai entendus parler. Rawitz riait de temps en temps. Au bout de vingt minutes, Franz est sorti dans le couloir.

— Nous vous tenons au courant. Merci beaucoup pour votre collaboration.

Il m'a serré la main. Je pouvais repartir.

J'ai pris la voiture pour me rendre au bureau, terminer mon rapport et établir la facture. J'ai posé la photo de Léo contre le lion en pierre, je l'observais en fumant ma cigarette. À la maison, Turbo faisait la gueule. Je me suis assis sur le balcon, au chaud. Il est arrivé, il est passé à côté de moi en m'ignorant et a fait sa toilette.

Juste avant huit heures, le téléphone a sonné. Nägelsbach m'annonçait que je pouvais aller chercher Léo le lendemain matin à la prison et que je devais apporter la carte. Son ton était officiel, et je pensais qu'il allait raccrocher après cette nouvelle. Mais il a hésité, j'ai attendu, et un silence gêné s'est installé sur la ligne. Il s'est raclé la gorge.

— Ça ne va pas être facile pour Mme Salger, monsieur Selb. Je tenais à vous le dire. Au revoir.

32

Trop tard

J'étais trop fier pour demander à Nägelsbach d'expliquer sa dernière remarque. Et puis j'imaginais facilement que la Léo que j'avais vue à la télé pouvait être complètement épuisée, troublée, peut-être même aigrie et agressive.

Le lendemain matin, j'ai rangé l'appartement, mis au frais la bouteille de champagne californien que j'avais gagnée quelques années plus tôt à un concours de surf pour vétérans, j'ai pris une douche écossaise, et j'ai passé vingt minutes devant mon armoire. Finalement, j'ai choisi le costume jaune, une chemise bleu ciel et la cravate avec les petits nuages. « Alors, on joue au potache amoureux ? » m'a demandé une petite voix intérieure pendant le trajet jusqu'à Heidelberg. Lorsque je me suis présenté à la porte de la prison, et en remettant la carte à Bleckmeier, qui l'a prise sans commentaire, j'avais pas mal de raisons de me sentir vaseux.

Elle portait la chemise à carreaux que j'avais vue à la télévision juste après son arrestation. Mais elle l'avait lavée, paraissait plus reposée, et ses boucles châtains abondantes et douces tombaient sur ses épaules. Elle m'a vu, m'a fait un signe de la main, elle a ri et écarté les bras. J'ai été soulagé. Qu'est-ce qui allait être difficile ?

— C'est tout ?

Elle portait un sac plastique.

— Oui, toutes les affaires que j'avais avant mon arrestation ont été perdues, je ne sais ni où, ni quand. Ton copain, le commissaire, m'a apporté quelques trucs, même une eau de toilette. Regarde.

Elle s'est dirigée vers la table et a déversé toute sa fortune. Elle s'est mise à déplacer les objets d'un côté et de l'autre, comme s'il fallait les remettre dans un ordre bien précis, mais qui restait à découvrir. L'eau de toilette était placée au centre, les autres articles en cercle autour. Mais elle n'a pas trouvé de place pour le mouchoir, le papier à lettres et le stylo.

Derrière une vitre, le gardien qui actionnait les boutons pour l'ouverture de la porte nous regardait.

— Alors, on y est ?

— J'arrive tout de suite.

Elle a fait une autre tentative.

— Non, ça ne marche pas.

Elle a ouvert le sac, et y a fait tomber toutes ses affaires en vrac.

— Gerd, j'aimerais bien sortir et faire un tour, tu veux bien ? Le mont de Heiligenberg a passé la journée à m'observer dans ma cellule.

Nous avons marché jusqu'à la Mönchhofplatz, nous sommes montés au sommet du Mönchberg puis à la basilique Michael. C'était presque comme lors de l'ascension au château de Wegeln. Léo me précédait souvent ; quand elle courait, ses cheveux volaient au vent. Nous parlions peu. Elle se dépensait, je l'observais, et parfois le souvenir de notre voyage était aussi douloureux que s'il s'était agi de moments de notre très lointaine jeunesse. À l'auberge forestière, nous nous assîmes à une table dehors sous de vieux arbres immenses. Il n'était que dix heures et demie, et nous étions les seuls clients.

— Raconte.

— Quoi ?

— Ce que tu as fait depuis qu'on s'est quitté.

— Je ne t'ai pas quitté. Est-ce que je t'ai quitté ? Je ne t'ai pas encore rendu les quatre cents francs suisses. Je ne les ai pas. C'est Helmut qui les avait, et je voulais te les envoyer, mais Helmut disait que tu avais assez profité de nous. Tu en as profité ? Helmut voulait profiter de moi, et son ami aussi. Ça, je l'ai compris. Mais toi...

Elle a froncé les sourcils. Elle suivait, du bout du doigt, le pourtour des carreaux qui formaient le motif de la nappe.

— Si l'on ne m'avait pas chargé d'une enquête, je ne t'aurais pas connue. Mais quand nous avons fait notre voyage, je n'avais aucun commanditaire et je n'étais pas payé. Comment as-tu rejoint Helmut quand tu as quitté Locarno ?

— Je lui ai passé un coup de fil, et il est venu. Ensuite, nous avons redescendu toute la botte, jusqu'en Sicile, nous avons remonté le long de la Riviera et nous sommes passés en Espagne. Helmut regardait partout. Il voulait trouver de l'argent, mais il n'y arrivait pas.

Elle parlait comme si elle racontait l'histoire de deux étrangers. Mes questions ne trouvèrent que de brèves réponses. J'ai réussi à comprendre que Helmut et Léo, après avoir dépensé tout leur argent, dormaient dans la voiture, s'éclipsaient sans payer l'addition dans les restaurants ou l'essence dans les stations-service, et volaient dans les supermarchés.

— Ensuite, Helmut a voulu que je... Il y avait des touristes, et d'autres, qui m'auraient volontiers sauté dessus, et Helmut m'a dit que je devais être gentille avec eux. Mais moi je ne voulais pas.

— Pourquoi tu ne m'as pas appelé en PCV ? Si tu a cessé de m'appeler, c'est que tu n'avais plus d'argent, non ?

Elle a ri.

— C'était rigolo de se parler au téléphone la nuit, non ? Parfois tu n'étais pas là, mais moi non plus je n'étais pas là.

Elle a recommencé à rire.

— J'ai dit à Helmut de dire à son ami de te saluer de ma part, mais je me doutais bien qu'il ne le ferait pas.

Nous avons déjeuné. Avant, à l'auberge de la Forêt, on servait toujours de bons plats maison. Maintenant, le micro-ondes permet au restaurant le plus ordinaire de servir en trois minutes un mauvais bœuf bourguignon.

— Il nous est déjà arrivé de mieux manger, a-t-elle dit en me faisant un clin d'œil. Tu te souviens de l'hôtel au-dessus du lac de Murten ?

J'ai hoché la tête.

— Ce soir, nous dînerons correctement. Tu as prévu quelque chose ? Tu vas rester à Heidelberg ? Continuer tes études ? Rendre visite à ta mère ? Elle est au courant, tu as eu de ses nouvelles ?

Elle a réfléchi.

— J'aimerais aller chez le coiffeur après. Mes cheveux sont si filandreux.

Elle a pris une mèche et l'a lissée.

— Et ils sentent tellement mauvais.

Elle a senti la mèche et froncé le nez.

— Tiens, sens toi-même !

J'étais assis en face d'elle, je lui ai fait un geste négatif.

— Pas de problème, nous irons chez le coiffeur.

— Non, il faut que tu sentes.

Elle s'est levée, a fait le tour de la table, s'est penchée et m'a tendu sa tête.

J'ai senti le soleil dans ses cheveux et le parfum de son eau de toilette.

— Tes cheveux n'empestent pas du tout, Léo, ils sentent...

— Mais si, ils empestent. Sens encore.

Elle rapprocha sa tête. J'ai pris son visage entre mes mains. Elle m'a donné un petit baiser.

— Et maintenant, sois gentil et sens bien.

— Bon, Léo, tu as gagné, nous irons chez le coiffeur tout à l'heure.

Pour descendre, nous avons marché plus lentement que pour monter. La chaleur était étouffante. Et tout était étrangement silencieux ; pas de vent, pas de chants d'oiseaux, pas de voitures ni de promeneurs ; la vapeur qui flottait au-dessus de la plaine du Rhin étouffait les bruits qui montaient d'habitude de la ville. Nos pas étaient sonores, lourds et pénibles. Je n'osais pas dire un mot.

Brusquement et tout naturellement, Léo s'est mise à me parler de son travail. Bien qu'elle n'ait pas encore achevé ses études, elle travaillait comme interprète lors des jumelages de petites communes allemandes, françaises et anglaises. Elle m'a parlé des maires, curés, présidents d'associations et d'autres personnalités, de la vie des clubs et des familles qui la logeaient pendant les fêtes de jumelage. Elle m'a joué le curé de Kornal qui parlait anglais avec son accent souabe, et le pharmacien de Mirande qui avait appris l'allemand quand il était prisonnier de guerre dans une ferme de Saxe. Je riais tellement que j'ai dû m'arrêter de marcher.

— Ça a l'air sympathique, non ? Mais as-tu déjà réfléchi à ce que ça signifie vraiment, traduire ?

Elle m'a regardé l'air désespéré.

— Traduire, ça vient de *trans-ducere*. Quand tu traduis, tu manipules et tu transperces. C'est exactement ce que j'ai appris : manipuler, me faire manipuler, et donner des coups de couteau.

— Arrête, Léo. Je ne sais d'où vient le mot « traduire », mais ça n'a certainement pas ce sens-là. Si c'était aussi terrible, pourquoi l'utiliserait-on pour désigner l'action inoffensive consistant à faire passer un mot d'une langue à l'autre ?

— Parce que tu crois que c'est inoffensif, de traduire ?

Je ne savais pas quoi lui répondre.

Que devais-je penser de Léo, de cette Léo qui triait ses affaires sur la table de la prison, qui parlait d'elle-même comme d'une étrangère, qui me mettait ses cheveux sous le nez, qui délirait sur la traduction. Elle n'attendait pas ma réponse : elle continuait à parler. Lorsque nous sommes revenus à la voiture, elle m'avait exposé toute une théorie de la traduction, à laquelle je n'avais rien compris. Lorsque je lui ai demandé si sa théorie venait du professeur Leider, elle m'a aussi parlé des forces et des faiblesses du professeur, de ses habitudes, de sa femme, de sa secrétaire et de ses collaborateurs.

— Tu voulais aller chez un coiffeur en particulier ?

— Choisis-en un pour moi, Gerd.

J'avais toujours été content du coiffeur de la Schwetzinger Strasse, où je vais depuis que je vis à Mannheim. Tout comme moi, il a vieilli et tremblote un peu. Les quelques cheveux qui me restent ne lui posent pas de problème. Mais pour Léo, ça n'allait pas. Je me suis rappelé qu'en allant à la piscine de Herschel, je passais toujours devant un salon de coiffure à la vitrine chromée et étincelante. Voilà ce qu'il lui fallait.

Le jeune patron a salué Léo comme si elle lui avait été présentée à une soirée la veille. Moi, il m'a traité avec le respect poli qui convenait à ce que je devais être pour Léo : son grand-père, son père ou son vieil amant.

— Vous pouvez naturellement patienter ici. Mais peut-être préférez-vous revenir dans une heure ?

Je suis allé me promener jusqu'à la place des Parades, j'ai acheté la *Süddeutsche Zeitung,* et je l'ai lue au *Café Journal* en mangeant une glace et en buvant un expresso. En parcourant les pages économiques et techniques, j'ai appris que les cafards menaient une vie de famille très tendre, et que nous leur faisions du tort en les chassant. Puis j'ai vu la bouteille de *Sambuca* sur l'étagère derrière le bar. J'ai bu un verre à la santé de Léo, un deuxième à sa liberté et un troisième à sa nouvelle coiffure. C'est étonnant comme un *Sambuca* peut remettre le monde en place. Au bout d'une heure, je suis revenu au salon.

— Un moment encore, cria le Figaro du fond de la boutique : je ne le voyais pas encore, mais lui m'avait vu entrer. Je me suis assis.

— Nous arrivons ! a-t-il ajouté

Je sais évidemment qu'en sortant de chez le coiffeur, les femmes sont différentes que lorsqu'elles y sont entrées. C'est pour cela qu'elles y vont. Elles ont autant besoin d'une coiffure que de notre admiration. Cela interdit toute remarque critique, et surtout tout air supérieur ou moqueur.

Pendant un moment, je n'ai pas reconnu Léo. J'ai cru que cette jeune femme avec sa coiffure en brosse était quelqu'un d'autre. Lorsque je l'ai reconnue, il était trop tard.

— *You don't like it.*

— Mais si, ça me plaît. Tu as l'air plus sévère et plus revêche. Tu me rappelles les femmes dans les films existentialistes français dans les années cinquante. Mais en même temps, tu as l'air plus jeune, plus douce. Je...

— *No, you don't like it.*

Elle l'a dit avec une telle assurance que j'ai perdu tout mon courage. Pourtant, tout ce que j'avais dit n'était pas faux. J'aimais les femmes dans les films existentialistes français et Léo me rappelait vraiment leur visage, avec leur fermeté vulnérable. J'aimais aussi la belle forme du crâne de Léo, que ses deux centimètres de cheveux dressés tout droit sur la tête rendaient désormais visible. Les cheveux bouclés sont une invitation à y enfouir sa main, une coupe en brosse à passer sa main pour une caresse. Je préférais. Si seulement elle n'avait pas eu l'air d'avoir été tondue... Elle rappelait la prison et l'asile. Cela me faisait peur.

— *Okay, let's go.*

J'ai payé, nous avons pris la voiture et nous sommes allés à la maison.

— Tu veux te coucher, te reposer un peu ?

— *Why not.*

Elle s'est allongée sur le canapé. Le cuir est froid, et même en plein été, une couverture légère le rend plus douillet. J'en ai recouvert Léo, et j'ai ouvert en grand la porte du balcon. Turbo est entré, il a arpenté la pièce, a sauté sur le canapé et s'est lové contre Léo. Elle avait fermé les yeux.

Je suis allé à la cuisine, sur la pointe des pieds. Je me suis assis à table, j'ai ouvert le journal et j'ai fait semblant de lire. Le robinet gouttait. Une grosse mouche bourdonnait près de la fenêtre.

À ce moment-là, j'ai entendu Léo gémir tout doucement. Pleurait-elle dans son sommeil ? J'ai attendu, en dressant l'oreille. Elle pleurait de plus en plus fort, de façon régulière, gutturale, en gémissant et en geignant. Je suis passé à côté d'elle, je me suis assis au bord du canapé et je lui ai parlé en la serrant et en la caressant. Elle s'est arrêtée de gémir, mais ses larmes continuaient à couler. Au bout d'un moment, les plaintes ont repris, de plus en plus fort, puis elles ont cessé à nouveau. Et cela a continué ainsi. Les larmes ne s'arrêtaient jamais.

Pendant un bon moment, je n'ai pas compris que je n'avais pas les moyens de faire face à la situation. Mais ensuite, les plaintes sont devenues si violentes que Léo a eu quelques instants de suffocation. J'ai appelé Philippe, qui m'a conseillé d'en parler à Eberlein. Lequel m'a ordonné de la conduire tout de suite à l'hôpital psychiatrique. Pendant tout le trajet, elle a continué à pleurer. Elle s'est arrêtée quand je l'ai fait sortir de la voiture, devant le vieux bâtiment.

Au retour, c'est moi qui étais en larmes.

33

En prison

L'été a été long et chaud. Je suis allé passer deux semaines à la mer avec Brigitte et Manu, j'ai ramassé des coquillages et des étoiles de mer, et j'ai construit des châteaux de sable. À part ça, je suis resté longtemps assis sur mon balcon. Je retrouvais Eberhard au Luisenpark pour jouer aux échecs et Philippe sur son yacht pour pêcher. Parfois je jouais de la flûte, parfois je préparais des gâteaux surprise pour Noël. Un jour où je me suis senti courageux, je suis allé chez le dentiste. Il a pu sauver la 37 et m'a épargné la prothèse. Pendant les mois d'été, je n'ai jamais beaucoup d'enquêtes. Maintenant que je vieillis, encore moins. Je n'ai pas besoin d'annoncer ma retraite : il me suffit de laisser le flot du travail descendre petit à petit.

En septembre, au tribunal fédéral de Karlsruhe, a eu lieu le procès de Helmut Lemke, Richard Ingo Peschkalek et Bertram Mohnhoff, ce qu'on a appelé le procès des terroristes de Käfertal. Les journaux ont souligné les investigations rapides de la police, la célérité de la procédure et le fait que les accusés étaient passés aux aveux. Lemke était magistral dans le rôle de l'homme lucide affligé par les remords, Mohnhoff avait l'air d'un élève appliqué. Seul Peschkalek s'est rebellé. Il affirmait qu'il n'avait rien à voir avec la mort de Wendt, qu'il n'avait pas rencontré Wendt à Wieblingen et qu'il n'avait jamais détenu le revolver. Mais on a fini par apprendre que l'arme avait été découverte derrière une brique du mur mitoyen avec son appartement, lors de travaux dans la Böckstrasse. Ensuite, il a défendu la thèse de l'accident, mais il n'a pas été très convaincant. Pourtant, les experts médicaux ne pouvaient effectivement pas exclure que Wendt ait été tué non pas par la balle, mais dans sa chute. Peschkalek a pris douze ans, Lemke dix et Mohnhoff huit. Les journaux étaient toujours satisfaits. Le célèbre éditorialiste de la *Frankfurter Allgemeine Zeitung* s'est félicité que l'avertissement donné par l'état de droit aille de pair avec la main à la fois généreuse et ferme tendue aux terroristes repentis.

Je ne m'étais pas rendu à Karlsruhe. Pour moi, les opérations chirurgicales, les messes, les relations sexuelles et les procès relèvent du même principe : soit j'y participe, soit je ne m'en mêle pas. Je n'ai rien contre les audiences publiques. Mais j'aurais eu l'impression d'être un voyeur.

Lorsque le procès a été terminé, j'ai appelé Nägelsbach.

— Ce sont les dernières soirées d'été que l'on puisse passer dehors. Vous ne voulez pas faire un saut à la maison ?

Nous étions assis sous le poirier, nous parlions de tout et de rien : le lieu où nous avions passé nos vacances, eux à la montagne et moi à la mer, les intéressait aussi peu que moi.

— Comment va madame Salger ? a brusquement demandé madame Nägelsbach.

— Je n'ai pas encore eu le droit de lui rendre visite. Mais j'ai téléphoné à Eberlein, il a été réhabilité après le procès de Karlsruhe et il a retrouvé son poste de directeur. Il ne sait pas encore quand elle sortira. Mais il est sûr qu'elle guérira, qu'elle terminera ses études et pourra mener une vie normale.

Ma voix était tout de même hésitante.

— Ayez confiance en vous, monsieur Selb. Ce que vous ne voulez pas expliquer à mon mari et à moi maintenant, vous ne vous l'expliquerez jamais.

— Mais Helga, je trouve que...

— C'est valable pour toi aussi.

Nous nous sommes regardés, lui et moi, l'air gêné. Madame Nägelsbach avait raison, bien entendu. Madame Nägelsbach avait toujours raison. Mais nous nous demandions tous les deux s'il n'était pas déjà trop tard.

Je me suis un peu fait violence.

— Vous connaissiez son état ?

— Elle était bizarre. Lors des interrogatoires, elle avait parfois l'air absente, on aurait dit qu'elle ne nous entendait ou ne nous voyait pas, tantôt elle sautait du coq-à-l'âne et n'arrêtait pas de parler, tantôt il fallait qu'on lui arrache chaque mot de la bouche. Rawitz a tout de suite dit : « Elle est folle ». Il a ajouté que si elle était condamnée, c'est qu'elle aurait comme avocat le dernier des imbéciles. C'est pour cela qu'il n'a pu s'empêcher de rire quand vous teniez tellement à la faire libérer. Nous autres, nous n'en étions pas aussi sûrs.

C'était à son tour d'hésiter à parler. Mais lui aussi s'est forcé un peu et a repris :

— Et les documents de Peschkalek ? Vous les avez, ou ils ont brûlé ?

— Selb, le trompeur trompé ? Ça va avec le reste. Lemke et Peschkalek ont trompé Léo et ses amis, la police et le parquet ont trompé le tribunal, peut-être même que le tribunal a joué le jeu, et l'opinion publique trompée fête les trompeurs. Est-ce qu'il y a vraiment du gaz de combat à Viernheim, si oui, qui l'y a déposé et depuis quand s'y trouve-t-il ?

Nägelsbach m'a jeté un regard hostile. Puis il a adressé le même à sa femme.

— Tu vois, il ne veut rien expliquer, il cherche à me blesser.

Et il m'a dévisagé de nouveau, toujours avec le même air.

— Moi non plus, je n'aime pas quand on tripatouille et traficote les dossiers. Dès le début, tout le procès des terroristes de Käfertal m'a mis mal à l'aise. Les autres aussi. Cela dit, nous avons tous essayé de faire de notre mieux. Mais vous... D'abord vous sauvez votre tête, et ensuite celle de madame Salger. Peut-être n'aurait-elle pas pu être condamnée. Mais elle il vaut beaucoup mieux qu'elle soit entrée à l'asile de son propre gré qu'envoyée par un juge. Et puis elle n'a pas eu à subir le procès. Félicitations, monsieur Selb, comment vous sentez-vous ? Vous pensez que les règles qui valent pour les autres ne comptent pas pour vous ? Alors c'est vous-même que vous trompez, plus que les autres, et pire que tous les autres.

Sa femme lui a lancé un regard qu'il a interprété comme un encouragement à se modérer.

— Non, Helga, maintenant il faut que ça sorte. Il est assis là, cet escroc victorieux, et il s'indigne des arrangements de la police. Est-ce que vous affirmeriez qu'on a condamné les mauvaises personnes ? Pouvez-vous nier que et vous et madame Salger auriez dû vous retrouver sur le banc des accusés ? Et que sur les deux, il y aurait au moins dû y avoir un condamné : vous-même ?

Que pouvais-je bien dire ? Que j'avais tout de même aidé la police à démasquer Lemke et Peschkalek ? Je savais bien que les règles sont valables pour tous, moi compris ; mais c'est justement pour cette raison que j'ai aussi mes propres règles. Il y a règle et règle, tromperie et tromperie. Devais-je lui rappeler que c'était lui le policier, et pas moi ?

— Ça n'est pas contre vous que je m'insurge, monsieur Nägelsbach. Et je n'ai pas les documents de Peschkalek. Ils ont brûlé. Ce que j'ai, ce sont les photos dont je vous ai montré les copies.

Il est resté silencieux et il a passé un long moment à observer les moustiques qui tournoyaient autour de la lampe-tempête. Puis il nous a versé à boire.

— Des gaz de combat ? Je ne sais pas s'il y a des gaz de combat à Viernheim. On ne me l'a pas dit et on ne me le dira pas. J'ai entendu dire qu'on faisait toutes sortes de choses sur ce terrain, ces temps-ci. S'il y a du gaz, il semble qu'on s'en occupe.

Le vent secouait les branches. L'air fraîchissait. On entendait des voix dans un jardin voisin, où s'élevait la fumée d'un barbecue.

— Que diriez-vous d'une soupe au goulasch bien chaude ? Et d'une couverture sur les genoux ?

— Je devrais peut-être effectivement me trouver en prison. Dieu sait pourtant que je suis content d'être assis sous le poirier chez vous.

— Vous n'échapperez pas totalement à la prison. Mon mari ne pouvait quand même pas vous laisser filer sain et sauf. Venez.

Madame Nägelsbach s'est levée et nous a conduits à l'atelier. Je ne savais absolument pas ce qui m'attendait, mais ne pouvais pas m'imaginer que je courais un danger quelconque. Sur le chemin, ils n'ont pas dit un mot, ni l'un, ni l'autre. L'atelier était plongé dans une obscurité totale, et je me suis senti un peu mal. Ensuite, le néon s'est allumé en clignotant un peu au-dessus de l'établi.

Nägelsbach était revenu à l'architecture. Il y avait sur l'établi, composée de milliers et de milliers d'allumettes, une prison du XIXe siècle. Un bâtiment central et les cellules disposées en étoile à cinq branches, entouré par les murs avec la porte et les miradors, des barbelés extrêmement fins au sommet des murs et de minuscules barreaux aux toutes petites fenêtres des cellules. D'habitude, Nägelsbach ne met jamais de personnages dans ses maquettes. Mais pour celle-là, lui ou sa femme avaient fait une exception. On distinguait une petite figurine en carton.

— C'est moi ?

— Oui.

Je me tenais tout seul dans la cour de la prison, en costume et casquette rayés. Je me suis fait un signe de la main.

DU MÊME AUTEUR

Aux Éditions Gallimard

Dans la collection Série Noire

BROUILLARD SUR MANNHEIM, écrit avec Walter Popp, n° 2479 (Folio Policier n° 135)

Dans la collection Du Monde Entier

LE LISEUR, 1996 (Folio n° 3158)

Composition Nord Compo.
Reproduit et achevé d'imprimer sur Roto-Page
par l'Imprimerie Floch à Mayenne,
le 9 juin 2000.
Dépôt légal : juin 2000.
Numéro d'imprimeur : 48907.
ISBN 2-07-049646-5 / Imprimé en France.

78215